Elogios para Alice Munro

"La complejidad de su literatura nace de las sutilezas del alma humana que a veces culminan en tragedia, pero su lectura es sencilla por la fuerza y limpidez de su estilo. No en balde se la considera la Chéjov de su país".   —*El Nuevo Herald*

"Como siempre, el estilo de Alice Munro es brillante, la atención que le presta cada uno de sus relatos es incansable, su curiosidad omnívora y sus frases nacen en los ríos más fluidos".
                                        —*The Washington Post*

"Munro es la maestra de la inevitable sorpresa... tiene la habilidad de llevarnos dentro de la mente de cada uno de sus personajes".
                                        —*St. Petersburg Times*

"Pasa más en el transcurso de un cuento de Munro que lo que pasa en muchas novelas... son transformaciones apasionantes de amor, arrepentimiento, y nuestro propio renacimiento a lo largo del tiempo".   —*The New York Post*

"Coherente y decisiva, Munro logra convertir lo sentimental en lo existencial".   —*The Philadelphia Inquirer*

Alice Munro

Mi vida querida

Alice Munro nació en 1931 en Wingham, Ontario, y se graduó de la Universidad de Western Ontario. Es autora de doce colecciones de cuentos y una novela.

A lo largo de su carrera, Munro ha recibido premios de mucho prestigio, y en 2013 recibió el premio Nobel de literatura. Conocida como la "Chéjov canadiense", ella misma se declara en deuda con autoras de la talla de Flannery O'Connor, Katherine Anne Porter y Eudora Welty. Actualmente la autora vive parte del año en Clinton, Ontario, y parte en Comox, en la Columbia Británica. *Mi vida querida* es su colección de cuentos más reciente.

Mi vida querida

Alice Munro

Traducción de
Eugenia Vázquez Nacarino

Vintage Español
Una división de Random House LLC
Nueva York

PRIMERA EDICIÓN VINTAGE ESPAÑOL, FEBRERO 2014

Copyright de la traducción © 2013 por Eugenia Vázquez Nacarino

Mi vida querida

Llegar a Japón

En cuanto le subió la maleta al compartimento, Peter pareció ansioso por quitarse del paso. No es que estuviera impaciente por irse, dijo que solo le preocupaba que el tren se pusiera en marcha. Se quedó en el andén mirando hacia la ventanilla, despidiéndose con la mano. Saludaba, sonriendo. A Katy la miraba con una sonrisa franca, resplandeciente, inequívoca, como si creyera que la niña siempre sería un prodigio para él, y él para ella. A su mujer, en cambio, le sonreía con optimismo y confianza, pero con cierta determinación. Algo que no era fácil expresar con palabras, que nunca lo sería. Si Greta lo hubiera mencionado, Peter le habría dicho: no digas tonterías. Y ella le habría dado la razón, pues no le parecía natural que personas que se veían a diario, a todas horas, tuvieran que andarse con explicaciones de ninguna clase.

Cuando Peter era un niño de pecho, su madre cruzó con él en los brazos unas montañas cuyo nombre Greta olvidaba siempre, para huir de la Checoslovaquia soviética a la Europa occidental. Iban con más gente, claro está. El padre de Peter tenía intención de acompañarlos, pero lo mandaron a un sanatorio justo antes de emprender aquel viaje clandestino. Debía seguirlos en cuanto le fuera posible. Sin embargo, murió antes de poder intentarlo.

—He leído historias parecidas —dijo Greta la primera vez que Peter se lo contó. Y explicó que en esas historias el bebé siempre rompía a llorar y no había más remedio que asfixiarlo o estrangularlo para que el llanto no pusiera en peligro a todo el grupo clandestino.

Peter contestó que nunca había oído nada parecido y prefirió no pensar qué habría hecho su madre en esas circunstancias.

Lo que hizo su madre fue llegar a la Columbia Británica, mejorar el inglés y conseguir trabajo dando clases de lo que entonces se llamaba gestión empresarial a estudiantes de bachillerato. Crió a su hijo sola y lo mandó a la universidad; Peter era ingeniero. Cuando iba a verlos a su apartamento, y más tarde a su casa, su madre se quedaba siempre en el salón, nunca entraba en la cocina a menos que Greta la invitara. Así era ella. Llevaba la prudencia al extremo. Se empeñaba en pasar desapercibida, en no entrometerse ni dar sugerencias, aunque superaba con creces a su nuera en todas y cada una de las habilidades o artes domésticas.

También se deshizo del apartamento donde Peter había crecido y se mudó a otro más pequeño sin dormitorio, con el espacio justo para un sofá cama. ¿Para que Peter no pueda volver a casa de mamá?, le dijo Greta bromeando, pero su suegra se sobresaltó. Las bromas la hacían sufrir. Quizá por culpa del idioma, aunque a esas alturas el inglés era su lengua habitual, y desde luego la única que hablaba su hijo. Mientras Peter estudiaba gestión empresarial, aunque no con su madre, Greta memorizaba *El paraíso perdido*. Ella huía como de la peste de todo lo que entrañara alguna utilidad. Él, por lo visto, hacía lo contrario.

Separados por el cristal, y sin que Katy consintiera que los adioses decayeran, acabaron intercambiando miradas cómicas, incluso absurdas, cargadas de buena intención. Greta pensó en lo guapo que era, y en lo poco consciente que parecía de su atractivo. Llevaba el pelo cortado a cepillo, a la moda de la época —sobre todo si se era ingeniero o algo por el estilo—, y tenía la piel blanca: nunca le salían rojeces ni manchas del sol, como le pasaba a ella, sino que lucía un tono uniforme en cualquier época del año.

Sus opiniones eran un poco como su tez. Cuando iban a ver una película, nunca quería comentarla. Se limitaba a decir que era buena, o bastante buena, o pasable. No le veía sentido a ir más allá. Con la misma actitud veía la televisión o leía un libro. Era tolerante con esas cosas. Sus creadores trataban de hacerlo lo mejor posible. Greta siempre le llevaba la contraria, con descaro le preguntaba si diría lo mismo de un puente. Sus constructores trataban de hacerlo lo mejor posible, pero eso no bastaba si el puente se venía abajo.

En vez de seguir discutiendo, Peter se echó a reír.

No era lo mismo, dijo.

¿Ah, no?

No.

Greta tendría que haber comprendido que esa actitud tolerante, de no meterse en nada, era una bendición para ella, porque era poeta y en sus poemas había cosas que no eran ni mucho menos alegres o fáciles de explicar.

(La madre de Peter y la gente que trabajaba con él, al menos los que lo sabían, aún decían «poetisa». A Peter había conseguido quitarle la costumbre. Aparte de eso, no hizo falta más. A los parientes que habían quedado atrás, o a la gente que la conocía en su papel de ama de casa y madre, no hizo falta quitarles ninguna costumbre, porque desconocían esa peculiaridad suya.)

Más adelante sería difícil explicar lo que valía la pena rescatar de aquella época y lo que no. Se podría decir que el feminismo no, pero entonces habría que aclarar que «feminismo» ni siquiera era una palabra de uso corriente. Y luego habría que liarse a explicar que el hecho de tener ideas propias, por no hablar de ambiciones, o simplemente leer un libro de verdad, resultaba sospechoso, e incluso podía guardar relación con que tu hijo cogiera una neumonía. Y un comentario político en una fiesta de la oficina podía costarle el ascenso a tu marido. Daba igual sobre qué partido político. Era el hecho de que una mujer se fuera de la lengua.

La gente se reiría y diría, anda ya, estás de broma. Y habría que contestar, bueno, no te creas. Y a continuación les diría que escribir poesía, sin embargo, era menos arriesgado para una mujer que para un hombre. Y era entonces cuando la palabra poetisa era tan socorrida como una telaraña de caramelo hilado. Peter no lo vivía así, diría ella, pero claro, él había nacido en Europa. En cambio sí podía entender que los hombres con los que trabajaba pensaran esas cosas.

Ese verano Peter iba a pasar un mes o quizá un poco más a cargo de una obra en Lund, bien al norte: de hecho, lo más al norte que se podía llegar por carretera en el continente. No había alojamiento para Katy y Greta.

Sin embargo, Greta mantenía el contacto con una chica que había trabajado con ella en la biblioteca de Vancouver, antes de casarse y marcharse a Toronto, y resultaba que esa amiga se iba un mes de vacaciones a Europa con su marido, que era maestro, y le había escrito preguntándole a Greta con mucha cortesía si no les haría el favor de instalarse con su familia en la casa de Toronto, los días que quisieran, para que no quedara vacía tanto tiempo. Y Greta le había contestado hablándole del trabajo de Peter, pero aceptando el ofrecimiento para ella y Katy.

De ahí que ahora Peter estuviera en el andén y ellas en el tren, saludándose incansablemente.

Entonces había una revista, *The Echo Answers,* que se editaba en Toronto con periodicidad irregular. Greta la encontró en la biblioteca y mandó algunos poemas. Dos de los poemas se publicaron, y a raíz de eso el otoño anterior la habían invitado junto a otros escritores a una fiesta para conocer al editor de la revista, que estaba de paso en Vancouver. La fiesta fue en casa de un escritor con uno de esos nombres que parece que uno haya oído toda la vida. Como la cita era a última hora de la tarde, cuando Peter todavía estaba en el trabajo, Greta llamó a una niñera y cogió el autobús desde Vancouver Norte que cruzaba el puente de Lions Gate y el parque Stanley. Luego esperó delante de la bahía de Hudson para cambiar de autobús y emprender un largo trayecto hasta el campus universitario, donde vivía el escritor. Al bajar en el último desvío, encontró la calle y echó a andar siguiendo los números de las casas. Llevaba unos tacones altos que la obligaban a ir despacio. Además se había puesto su vestido negro más sofisticado, que se abrochaba a la espalda y le marcaba la cintura y siempre le ajustaba un poco más de la cuenta las caderas. Se imaginó un tanto ridícula, una mujer sola tambaleándose por aquellas calles serpenteantes sin aceras mientras caía la tarde. Casas modernas, ventanas apaisadas, igual que en cualquier barrio residencial en alza, que no era para nada el tipo de vecindario que había imaginado. Se preguntó si habría apuntado mal la calle, y la idea no le disgustó. Volvería a la parada del autobús, donde había un banco. Se quitaría los zapatos y se acomodaría para el solitario largo viaje de regreso a casa.

Sin embargo cuando vio los coches aparcados, y vio el número, era demasiado tarde para dar media vuelta. El jaleo se oía desde fuera, tuvo que tocar dos veces el timbre.

La recibió una mujer que parecía esperar a otra persona. Recibir no es la palabra exacta: la mujer abrió la puerta y Greta dijo que si era allí donde daban la fiesta.

—¿A ti qué te parece? —dijo la mujer, apoyada en el marco de la puerta.

Bloqueaba el paso.

—¿Puedo pasar? —preguntó Greta.

La mujer se apartó con un gesto de dolor. No la invitó a seguirla, pero Greta lo hizo de todos modos.

Nadie le dirigió la palabra ni le prestó atención, pero al poco una adolescente pasó con una bandeja de copas de lo que parecía limonada con granadina. Greta cogió una, la vació de un solo trago para calmar la sed, y acto seguido cogió otra. Le dio las gracias a la camarera e intentó entablar una conversación sobre el largo y caluroso paseo, pero a la chica no le interesaba y dio media vuelta para seguir con su trabajo.

Greta se adentró en la casa sin dejar de sonreír. Nadie dio muestras de reconocerla ni la observó con especial agrado, ¿por qué iban a hacerlo? La gente la miraba un instante antes de retomar la conversación. Se reían. A excepción de Greta, parecía que todo el mundo llevara un repertorio de amigos, bromas, secretos a medias; daba la impresión de que todos hubieran encontrado a alguien que les diera la bienvenida. Menos los adolescentes que servían sin tregua y con cara de pocos amigos las bebidas rosadas.

Aun así, Greta no se dio por vencida. Al ver que la bebida le sentaba bien, decidió tomarse otra copa en cuanto hubiera una bandeja a su alcance. Buscó un hueco en alguno de los grupos donde poder meterse en la conversación. Creyó encontrarlo en uno de los corros, al oír las películas que se mencionaban. Cine europeo, que en esa época empezaba a llegar a Vancouver. Oyó el título de una que había ido a ver con Peter, *Los cuatrocientos golpes*.

—¡Ah, la he visto!

Habló con tal vehemencia que todos la miraron.

—¿En serio?, ¿no me digas? —dijo uno, que parecía llevar la voz cantante.

Greta estaba borracha, cómo no. Se había tomado varias copas de Pimm's n.º 1 con zumo de pomelo en un visto y no visto. No se tomó a mal el desaire, como habría hecho en una situación normal. Siguió caminando a la deriva, consciente de haber perdido un poco la compostura, pero con la sensación de que se respiraba un aire de permisividad y embriaguez, y de que no importaba no hacer amigos, porque podía ir por ahí expresando sus opiniones, sin más.

Bajo un arco había un cúmulo de gente importante. Entre ellos vio al anfitrión, una cara y un nombre que parecía conocer de toda la vida. Hablaba a voces, enfebrecido, y enseguida se veía que el peligro rondaba cerca de él y otro par de hombres, como si pudieran soltar un insulto con solo mirarte. Al final llegó a la conclusión de que sus mujeres estaban en el corro con el que acababa de tener el encontronazo.

La mujer que le había abierto la puerta no estaba en ninguno de los dos grupos, aunque era escritora. Greta la vio volverse cuando la llamaban. Era el nombre de una colaboradora de la misma revista donde habían publicado sus poemas. Entonces, ¿no podría ir y presentarse? ¿De igual a igual, a pesar de la frialdad en la puerta?

Pero la mujer había recostado la cabeza en el hombro del tipo que la llamaba, y no les haría gracia que los interrumpieran.

Con esta reflexión le vinieron ganas de sentarse y, al no encontrar ninguna silla, se sentó en el suelo. La asaltó una idea. Pensó que cuando iba con Peter a una fiesta de ingenieros el ambiente era agradable, pero la charla aburrida. Y eso se debía a que todo el mundo tenía una reputación asentada y sólida, al menos por el momento. Allí, en cambio, nadie estaba a salvo. Se lanzaban dardos envenenados a espaldas de cualquiera, incluso de la gente conocida y que publicaba. Imperaban las poses inteligentes o los nervios, quienquiera que fueses.

Y ella desesperada porque alguien le lanzara un triste hueso y le diera conversación.

Satisfecha con su teoría sobre la actitud desagradable de la gente, dejó de importarle que le hablaran o no le hablaran. Y cuando se quitó los zapatos, el alivio ya fue inmenso. Se sentó con la espalda contra una pared y las piernas estiradas en uno de los pasos menos transitados de la fiesta. Como no quería correr el riesgo de derramar la bebida sobre la alfombra, se la terminó deprisa.

Un hombre se detuvo a su lado.

—¿Cómo has venido a parar aquí? —le preguntó.

Ella se compadeció de los pies torpes y embotados del hombre. Se compadecía de cualquiera que tuviera que estar de pie.

Dijo que la habían invitado.

—Ya, pero ¿has venido en coche propio?

—No, andando. —Pero con eso no bastaba, y al final consiguió rematar el resto—. He venido en autobús, y luego andando.

Uno de los hombres que antes estaba en el corro selecto se paró detrás del hombre de los zapatos.

—Excelente idea —dijo. Parecía de veras dispuesto a hablar con ella.

El primer hombre no le prestó mucha atención a este otro. Había recuperado los zapatos de Greta, pero ella le explicó que le dolían demasiado y los rechazó.

—Llévalos en la mano. O ya los llevo yo. ¿Puedes tenerte en pie?

Buscó al hombre más importante para ver si la ayudaba, pero se había ido. Se acordó entonces de que era el autor de una obra sobre los dujobores que tuvo mucha polémica, porque los miembros de la secta iban a aparecer desnudos. No eran dujobores de verdad, sino actores, pero de todos modos al final no les dieron permiso para salir desnudos.

Trató de explicárselo a aquel hombre que la ayudaba a ponerse de pie, pero era obvio que no le interesaba. Greta le preguntó qué escribía. El hombre aclaró que no era un escritor de esos, sino periodista. Estaba de visita en la casa con su hijo y su hija, nietos de los anfitriones. Los chicos eran los que llevaban las bandejas de las bebidas.

—Son letales —dijo, en alusión a los cócteles—. Criminales.

Habían salido afuera. Greta cruzó el césped descalza, aunque con medias, y esquivó un charco por muy poco.

—Alguien ha vomitado —le dijo al escolta.

—No me extraña —dijo él, y la ayudó a montarse en un coche. El aire de la calle le había alterado el ánimo, de una euforia inestable a un malestar que rozaba la vergüenza.

—Vancouver Norte —dijo el hombre. Debía de habérselo dicho ella—. ¿De acuerdo? Adelante. Hacia Lions Gate.

Deseó que no le preguntara qué hacía en la fiesta. Si no le quedaba más remedio que decir que era poeta, su estado, sus excesos, serían tópicos patéticos. No había oscurecido del todo, aunque era tarde. Parecían ir en la dirección correcta, siguiendo el agua, y luego cruzaron un puente. El puente de Burrard Street. Luego veía el tráfico y los árboles que quedaban atrás, pero los ojos se le cerraban sin querer. Cuando el coche se detuvo supo que no podían haber llegado a casa. A la suya, por lo menos.

Vio las copas de los árboles frondosos. Ninguna estrella. Apenas unos destellos en el agua que mediaba entre el lugar donde estaban y las luces de la ciudad.

—Párate un momento a considerar —dijo el hombre.

La palabra la subyugó.

—A considerar.

—Cómo vas a volver a tu casa, por ejemplo. ¿Te las arreglarás para parecer digna? Sin exagerar, con naturalidad. Supongo que estás casada.

—Primero tendré que darte las gracias por llevarme a casa —dijo—. Así que tendrás que decirme tu nombre.

Al parecer ya se lo había dicho. Y dos veces. Pero bueno, de acuerdo, una vez más. Harris Bennett. Bennett. Era el yerno de la gente que daba la fiesta. Los chicos que servían las bebidas eran sus hijos. Estaban de visita, vivían en Toronto. ¿Satisfecha?

—¿Y no madre?

—Claro que sí, pero está en el hospital.

—Lo siento.

—No hay por qué. Es un hospital muy agradable. Para problemas mentales. O quizá habría que decir problemas emocionales.

Ella se apresuró a contarle que su marido se llamaba Peter y era ingeniero, y que tenían una hija que se llamaba Katy.

—Mira qué bonito —dijo él, y salió dando marcha atrás.

En el puente de Lions Gate se disculpó.

—Perdóname por haber hablado así. Dudaba entre si besarte o no besarte, y al final he preferido no hacerlo.

Greta creyó entender que algo en ella lo había echado atrás, que no estaba a la altura de que la besara. La vergüenza le devolvió la sobriedad en el acto, como una bofetada.

—Ahora, cuando pasemos el puente, ¿seguimos por Marine Drive? —continuó el hombre—. Cuento con que me vayas indicando.

Aquel otoño, y también durante el invierno y la primavera siguientes, no hubo día que no pensara en él. Era como tener el mismo sueño nada más dormirte. Recostada en el almohadón negro del sofá, fantaseaba con que la estrechaba entre sus brazos. Era de imaginar que no recordara su cara, pero se le aparecía con todo detalle, el rostro arrugado de un hombre de vuelta de todo, irónico, dado a los ambientes cerrados. De cuerpo tampoco estaba mal, quizá un tanto venido a menos pero competente, y deseable como ningún otro.

El deseo la dejaba al borde del llanto. Aun así toda esa fantasía desaparecía, entraba en hibernación, en cuanto Peter llegaba a casa. Entonces los afectos cotidianos cobraban relevancia, tan solventes como siempre.

El sueño se parecía mucho, de hecho, al clima de Vancouver: una especie de añoranza sombría, una tristeza lluviosa y etérea, un peso que orbitaba alrededor del corazón.

¿Y el rechazo a besarla, que podía parecer un golpe descortés? Simplemente lo eliminó, sin más. Lo enterró en el olvido.

¿Y su poesía? Ni un verso, ni una palabra. Ni un solo indicio de que jamás le hubiera importado.

Naturalmente cedía a estos arrebatos, sobre todo cuando Katy dormía la siesta. A veces llamaba al hombre en voz alta, se entregaba a la estupidez. A continuación la embargaba una vergüenza lacerante, que la hacía despreciarse. Qué estupidez, desde luego. Estúpida.

Y de pronto la situación dio un vuelco, la posibilidad y luego la certeza del trabajo en Lund, el ofrecimiento de una casa en Toronto. Un cambio brusco del tiempo, un acceso de temeridad.

Sin darse cuenta empezó a escribir una carta. No empezaba de una manera convencional. Nada de querido Harris. Nada de me recuerdas.

> Escribir esta carta es como meter una nota en una botella…
> Y esperar
> que llegue a Japón.

Lo más cercano a un poema en mucho tiempo.

No tenía ni idea de a qué dirección mandarla. Fue tan temeraria e insensata como para llamar a la gente que había dado la fiesta, pero cuando contestaron la boca se le secó, la sintió inmensa como una tundra y tuvo que colgar. Entonces metió a Katy en el cochecito y fue a la biblioteca pública a consultar un listín telefónico de Toronto. Había muchos Bennett, pero ningún Harris o H. Bennett.

Entonces se le ocurrió una idea desconcertante: mirar en las necrológicas. No pudo contenerse. Esperó a que el hombre que leía el ejemplar de la biblioteca terminara. No solía hojear el periódico de Toronto porque había que cruzar el puente para comprarlo, y Peter siempre llevaba a casa el *Vancouver Sun*. Pasó las hojas con impaciencia hasta dar con su firma en un artículo. Así pues, no había muerto. Era columnista de prensa. Era lógico que no quisiera arriesgarse a que cualquiera, conociendo su nombre, pudiera llamarlo a casa.

Escribía sobre política. Sus comentarios parecían inteligentes, pero eso a ella no le importaba.

Le mandó la carta allí, al periódico. No sabía si abriría personalmente el correo y pensó que poner PRIVADO en el sobre era buscarse problemas, así que solo escribió el día de su llegada y el horario del tren, tras las líneas sobre la botella. Ningún nombre. Pensó que quien abriera el sobre pensaría en una anciana de la familia dada a caprichosos giros expresivos. Nada que lo comprometiera, aun suponiendo que le reenviaran a su domicilio una carta tan peculiar y que la abriera su mujer, en caso de que hubiera salido del hospital.

Por lo visto Katy no había entendido que el hecho de que Peter estuviera fuera, en el andén, significaba que no viajaría con ellas.

Cuando el tren empezó a moverse, y al ganar velocidad lo perdieron de vista, encajó mal el abandono. Sin embargo, al rato se calmó y le dijo a Greta que seguro que papá llegaría al día siguiente.

Aunque Greta fue con tacto al levantarse por la mañana, Katy ni siquiera mencionó la ausencia. Greta le preguntó si tenía hambre y la niña dijo que sí, y le comentó a su madre, igual que Greta se lo había dicho ya antes de subir al tren, que ahora tenían que quitarse el pijama e ir a desayunar a otro sitio.

—¿Qué quieres desayunar?

—Piscris. —Quería decir Krispies.

—A ver si tienen.

Tenían.

—Y ahora ¿vamos a buscar a papá?

Había un área de juegos infantiles, aunque más bien pequeña. La habían conquistado un niño y una niña que, a decir por sus disfraces de conejito conjuntados eran hermanos. Su juego consistía en lanzarse vehículos en miniatura y esquivarlos en el último momento. PAM PUM CRASH.

—Esta es Katy —dijo Greta—. Yo soy su mamá. ¿Y vosotros, cómo os llamáis?

Los choques cobraron intensidad, pero los niños no levantaron la vista.

—Papá no está aquí —dijo Katy.

Greta decidió que lo mejor era volver a buscar el libro de Christopher Robin de Katy e ir a leerlo al vagón de la cúpula panorámica. No creía que molestaran a nadie, porque aún se servían desayunos y los paisajes de montaña más espectaculares todavía no habían empezado.

El problema fue que, al acabar el libro, Katy quiso volver a leerlo inmediatamente. Durante la primera lectura había escuchado en silencio, pero ahora empezó a repetir el final de cada frase. Y a la tercera lo recitaba palabra por palabra, aunque no se atrevía a intentarlo sola. Greta imaginó que eso sería un incordio cuando el vagón panorámico se llenara de gente. A la edad de Katy, la monotonía no era un problema. Es más, a los niños les gustaba, se sumergían en ella y enroscaban la lengua en las palabras conocidas, como si fuera una golosina que no se terminara nunca.

Un chico y una chica subieron la escalera y se sentaron en diagonal de Greta y Katy. Les dieron los buenos días con entusiasmo, y Greta contestó. A Katy no le hizo gracia que su madre los saludara, y siguió recitando en voz baja sin apartar la vista del libro.

Desde el otro lado del pasillo llegó la voz del chico, casi tan baja como la suya.

Cambio de guardia en Buckingham:
Christopher Robin y Alice allá que van.

Cuando terminó, empezó con otro poema: «No me gustan, como me llamo Sam».

Greta se echó a reír, pero Katy siguió seria. Greta se dio cuenta de que su hija estaba un poco escandalizada. Entendía las letras tontas si salían de un libro, pero no de la boca de alguien que no tenía libro.

—Perdón —se disculpó el chico con Greta—. Somos preescolares. Esta es nuestra literatura. —Se inclinó en el asiento y le habló a Katy solemnemente en voz baja—: Es un libro muy bonito, ¿verdad?

—Quiere decir que trabajamos con niños de preescolar —aclaró la chica—. Aunque a veces nos confundimos.

El chico siguió hablando con Katy.

—A lo mejor ahora puedo adivinar tu nombre. ¿Cuál será? ¿Rufus, tal vez? ¿O será Rover?

Katy se mordió los labios, pero no pudo contener una respuesta tajante.

—No soy un perro —dijo.

—Claro que no. Qué tonto. Yo soy un chico, y me llamo Greg. El nombre de esta chica es Laurie.

—Greg te estaba tomando el pelo —dijo Laurie—. ¿Le doy un tortazo?

Katy sopesó la pregunta.

—No —dijo al fin.

—«Alice se casa con un guardia real» —continuó Greg—. «La vida del soldado es dura de verdad, dice Alice.»

Katy repitió en voz baja el final del segundo verso.

Laurie le contó a Greta que habían recorrido varios jardines de infancia con pequeñas representaciones satíricas. A eso lo llamaban actividades de predisposición a la lectura. Eran actores, en realidad. Ella se bajaba en Jasper, donde había conseguido trabajo de camarera para el verano, que alternaría con algunos números cómicos. No exactamente de predisposición a la lectura. Entretenimiento para adultos, lo llamaban.

—Ay, Dios. Se hace lo que se puede —dijo.

Greg se dedicaría a zanganear; bajaba en Saskatoon, donde estaba su familia.

Los dos eran guapos, pensó Greta. Altos, de brazos y piernas largos, de una esbeltez casi antinatural. El chico, moreno y de pelo rizado; la chica, con melena oscura y la sobriedad de una madona. Cuando poco después mencionó que se parecían, le dijeron que a veces se habían aprovechado de esa similitud a la hora de buscar alojamiento. Simplificaba las cosas una barbaridad, si bien tenían que acordarse de pedir camas separadas y no olvidarse de deshacer las dos.

Aunque ya no tenían que preocuparse por eso. No habría de qué escandalizarse. Después de tres años juntos lo habían dejado. Llevaban meses de castidad, al menos uno con el otro.

—Y ahora se acabó el palacio de Buckingham —le dijo Greg a Katy—. Tengo que hacer mis ejercicios.

Greta pensó que se iría abajo, o que por lo menos haría un poco de calistenia en el pasillo, pero Laurie y él echaron atrás la cabeza, estiraron el cuello y empezaron a hacer gorgoritos y graznidos que formaban curiosos cantos. Katy estaba loca de contento, pensando que todo era una ofrenda, un espectáculo solo para ella. Y se comportó como una verdadera espectadora: guardó silencio hasta el final y solo entonces estalló en carcajadas.

Varios pasajeros que habían hecho ademán de subir se quedaron al pie de la escalera, no tan contentos como Katy, sin acabar de entender la situación.

—Perdón —dijo Greg sin dar explicaciones, aunque con una nota cordial e íntima. Le tendió la mano a Katy—: Vamos a ver si hay alguna sala de juegos.

Laurie y Greta los siguieron. Greta deseó que no fuera uno de esos adultos que se hacen amigos de los niños para poner a prueba sus propios encantos, hasta que se aburren y acaban de malhumor al ver lo agotador que puede ser el cariño de los críos.

Antes del almuerzo ya sabía que no había de qué preocuparse. Las atenciones de Katy no solo no agotaban a Greg, sino que otros niños se habían unido a la competición y no daba ninguna muestra de cansancio.

No es que Greg hubiera organizado una competición. Se las había ingeniado de manera que la atención que atrajo en un principio sirviera para que los niños tomaran conciencia unos de otros y la centraran luego en juegos animados, incluso salvajes, pero que no daban cabida al mal genio. Nada de berrinches. Prohibidos los caprichos. Sencillamente no había tiempo, con las cosas interesantes que estaban pasando. Era un milagro capear así el salvajismo en un espacio tan pequeño. Y el derroche de energía prometía una buena siesta por la tarde.

—Greg es increíble —le comentó Greta a Laurie.

—Sí, casi siempre es así —dijo Laurie—. No se reserva. ¿Sabes que muchos actores lo hacen? Los actores en particular. Fuera del escenario son muertos.

Greta pensó: eso es lo que hago yo. La mayor parte del tiempo me reservo. Soy cauta con Katy, cauta con Peter.

En la década en la que se adentraban sin que ella apenas se diera cuenta, se prestaría mucha atención a ese tipo de cosas. Vivir significaría algo que antes no significaba. Ir con la corriente. Entregarse. Había quien se entregaba, había quien no. Las barreras que separaban el interior y el exterior de la cabeza caerían. Exigencias de la autenticidad. Cosas como los poemas de Greta, cosas que no salían directamente de dentro, empezaron a resultar sospechosas, incluso se miraban con desdén. Por supuesto que ella siguió como siempre, indagando y explorando, incidiendo con la misma determinación secreta en la contracultura. Sin embargo, mientras veía a su hija rendirse a Greg y a todo lo que hacía, se sintió plenamente agradecida.

Por la tarde, tal como había previsto, los niños se fueron a dormir la siesta. En algunos casos, las madres también. Otras se quedaron jugando a cartas. Greg y Greta despidieron a Laurie cuando se bajó en Jasper. Ella les lanzó besos desde el andén. Apareció un hombre de más edad, que le cogió la maleta, la besó cariñosamente y saludó a Greg, que le devolvió el saludo.

—El nuevo galán —comentó.

Más saludos mientras el tren se ponía en marcha, y entonces Greta y Greg llevaron a Katy al compartimiento. La niña se quedó dormida entre los dos en pleno salto. Descorrieron la cortina para airear el compartimiento, ahora que no había peligro de que la niña se cayera.

—Alucinante, tener un hijo —dijo Greg. Otra palabra nueva de la época, o al menos para Greta.

—Es algo que pasa —dijo ella.

—Qué serena eres. Y ahora dirás: «Así es la vida».

—Ni hablar —dijo Greta, sosteniéndole la mirada hasta que el chico negó con la cabeza y se echó a reír.

Le contó que se había metido a actor por motivos religiosos. Su familia pertenecía a una secta cristiana de la que Greta nunca había oído hablar. En la secta eran pocos, pero ricos, por lo menos algunos de los miembros. Habían construido un teatro en el recinto de la iglesia que levantaron en una ciudad de las llanuras. Allí fue donde empezó a actuar antes de cumplir diez años. Hacían parábolas de la Biblia, pero también actuales, sobre las cosas horribles que les pasaban a quienes no compartían sus creencias. Su familia estaba muy orgullosa de él, y desde luego Greg también lo estaba, aunque no se le ocurría contarles todo lo que pasaba cuando los ricos conversos iban a renovar sus votos y salían reforzados en su santidad. De todos modos le gustaba que lo felicitaran y le gustaba actuar.

Hasta el día en que se dio cuenta de que podía actuar sin necesidad de todas aquellas monsergas de la iglesia. Por más que planteó el tema con delicadeza, le dijeron que el demonio se había apoderado de él. Ja, dijo, ya sé yo quién quiere apoderarse.

Adiós.

—No creas que todo fue malo. Sigo rezando y mantengo la fe, pero nunca pude hablar con mi familia de lo que pasaba. Con contarles de la misa la mitad, los habría matado del susto. ¿No conoces a gente así?

Greta le dijo que cuando se trasladó con Peter a Vancouver, su abuela, que vivía en Ontario, se puso en contacto con un párroco de allí. El hombre fue a visitarlos y Greta le había dado un desplante. Cuando el cura le dijo que rezaría por ella, le contestó poco más o menos que no se molestara. En esa época su abuela estaba moribunda. Al recordarlo Greta se avergonzaba, y esa vergüenza la irritaba aún más.

Peter no entendía esas cosas. Su madre nunca iba a la iglesia, aunque una de las presuntas razones por las que había cruzado con él las montañas fue que pudieran ser católicos. Peter decía que seguramente los católicos tenían una ventaja, porque podían cubrirse las espaldas hasta el momento antes de morir.

Era la primera vez que pensaba en Peter en un buen rato.

Mientras hablaban de todas esas cosas viscerales pero reconfortantes, Greg y ella iban bebiendo. El chico había sacado una botella de ouzo. A pesar de que Greta procuraba medirse, como lo había hecho con el alcohol desde la fiesta de escritores, el efecto se dejó notar. Suficiente para que se cogieran las manos y empezaran a besarse y a hacer arrumacos. Y todo eso al lado de la niña dormida.

—Será mejor que paremos —dijo Greta—. O acabará siendo deplorable.

—Estos no somos nosotros —dijo Greg—. Son otros.

—Entonces diles que paren. ¿Sabes cómo se llaman?

—Espera un momento. Reg. Reg y Dorothy.

Greta siguió el juego.

—Ya basta, Reg. ¿Qué hay de mi hijita inocente?

—Podríamos ir a mi litera. No está muy lejos.

—No tengo ningún…

—Yo sí.

—¿Lo llevas encima?

—Por supuesto que no. ¿Por qué clase de bestia me tomas?

Así que se arreglaron la ropa y salieron con sigilo del compartimento, prendieron con cuidado todos los broches de la litera donde Katy dormía y, con cierto descuido amanerado, fueron del vagón de Greta al de Greg. No mereció la pena, porque no se cruzaron con nadie. La gente que no estaba en el vagón de la cúpula fotografiando las eternas montañas, debía de estar en el vagón restaurante, o dormitando.

En las desaliñadas dependencias de Greg retomaron lo que habían dejado. Como no cabían los dos en la litera, se las ingeniaron para ponerse uno encima del otro. Al principio se ahogaban de la risa, hasta que llegaron los sensacionales espasmos del placer, sin más opción que mirarse a los ojos. Mordiéndose uno al otro para sofocar los jadeos más feroces.

—Qué bien —dijo Greg—. Me ha gustado.

—Tengo que irme.

—¿Ya?

—Katy podría despertarse y no encontrarme.

—Vale. Vale. De todos modos debería ir preparándome para bajar en Saskatoon. ¿Y si hubiéramos llegado en mitad de todo? Hola, mamá. Hola, papá. Esperadme un momento aquí mientras… ah… oh… ¡uh!

Greta se adecentó y salió. La verdad es que no le preocupaba cruzarse con alguien. Se sentía débil, aturdida, pero triunfal como un gladiador después de un combate en la arena. Al pensarlo no pudo evitar sonreír.

De todos modos no encontró ni un alma.

El último broche de la cortina estaba suelto. Estaba segura de haberlo abrochado al irse. De todos modos no era fácil que Katy pasara por debajo, y menos aún que se atreviera a intentarlo. Cuando Greta había salido antes un momento al lavabo tras insistirle mucho a Katy en que no la siguiera, la niña le había dicho que no pensaba hacerlo, como dando a entender que la trataba como a un bebé.

Greta abrió las cortinas de un tirón y enseguida se dio cuenta de que Katy no estaba.

Perdió la cabeza. Levantó la almohada, como si una niña del tamaño de su hija pudiera taparse con ella. Tanteó la manta con las manos, como si Katy fuera a estar escondida debajo. Procuró dominarse y pensar dónde había parado el tren, si es que había parado, mientras estaba con Greg. ¿Era posible que un secuestrador hubiera subido en una parada y se hubiera llevado a la niña?

Se detuvo en el pasillo a pensar cómo podía detener el tren.

Entonces se obligó a creer que era imposible que algo así ocurriera. No seas ridícula. Katy debía de haberse despertado y, al no encontrarla, había ido en su busca. En su busca, sola.

Por aquí, tiene que estar por aquí. Las puertas que había en los extremos del vagón pesaban demasiado para la niña.

Greta apenas se podía mover, como si las fuerzas hubieran abandonado su cuerpo y su mente. No podía ser verdad. Retrocede, retrocede hasta el momento antes de irte con Greg. Detente ahí. Detente.

Al otro lado del pasillo vio un asiento desocupado por el momento: había un suéter de mujer y una revista sobre la butaca. Más adelante, un compartimento con todos los cierres abrochados, como había dejado el suyo. Apartó las cortinas de un tirón. El anciano que dormía se puso boca arriba, sin llegar a despertarse. Imposible que escondiera a nadie.

Qué idiotez.

La asaltó un nuevo temor. Suponiendo que Katy llegara a uno de los extremos del vagón y se las hubiera ingeniado para abrir la puerta. O que siguiera a alguien que la hubiera abierto. Entre vagón y vagón había una pasarela corta, por la que en realidad se camina sobre el enganche que une los coches. Ahí el movimiento del tren se siente de pronto e impresiona. Hay una puerta maciza detrás y otra delante y, a ambos lados de la pasarela, planchas metálicas que entrechocan y chirrían, bajo las que se guardan las escalinatas que se sacan cuando el tren se detiene.

La gente cruzaba deprisa esos pasillos, donde los chirridos y el traqueteo hacen pensar que las cosas se ensamblan de un modo que a fin de cuentas no parece tan inexorable. Unos chirridos y unos traqueteos que pasarían más desapercibidos si no fueran tan vertiginosos.

La puerta del fondo del vagón pesaba demasiado incluso para Greta. O acaso el miedo le había minado las fuerzas. Empujó con brío con el hombro.

Y allí, entre los dos vagones, acurrucada sobre una de esas planchas de metal que no cesan de chirriar, estaba Katy. Con los ojos como platos y la boca entreabierta, petrificada y sola. No había derramado ni una lágrima, pero al ver a su madre empezó a llorar.

Greta la levantó y, al cargársela sobre la cadera, dio un traspié y chocó con la puerta.

Todos los vagones tenían nombres de batallas o expediciones célebres o de canadienses ilustres. Ellas viajaban en el Connaught. Greta no lo olvidaría nunca.

Katy no se había lastimado. Tampoco se le había enganchado la ropa en alguno de los bordes de las planchas metálicas.

—He ido a buscarte —dijo.

¿Cuándo? ¿Hacía un momento, o justo después de que Greta la dejara sola?

Seguro que no. Si alguien la hubiera visto allí, la habría recogido, habría tocado una alarma.

A pesar de que era un día soleado, no hacía calor de verdad. La niña tenía la cara y las manos heladas.

—Pensaba que estabas en las escaleras —dijo.

Cuando la envolvió con la manta en su litera, ella también se echó a temblar, como si tuviera fiebre. Se sintió mareada, incluso notó un regusto a vómito en la garganta.

—No me aprietes —le dijo Katy, librándose de su abrazo—. Hueles mal.

Greta apartó los brazos y se tumbó en la litera.

La asaltaron ideas de las cosas terribles que hubieran podido pasar. Katy continuaba rígida, rechazándola.

Seguro que alguien la hubiera encontrado. Alguna persona decente, no una mala persona, al verla allí la habría puesto a salvo. Greta hubiera oído con consternación el anuncio, la noticia de que habían encontrado a una niña sola en el tren. Una niña que respondía al nombre de Katy. Greta habría ido corriendo, sin detenerse apenas a ponerse presentable, y al recoger a su hija habría mentido, diciendo que venía del cuarto de baño. Nadie le hubiera quitado el susto, pero se habría ahorrado la imagen que la asediaba tras ver a Katy desamparada en el hueco entre los dos vagones, en medio del estruendo. Sin llorar, sin una queja, como dispuesta a quedarse allí acurrucada para siempre, aunque no le ofrecieran una explicación ni una esperanza. Greta no se quitaba de la cabeza los ojos sin expresión, la boca abierta de su hija, un momento antes de que tomara conciencia del rescate y pudiera romper a llorar. Solo entonces había recuperado su mundo, su derecho a sufrir y a quejarse.

Ahora decía que no tenía sueño, quería levantarse. Preguntó por Greg. Greta le dijo que había ido a echar una siesta, estaba cansado.

Tuvieron el vagón de la cúpula casi para ellas solas el resto de la tarde. Por lo visto la gente se había dejado toda la energía fotografiando las montañas Rocosas. Y, como había dicho Greg, las llanuras los dejaban planchados.

Cuando el tren hizo una breve parada en Saskatoon, Greg se bajó entre otros pasajeros. Greta vio que iba a su encuentro una pareja mayor, debían de ser sus padres. También una anciana en silla de ruedas, probablemente una abuela, y varios jóvenes que se quedaron un poco aparte, alegres y tímidos. Ninguno de ellos parecía miembro de una secta, ni gente en modo alguno estricta o desagradable.

Aunque ¿cómo detectar algo así a simple vista?

Greg se volvió y recorrió con la mirada las ventanillas del tren. Ella lo saludó desde el vagón de la cúpula y, al verla, le devolvió el saludo.

—Ahí está Greg —le dijo Greta a Katy—. Mira, ahí abajo. Nos está saludando. ¿Quieres decirle adiós tú también?

Pero a Katy le costaba encontrarlo entre la gente. O quizá ni lo intentó. Se dio media vuelta con cierto aire ofendido, y Greg, tras un último saludo bufonesco, se volvió también. Greta se preguntó si la niña castigaba su deserción negándose a echarlo de menos o a despedirse siquiera.

De acuerdo, si ha de ser así, mejor olvídalo.

—Greg te estaba saludando —dijo Greta, cuando el tren se puso en marcha.

—Ya lo sé.

Esa noche, mientras Katy dormía a su lado en la litera, Greta le escribió una carta a Peter. Una larga carta que pretendía ser graciosa, sobre las distintas clases de personas que podía encontrarse a bordo del tren. El hecho de que casi todo el mundo prefiriera mirar a través de una cámara, en lugar de ver el paisaje de verdad, y cosas por el estilo. El comportamiento de Katy, bueno en general. Nada de que se había perdido, por supuesto, ni del susto. Mandó la carta cuando las llanuras quedaban ya lejos y los abetos negros se sucedían eternamente, durante una parada que por alguna razón hicieron en el pequeño pueblo perdido de Hornepayne.

Todas las horas de vigilia a lo largo de cientos y cientos de millas las dedicó a Katy. Sabía que nunca se había volcado tanto en su hija. Por descontado siempre había cuidado de ella, vistiéndola, dándole de comer, hablando con ella durante todos los ratos que pasaban juntas mientras Peter estaba en el trabajo, pero Greta siempre tenía cosas que hacer en casa, su atención iba por rachas, su ternura a menudo formaba parte de una táctica.

Y no solo por las tareas domésticas. Otros pensamientos habían desplazado su atención de la niña. Incluso antes de caer en la obsesión inútil, extenuante y estúpida con el hombre de Toronto, existía la otra ocupación, la poesía, que parecía haberse gestado en su cabeza casi desde siempre. Y que de pronto se le antojaba una traición más: a Katy, a Peter, a la vida. Y ahora que no podía quitarse de la cabeza la imagen de Katy sola, acurrucada entre los vagones en medio del estruendo, sería otra cosa que tendría que abandonar.

Un pecado. Había puesto su atención en otra parte. Le había arrebatado atención a la niña a propósito. Un pecado.

Llegaron a Toronto a media mañana. El cielo estaba oscuro. Había una tormenta eléctrica. Katy no había visto nunca semejante despliegue de truenos y relámpagos en la costa Oeste, pero Greta le dijo que no había nada que temer, y de hecho no parecía asustada. Tampoco se asustó con la oscuridad del túnel donde se detuvo el tren, atenuada por una mortecina luz eléctrica.

—Es de noche —dijo la niña.

No, no, dijo Greta, solo tenían que caminar hasta el final del túnel, ahora que al fin se habían bajado del tren. Luego subirían unas escaleras, que quizá fueran mecánicas, hasta un edificio grande, desde donde saldrían a la calle y podrían coger un taxi. Un taxi era un coche que las llevaría hasta su casa. Su casa nueva, donde vivirían una temporada. Vivirían allí una temporada y luego volverían con papá.

Subieron por una rampa que desembocaba en una escalera mecánica. Katy se paró en seco, así que Greta esperó a que la gente pasara de largo. Entonces la cogió en brazos y se la cargó a la cadera, ingeniándoselas para llevar la maleta con la otra mano, aunque al soltarla en los escalones cayó de golpe. Una vez arriba, dejó a la niña en el suelo y pudieron cogerse de la mano de nuevo, a la luz resplandeciente y diáfana de Union Station.

Allí la gente que caminaba delante de ellas empezó a dispersarse, acudiendo a la llamada de quienes los esperaban o simplemente se acercaban a ayudarles con el equipaje.

Igual que alguien que se acercó a ellas en ese momento. Agarró la maleta, abrazó a Greta y la besó por primera vez, con gesto decidido y ceremonioso.

Harris.

Tras la impresión del primer momento, Greta sintió un vuelco en el estómago, un alivio inmenso.

Aunque trató de seguir agarrada a su hija, en ese momento la niña se apartó y se soltó de la mano.

No hizo ademán de huir. Solo se quedó a la espera de lo que tuviera que pasar a continuación.

Amundsen

Me senté a esperar en el banco del andén. Cuando el
tren llegó la estación estaba abierta, pero ahora ya la
habían cerrado. Una mujer sentada en la otra punta
del banco sujetaba entre las rodillas una bolsa de malla llena de
paquetes envueltos en papel pringado de grasa. Carne, carne cru-
da. Se olía de lejos.

Al otro lado de las vías esperaba el tren, vacío.

No aparecieron más pasajeros, y al cabo de un rato el jefe de
estación sacó la cabeza y gritó: «Sanatorio». Al principio no le
entendí bien, pensé que llamaba a alguien, porque otro hombre
con uniforme salió por el lado opuesto del edificio. Cruzó las vías
y se montó en el vagón. La mujer que llevaba los paquetes se levantó y lo siguió, así que hice lo mismo. Se oyeron unos gritos al
otro lado de la calle en el momento en que se abrían las puertas de
una edificación chata con tejas de madera oscura, y varios hombres salieron en tropel, encasquetándose las gorras mientras las
fiambreras metálicas del almuerzo les chocaban contra el muslo.
Por el jaleo que armaban cabía imaginar que el tranvía saliera en
cualquier momento, dejándolos allí. Sin embargo, cuando se aco-
modaron en el vagón el tren siguió inmóvil mientras contaban

cuántos eran y le decían al conductor que aún no podía irse, que faltaba alguien. Entonces uno se acordó de que el compañero al que esperaban tenía el día libre. El tranvía se puso en marcha, aunque no quedó claro si el conductor había prestado atención a lo que le decían, o siquiera le importaba.

Todos los hombres bajaron en un aserradero en medio del bosque, un trayecto que no le habría llevado más de diez minutos a pie, y poco después el lago apareció ante nuestros ojos, cubierto de nieve. Enfrente, un edificio blanco apaisado de madera. La mujer puso en orden los paquetes de la carne y se levantó, y yo la seguí. El maquinista volvió a gritar «Sanatorio» y se abrieron las puertas. Un par de mujeres esperaban para subir. Saludaron a la mujer de la carne y ella comentó que hacía un día crudo.

Todos me evitaron con la mirada cuando me apeé detrás de la mujer de la carne.

Por lo visto no había que esperar a nadie en aquella última parada, porque las puertas se cerraron de golpe y el tren empezó a retroceder.

Entonces se hizo el silencio, el aire parecía de hielo. Abedules de aspecto quebradizo con marcas negras en la corteza blanca, y unos arbustos silvestres de hoja perenne encogidos como osos adormilados. El borde del lago no era liso, el hielo formaba pequeñas crestas irregulares, como si las olas se hubieran congelado en el instante de romper en la orilla. Y a lo lejos el edificio, con premeditadas hileras de ventanas y porches acristalados a ambos extremos. Todo austero y nórdico, un paisaje en blanco y negro bajo la alta cúpula de nubes.

De cerca, la corteza de abedul no era negra, después de todo. Ocre ceniciento, azul ceniciento, gris ceniza.

La quietud y la inmensidad de un hechizo.

—¿Adónde vas? —me dijo la mujer de la carne—. Las horas de visita acaban a las tres.

—No estoy de visita —le dije—. Soy la maestra.

—Bueno, aun así no te dejarán entrar por la puerta principal —dijo la mujer, con cierta satisfacción—. Mejor ven conmigo. ¿No traes maleta?

—El jefe de estación me ha dicho que me la acercaría luego.

—Por cómo estabas ahí plantada, parecía que te habías perdido.

Le dije que me había detenido porque era precioso.

—Habrá quien lo crea. A menos que estén muy enfermos o muy ocupados.

No dijimos nada más hasta que entramos en la cocina, en uno de los extremos del edificio. Ya empezaba a necesitar guarecerme bajo un techo. Ni siquiera me dio tiempo a echar un vistazo alrededor, porque me hicieron prestar atención a las botas.

—Vale más que te las quites, antes de dejar el suelo lleno de pisadas.

Sin una silla donde sentarme, me las saqué como pude y las coloqué en la estera donde la mujer había dejado las suyas.

—Cógelas y llévatelas de aquí, que no sé dónde van a ponerte. Vale más que no te quites el abrigo, porque en el guardarropa no hay calefacción.

Ni calefacción, ni más luz que la que entraba por un ventanuco alto que no dejaba ver el exterior. Era como cuando en la escuela nos castigaban y nos mandaban al guardarropa. El mismo olor a los abrigos que nunca se acababan de secar, a botas que se calaban y empapaban los calcetines manchados, los pies sucios.

Me encaramé en un banco, pero ni así pude ver nada por la ventana. En una repisa, entre gorras y bufandas desperdigadas, encontré una bolsa de higos y dátiles secos. Alguien los habría robado y los habría metido allí para llevárselos a casa. Me entró un hambre repentina. No había comido nada desde la mañana, aparte de un bocadillo reseco de queso en el Ontario Northland. Pensé si era ético robarle a un ladrón. De todos modos los higos se me quedarían pegados en los dientes y me delatarían.

Bajé justo a tiempo. Alguien entraba en el guardarropa. No era ninguno de los empleados de la cocina, sino una colegiala con un grueso abrigo de invierno y el pelo envuelto en una bufanda. Llegó como un vendaval: tiró unos libros sobre el banco de madera con tal impulso que se desparramaron por el suelo, se arrancó la bufanda dejando al descubierto una mata de pelo y, con el mismo impulso se quitó las botas a patadas y las mandó a la otra punta del guardarropa. Por lo visto no la habían interceptado en la puerta de la cocina para que se las quitara.

—Uy, no quería darte —se disculpó la chica—. Cuando entras de fuera está tan oscuro que no sabes ni dónde pisas. ¿No te estás helando? ¿Has venido a pedir trabajo?

—Estoy esperando a que me reciba el doctor Fox.

—Ah, entonces no tendrás que esperar mucho, he venido con él en coche desde el pueblo. No estarás enferma, ¿verdad? Porque no visita aquí, hay que ir al pueblo.

—Soy la maestra.

—¿Ah, sí? ¿Eres de Toronto?

—Sí.

Se hizo un silencio, quizá de respeto.

O no. Más bien le daba un repaso a mi abrigo.

—Qué bonito. ¿El cuello es de pieles?

—Astracán persa. Bueno, en realidad es de imitación.

—Pues a mí me daba el pego. No sé para qué te han metido aquí, se te congelará el culo. Uy, perdón. Si quieres ver al doctor, puedo acompañarte. Sé dónde está todo, vivo aquí prácticamente desde que nací. Mi madre lleva la cocina. Me llamo Mary, ¿y tú?

—Vivi. Vivien.

—Si eres maestra, debería ser señorita algo, ¿no? ¿Señorita qué?

—Señorita Hyde.

—¿No serás la doctora Jekyll? —saltó Mary— Perdón, se me acaba de ocurrir. Me gustaría que fueras mi maestra, pero tengo que ir al colegio del pueblo. Las normas son así de estúpidas. Como no tengo tuberculosis…

Mientras hablaba me condujo por la puerta del fondo del guardarropa, que daba a un pasillo corriente de hospital. Linóleo encerado. Pintura verde mate, un olor antiséptico.

—Ahora que estás aquí a lo mejor conseguiré que Reddy me cambie.

—¿Quién es Reddy?

—Reddy Fox. Un personaje de un libro para niños. Anabel y yo empezamos a llamar así al doctor, porque es pelirrojo como el zorro del cuento.

—¿Quién es Anabel?

—Nadie. Está muerta.

—Vaya, lo siento.

—No es culpa tuya. Por aquí suele pasar. Este año he empezado el bachillerato. Anabel no llegó a ir a la escuela. Cuando hacía primaria, Reddy convenció a la maestra del pueblo de que me dejara pasar mucho tiempo en casa, para hacerle compañía a Anabel.

Se detuvo frente a una puerta entreabierta y silbó.

—Eh. He traído a la maestra.

Contestó un hombre.

—De acuerdo, Mary. Has cumplido por hoy.

—Vale. Oído.

Se apartó de un salto y me dejó cara a cara frente a un hombre enjuto de mediana altura, con el pelo muy corto de un tono rojizo claro que brillaba a la luz artificial del pasillo.

—Ya ha conocido a Mary —dijo—. Tiene mucha labia. No está en su clase, así que no tendrá que soportarla a diario. Con ella no hay medias tintas: o la adoras, o no la soportas.

A primera vista me pareció que sería entre diez y quince años mayor que yo, y al principio me habló como lo haría un hombre de más edad. Un jefe que trata de calar a su futura empleada. Me preguntó por mi viaje, y si alguien se había ocupado de mi maleta. Quería saber qué me parecía la idea de vivir allí arriba, en los bosques, viniendo de Toronto, si no me aburriría.

De ninguna manera, le dije, y añadí que aquello me parecía precioso.

—Es como… es como estar en una novela rusa.

Me miró con atención por primera vez.

—¿De veras? ¿Y en qué novela rusa?

Tenía unos ojos vivarachos, de un gris claro, azulado. Enarcaba una ceja, que parecía la visera de una gorra.

No es que no conociera novelas rusas. Había leído algunas de cabo a rabo, y otras las había dejado a medias. Sin embargo, al ver su ceja enarcada, la expresión divertida pero provocadora de su cara, solo logré recordar *Guerra y paz*. No quería decirlo, porque era el título que cualquiera recordaría.

—*Guerra y paz*.

—Bueno, me parece que aquí solo tenemos la paz. Aunque supongo que si fuera buscando la guerra se habría enrolado en uno de esos escuadrones de mujeres y estaría al otro lado del charco.

Me enfadé y me sentí humillada, porque mi intención no había sido lucirme. O no solamente. Había querido expresar el efecto maravilloso que me había provocado aquel paisaje.

Evidentemente era de esas personas que tendían trampas con las preguntas.

—Supongo que esperaba ver llegar a una maestra mayor salida de a saber qué rincón perdido —dijo, con un leve tono de disculpa—. Como si todo el mundo con una edad y unos méritos razonables tuviera que estar atrapado por el sistema en estos tiempos. No estudió magisterio, ¿verdad? Dígame, ¿qué pensaba hacer después de licenciarse en letras?

—Trabajar en mi doctorado —dije escuetamente.

—Entonces, ¿qué le hizo cambiar de idea?

—Pensé que era hora de ganar un poco de dinero.

—Una idea sensata. Aunque me temo que aquí no ganará mucho. Perdone la indiscreción, solo quería asegurarme de que no va a salir corriendo y dejarnos en la estacada. ¿No tiene planes de matrimonio?

—No.

—De acuerdo. De acuerdo. No la pondré en más aprietos. No la habré desalentado, ¿verdad?

La pregunta me había hecho desviar la mirada.

—No.

—Vaya al vestíbulo, al despacho de la enfermera jefe, y ella le dirá todo lo que precisa saber. Usted comerá con las enfermeras. Le asignarán un cuarto. Trate de no resfriarse, eso sí. Supongo que no tiene experiencia con la tuberculosis.

—Bueno, he leído…

—Ya, ya sé. Ha leído *La montaña mágica.* —Saltó otra trampa, que pareció infundirle nuevas energías—. Quiero creer que las cosas han avanzado un poco desde entonces. Tome, he escrito algunas cosas sobre los chavales de aquí y lo que me parecía que puede hacer con ellos. A veces prefiero expresarme por escrito. La enfermera jefe la pondrá al corriente.

Aún no llevaba allí una semana y todos los acontecimientos del primer día parecían únicos e improbables. No había vuelto a pisar la cocina, ni el guardarropa contiguo donde los empleados dejaban la ropa y escondían sus hurtos, y quizá no volviera a pisarlos. También el despacho del doctor estaba fuera de los límites, dado que para cualquier pregunta, queja y reajuste del día a día había que acudir al despacho de la enfermera jefe. Era una mujer bajita y recia, de cara sonrosada, con gafas de montura al aire y un característico resuello. Parecía que todo lo que se le dijera la dejara perpleja y supusiera un problema, pero se hacía cargo o lo proveía. A veces comía en el comedor con las enfermeras, donde se le servía un banquete especial, y aguaba la fiesta. Por lo general se quedaba en sus dependencias.

Además de ella eran tres las enfermeras tituladas, con ninguna de las cuales me llevaba menos de treinta años. Habían renunciado a la jubilación para cumplir con su deber en tiempos de guerra. Luego estaban las auxiliares de enfermería, que eran de mi edad o incluso más jóvenes, en su mayoría casadas o comprometidas, o con vistas a estarlo, por lo general con hombres que servían en el ejército. En ausencia de las enfermeras y la matrona, hablaban sin parar. A mí no me hacían ni caso. No querían saber cómo era Toronto, aunque quizá algún conocido hubiera ido allí de luna de miel, y tampoco les importaba cómo me iban las clases o lo que hacía antes de empezar a trabajar en el sanatorio. No es que fueran groseras: me pasaban la mantequilla (lo llamaban mantequilla, pero en realidad era una margarina a la que se le añadía un colorante naranja que venía aparte y cada cual mezclaba en su cocina, pues era lo único que permitían las leyes en aquellos tiempos) y me advirtieron de que no comiera el pastel de carne, porque según los rumores era de marmota. Solo descartaban todo lo que pasara en otros lugares, o en otras épocas, o que tuviera que ver con desconocidos. Era una lata y un fastidio. A la menor oportunidad quitaban las noticias de la radio e intentaban poner música.

«Dance with a dolly with a hole in her stockin'…»

Ni a las enfermeras ni a las auxiliares les gustaba la CBC, la emisora que desde pequeña había creído que llevaba la cultura al interior del país. Aun así, al doctor Fox le tenían un respeto reverencial, porque había leído muchos libros.

También decían que no había nadie como él para echar un rapapolvo cuando le venía en gana.

No pude dilucidar si creían que había una relación entre leer muchos libros y echar un rapapolvo.

Enfoques pedagógicos habituales fuera de lugar aquí. Algunos de estos niños se reincorporarán al mundo o sistema, y otros no.

Mejor no excederse con la presión. O sea: hacer exámenes, memorizar, categorizar no tiene sentido.

Omitir directamente los conocimientos de comercio mercantil de la primaria. Quienes lo necesiten se pondrán al día más adelante, o se las apañarán. Más bien incidir en técnicas simples, exposición de hechos y demás elementos necesarios para entender el mundo. ¿Qué hay de los llamados «niños superiores»? Desagradable término. Si son inteligentes desde un cuestionable punto de vista académico, no tendrán dificultad para ponerse al día.

Olvide los ríos de Sudamérica, al igual que la Carta Magna.

Mejor dibujar, música, cuentos.

Juegos sí, pero cuidado con sobreexcitarse o con un exceso de rivalidad.

El reto es mantenerse entre el estímulo y el aburrimiento. El aburrimiento es la condena de la hospitalización.

Si la enfermera jefe no puede suministrarle lo que necesita a veces, el conserje lo tendrá escondido en alguna parte.

Bon voyage.

El número de niños que acudían a clase variaba. Podían ser quince, o menos de media docena. Solo mañanas, de nueve a doce, descansos incluidos, si no les subía la fiebre o tenían que hacerles alguna prueba. Aunque eran críos tranquilos y de trato fácil, no mostraban especial interés en nada. Enseguida se habían dado cuenta de que aquella era una escuela de mentirijillas, donde no se les exigía aprender nada, del mismo modo que no tenían horarios ni había que memorizar las cosas. Esa libertad no les subía los humos, no los aburría hasta ningún extremo preocupante, tan solo los volvía dóciles y lánguidos. Cantaban cánones sin subir la voz. Jugaban al tres en raya. Había una sombra de derrota sobre el aula improvisada.

Decidí seguir las palabras del doctor al pie de la letra. O al menos en parte, como con aquello de que el aburrimiento era el enemigo.

En el cuchitril del conserje había visto una bola del mundo. Pedí que me la trajeran. Empecé con geografía elemental. Los océanos, los continentes, los climas. ¿Y por qué no los vientos y las corrientes marinas? ¿Los países y las ciudades? ¿O el trópico de Cáncer y el trópico de Capricornio? ¿Por qué no, después de todo, los ríos de Sudamérica?

A pesar de que algunos niños habían aprendido antes esas cosas, las tenían prácticamente olvidadas. El mundo caía abruptamente más allá del lago y los bosques. Pensé que los animaría reencontrarse con las cosas que sabían, como viejos conocidos. No les eché encima todo de golpe, por supuesto, y procuré ir despacio con los que nunca habían aprendido esas cosas por haber caído enfermos demasiado pronto.

Planteado como un juego, funcionaba. Los dividía en equipos, les pedía que contestaran cuando yo señalaba aquí o allá con el puntero. Vigilaba que la emoción no durara más de la cuenta. Sin embargo, un día que el doctor entró, justo después de la cirugía de la mañana, me sorprendió con las manos en la masa. Como no podía zanjar el juego de golpe, dejé que decayera por sí solo. El doctor se sentó, con cansancio visible y aire retraído. No hizo ninguna objeción. Al cabo de unos momentos se sumó al juego, pero empezó a dar respuestas disparatadas, no solo equivocando los nombres, sino inventándoselos. De pronto su voz empezó a apagarse poco a poco. Cada vez era menos audible, primero un murmullo, y al final un susurro, hasta que dejó de oírse. Así, a través del absurdo, acabó conquistando la clase. Todo el mundo empezó a articular palabras mudas, imitándolo. Todos los ojos estaban fijos en sus labios.

De repente dejó escapar un gruñido grave que los hizo romper en carcajadas.

—¿Por qué diantre me miráis así? ¿Eso es lo que os enseña la maestra? ¿A quedaros embobados mirando a la pobre gente que no molesta a nadie?

La mayoría rieron, pero algunos niños ni por esas dejaron de mirarlo. Esperaban con avidez nuevas payasadas.

—Venga. Id a portaros mal a otra parte.

Luego se disculpó conmigo por interrumpir la clase. Comencé a explicarle mis razones para tratar de hacer algo más parecido al colegio de verdad.

—Pero estoy de acuerdo con usted en cuanto a la presión —dije con vehemencia—. Estoy de acuerdo con lo que decía en sus instrucciones. Solo pensé que…

—¿Qué instrucciones? Ah, solo eran algunas ideas que se me pasaban por la cabeza. No pretendía que se las tomara como las tablas de la ley.

—Quiero decir que, mientras la enfermedad lo permita…

—Estoy seguro de que tiene razón, no creo que importe mucho.

—Los notaba un poco apáticos.

—No hay ninguna necesidad de hacer un mundo —dijo haciendo ademán de irse. —Entonces se volvió y, con escaso convencimiento, como si se disculpara añadió—: Podemos hablarlo en otro momento.

Ese momento, pensé, no llegará nunca. Era obvio que, además de tonta, me tomaba por una latosa.

A la hora del almuerzo supe por las auxiliares que aquella mañana alguien no había salido con vida de una operación. Al ver que mi enojo no estaba justificado, me sentí aún más tonta.

Todas las tardes eran libres. Mis alumnos bajaban a dormir largas siestas, y a mí a veces me apetecía hacer lo mismo. En mi habitación me helaba: todo el edificio parecía igual de frío, mucho más que el apartamento de Avenue Road de mis abuelos, y eso que ellos ponían los radiadores al mínimo por patriotismo. Las mantas del sanatorio eran finas, y me extrañaba que no hubiera algo de más abrigo para los enfermos de tuberculosis.

Claro que yo no estaba enferma. Puede que se escatimaran recursos con la gente sana.

A pesar de la modorra, no conseguía dormirme. Arriba se oía el traqueteo de camas hasta los porches descubiertos, donde exponían a los pacientes al frío gélido de la tarde.

El edificio, los árboles, el lago, nunca volverían a ser los mismos del primer día, cuando me cautivaron con su misterio y autoridad. Aquel primer día me había sentido invisible. Ahora costaba creer que fuera cierto.

Ahí está la maestra. ¿Qué hace?

Está mirando el lago.

¿Por qué?

No tiene nada mejor que hacer.

Hay gente con suerte.

De vez en cuando me saltaba el almuerzo, aunque contara como parte del sueldo. Iba a Amundsen y comía en una cafetería. El café era sucedáneo de achicoria y malta, y el mejor bocadillo era el de salmón en lata, cuando lo había. La ensalada de pollo había que revisarla bien, para quitar los pedacitos de piel y cartílago. A pesar de todo, allí me sentía más cómoda, pensando que nadie me conocía.

Aunque quizá en eso me equivocaba.

Como la cafetería no disponía de lavabo de señoras, había que ir al hotel de al lado y cruzar la puerta de la cervecería, un antro bullicioso del que salía un olor a cerveza y bourbon y una vaharada de humo de cigarrillos y puros capaz de tumbarte de un golpe. Y a pesar de todo no me incomodaba entrar allí. Los leñadores, los hombres del aserradero, jamás te aullarían como hacían los soldados y los aviadores en Toronto. Era un mundo de hombres, que hablaban de sus asuntos con voces roncas, que no iban allí en busca de mujeres. Más bien a librarse de su compañía, por un rato o para siempre.

El doctor tenía una consulta en la calle principal. Era un local pequeño de una sola planta, así que debía de vivir en otra parte. Por las auxiliares sabía que no estaba casado. En la única calle lateral creí identificar la que probablemente fuera su casa: una vivienda de fachada estucada con una ventana en la buhardilla, encima de la puerta de entrada, con la repisa llena de libros apilados. A pesar de cierto aire sombrío, se advertía pulcritud, una comodidad mínima pero precisa, a la medida de un hombre que vive solo y que lleva una vida ordenada.

Al final de aquella única calle residencial estaba el colegio, un edificio de dos plantas. Abajo, los alumnos de primaria, y arriba, los de secundaria. Una tarde vi de refilón a Mary, enfrascada en una guerra de bolas de nieve. Al parecer eran chicas contra chicos.

—¡Eh, profe! —gritó Mary al verme, y lanzó al tuntún las bolas que acaparaba entre las manos antes de cruzar la calle brincando—. ¡Hasta mañana! —les anunció a los otros chavales sin volverse del todo, como advirtiéndoles que no la persiguieran—. ¿Vas para casa? —me preguntó—. Yo también. Antes volvía con Reddy en coche, pero últimamente acaba muy tarde. ¿Qué haces, vas en tranvía?

Le dije que sí.

—Ah, pues si quieres te enseño el otro camino, y así te ahorras el dinero —me propuso—. El camino del bosque.

Me llevó por un sendero estrecho pero transitable, que bordeaba el pueblo y atravesaba el bosque, pasando por el aserradero.

—Reddy va siempre por aquí —dijo—. Es un poco empinado, pero para ir al sanatorio se acorta camino.

Pasamos el aserradero, y más abajo había unos rebajes feos en medio del bosque con unas cuantas barracas que, a juzgar por la leña amontonada y los cordeles de tender la ropa y el humo de las chimeneas, debían de estar habitadas. De una de las casuchas salió corriendo un gran perro lobo que empezó a ladrar y gruñir con fiereza.

—Cierra ese hocico —le chilló Mary. Y en un visto y no visto le lanzó una bola de nieve entre los ojos. El perro empezó a dar vueltas a nuestro alrededor, y Mary preparó otra bola, que lo alcanzó en el lomo. Salió gritando una mujer con delantal.

—¡Por poco lo matas!

—Pues vaya una pena —dijo Mary.

—¡Como te coja mi marido…!

—Estaría bueno. Si ese viejo tuyo no atina ni en el cagadero.

El perro nos siguió a cierta distancia, con algunas amenazas no del todo sinceras.

—No te preocupes, puedo encargarme de cualquier perro —dijo Mary—. Hasta podría encargarme de un oso, si nos lo encontráramos.

—Pero ¿los osos no hibernan en esta época del año?

El perro me había dado un buen susto, aunque me hacía la despreocupada.

—Ya, pero nunca se sabe. Una vez uno salió antes de tiempo y anduvo rondando por los cubos de basura del sanatorio. Mi madre se lo encontró de frente al darse media vuelta. Reddy sacó la escopeta y lo mató.

»Antes Reddy nos llevaba a Anabel y a mí en trineo, y a veces también a otros niños, y tenía un silbido especial para espantar a los osos. Era un sonido demasiado agudo para el oído humano.

—¿De veras? ¿Tú viste el silbato?

—No, no era un silbato. Era un silbido que hacía con la boca.

Pensé en la actuación del doctor Fox en la clase.

—No sé, igual solo lo decía para que Anabel no tuviera miedo. Como ella no podía montar a caballo, Reddy tiraba de ella en un trineo. Yo me ponía detrás y a veces me montaba, y Reddy decía, no sé qué pasa con este trasto, que pesa una tonelada. Entonces se daba la vuelta muy rápido, pero nunca me pillaba. Y le preguntaba a Anabel, cómo pesas tanto, qué has desayunado, chica, pero ella nunca se chivó. Si iban otros niños no me subía, solo me gustaba cuando estábamos Anabel y yo. Ella era mi mejor amiga, nunca tendré otra igual.

—¿Y esas chicas de la escuela? ¿No son tus amigas?

—Voy con ellas porque no hay nadie más. Para mí no significan nada.

»Anabel y yo cumplíamos años el mismo mes. En junio. Cuando cumplimos once años, Reddy nos llevó en barca por el lago. Nos enseñó a nadar. Bueno, a mí. A Anabel siempre había que aguantarla, no podía aprender de verdad. Un día Reddy se alejó nadando y le llenamos los zapatos de arena. Y luego, cuando cumplimos doce, no pudimos ir a ningún sitio así, pero nos llevó a su casa y merendamos pastel. Ella ni lo probó, así que con Reddy fuimos tirando pedacitos por la ventanilla del coche para dar de comer a las gaviotas. Graznaban como locas y se peleaban. Nos moríamos de la risa, y Reddy tuvo que parar y agarrar a Anabel para que no le diera una hemorragia.

»Y después —dijo—, después ya no me dejaron verla más. A mi madre nunca le gustó que me juntara con niños con tuberculosis, pero Reddy la había convencido diciéndole que se encargaría de que dejara de verla llegado el momento. Y cuando lo hizo me puse hecha una furia, aunque de todos modos con Anabel ya no me podía divertir, estaba demasiado enferma. Te enseñaré su tumba. Todavía no hay lápida ni nada. Cuando Reddy tenga un poco de tiempo haremos algo. Si hubiéramos seguido el camino, en lugar de bajar por aquí, habríamos llegado al cementerio donde está enterrada. Ahí solo ponen a los muertos que nadie reclama para llevárselos a casa.

Volvíamos a caminar sobre terreno llano, nos acercábamos al sanatorio.

—Ah —dijo—, casi me olvido. —Sacó un puñado de boletos—. El día de San Valentín representamos una obra en el colegio. Se titula *Pinafore*. Tengo todas estas entradas para vender, y a lo mejor quieres comprarme la primera. Yo salgo cantando.

Acerté al adivinar la casa de Amundsen donde vivía el doctor. Me llevó allí a cenar. Me pareció que se le ocurrió de improviso invitarme, un día al cruzarnos por el pasillo. Quizá se sentía obligado al recordar que había sugerido reunirnos alguna vez para comentar cuestiones didácticas.

Me propuso quedar la misma noche que se representaba *Pinafore*, y yo ya me había comprado la entrada.

—Bueno, yo también —me contestó cuando se lo dije—. Eso no significa que haya que ir.

—Me siento un poco comprometida con Mary.

—Bueno, así ya podrá no sentirse en compromiso. La obra será espantosa, créame.

Aunque no pude ver a Mary, para avisarla, hice lo que el doctor Fox me dijo. Me quedé esperándolo donde me pidió, en el porche de la puerta principal. Llevaba mi mejor vestido, de crespón verde oscuro con botoncitos de perla y cuello de encaje auténtico, y había conseguido embutir los zapatos de ante con tacón alto en las botas para la nieve. Esperé más allá de la hora convenida; al principio me inquietaba que la enfermera jefe me viera allí plantada al salir de su despacho, y luego que el doctor hubiera olvidado la cita.

Al final llegó, todavía abrochándose el abrigo, y se disculpó.

—Siempre aparece algún cabo suelto a última hora —dijo mientras rodeábamos el edificio hasta su coche, bajo las estrellas—. ¿Puede caminar bien? —Cuando le dije que sí, aunque me preocupaban los zapatos de ante, no se ofreció a darme el brazo.

Tenía un coche viejo y destartalado, como la mayoría en aquellos tiempos. Sin calefacción. Cuando dijo que íbamos a su casa, me tranquilicé. No veía cómo nos las arreglaríamos entre el gentío del hotel, y esperaba no tener que pasar con los bocadillos de la cafetería.

Al entrar me dijo que no me quitara el abrigo hasta que se caldeara un poco el ambiente. Prendió la estufa de leña sin pérdida de tiempo.

—Seré su portero, su cocinero y su sirviente —dijo—. Enseguida se estará a gusto aquí dentro, y la comida no me llevará mucho tiempo. No hace falta que me ayude, prefiero cocinar solo. ¿Dónde quiere esperar? Puede ir a la sala de estar y echar un vistazo a los libros. Supongo que con el abrigo puesto será soportable. La casa se calienta con estufas de leña, y solo enciendo las de los cuartos que se van a usar. El interruptor está detrás de la puerta. ¿No le importa que ponga las noticias? Es una costumbre que tengo.

Fui a la sala de estar, con la impresión de acatar una orden. Al ver que dejaba abierta la puerta de la cocina, el doctor la cerró.

—Solo hasta que aquí dentro se caliente un poco —dijo, antes de concentrarse en las noticias de aquel último año de la guerra, que el locutor de la CBC daba con un dramatismo lúgubre, casi litúrgico.

Habría preferido quedarme en la cocina, porque no había oído aquella voz desde que me fui de casa de mis abuelos, pero había un sinfín de libros en los que perder la mirada. No solo en las estanterías, sino también apilados en las mesas, las sillas, las repisas de las ventanas e incluso en el suelo. Tras echar una ojeada, llegué a la conclusión de que debía de comprar los libros por lotes, y que lo más probable es que estuviera suscrito a varios círculos de lectores. Los Clásicos de Harvard. Los tratados de historia de Will y Ariel Durant. Las mismas colecciones de las estanterías de mi abuelo. A primera vista no abundaban tanto la novela y la poesía, aunque descubrí varios clásicos infantiles sorprendentes.

Libros sobre la guerra de Secesión, la guerra de Sudáfrica, las guerras napoleónicas, las guerras del Peloponeso, las campañas de Julio César. *Exploraciones de la Amazonia y el Ártico, Shackleton atrapado en el hielo, El funesto destino de Franklin, La partida de Donner, Las tribus perdidas: ciudades enterradas del África central, Newton y la alquimia, Secretos del Hindu Kush.* Libros que hablaban de alguien ávido de conocimiento, por acaparar grandes masas dispersas del saber. Quizá no muy firme y exigente en sus gustos.

Así que cuando me preguntó «¿Qué novela rusa?» tal vez no se apoyara en una plataforma tan sólida como imaginé.

Cuando me avisó de que la cena estaba lista, abrí la puerta armada de un escepticismo recién descubierto.

—¿Con quién coincide, con Naphta o con Settembrini? —le pregunté.

—¿Perdón?

—En *La montaña mágica.* ¿A quién prefiere, a Naphta o a Settembrini?

—Si le soy sincero, los dos me han parecido siempre un par de charlatanes. ¿Y usted?

—Settembrini me parece más humano, pero Naphta es más interesante.

—¿Eso fue lo que le dijeron en la escuela?

—No lo leí en la escuela —dije con frialdad.

Me miró de reojo, enarcando la ceja.

—Disculpe. Si hay algo aquí que le interesa, tómese la libertad. Tómese la libertad de venir aquí en su tiempo libre. Podría dejarle preparada una estufa eléctrica, pues supongo que no tiene experiencia con las estufas de leña. Pensémoslo, ¿de acuerdo? Buscaré una llave de sobras que tengo por ahí.

—Gracias.

De cena, costillas de cerdo con puré de patatas y guisantes de lata. De postre había una tarta de manzana de la pastelería, que hubiera ganado con un golpe de horno.

Quiso que le hablara de la vida en Toronto, la universidad, mis abuelos. Imaginaba que me habían criado en la senda de la virtud, ¿verdad?

—Mi abuelo es un párroco protestante liberal, al estilo de Paul Tillich.

—¿Y usted? ¿La nietecita liberal?

—No.

—*Touché*. ¿Le parezco grosero?

—Depende. Si me lo pregunta como empleada, no.

—Entonces continuaré. ¿Tiene novio?

—*Sí*.

—En las fuerzas armadas, supongo.

En la Marina, dije. Me pareció acertado, porque así se explicaría que nunca supiera dónde estaba ni recibiera cartas con regularidad. Sería comprensible que no volviera de permiso.

El doctor se levantó y fue a por el té.

—¿En qué clase de embarcación está?

—Una corbeta. —Otro acierto. Al cabo de un tiempo podría decir que había muerto, porque las corbetas solían acabar torpedeadas.

—Un muchacho valiente. ¿Leche o azúcar en el té?

—Nada, gracias.

—Estupendo, porque no tengo ni una cosa ni la otra. ¿Sabe que cuando miente se le nota? Se pone colorada.

Si no lo había hecho ya, me sonrojé entonces. Sentí que el calor me subía desde los pies y el sudor me resbalaba por las axilas. Ojalá no estropeara el vestido.

—Siempre me pongo colorada cuando tomo té.

—Ah, ya veo.

Las cosas no podían ir a peor, así que decidí plantarle cara. Volví las tornas y empecé a interrogarlo sobre sus operaciones. ¿Extirpaba los pulmones, tal como había oído decir?

Si hubiera seguido con las burlas o dándose ínfulas —tal vez ese era el ridículo concepto que tenía de la seducción— creo que me habría puesto el abrigo y me habría lanzado a la intemperie. Quizá se dio cuenta. Empezó a hablar de la toracoplastia, y explicó que para el paciente no era una cirugía fácil, no se quita así como así un pulmón que falla. Curiosamente, ya Hipócrates conocía la técnica, aunque hacía poco tiempo que se había extendido la práctica de extirpar el lóbulo.

—Pero ¿no pierde a algunos pacientes? —dije.

Debió de parecerle que era el momento de bromear de nuevo.

—Desde luego. Cuando salen corriendo y se esconden en el bosque, no sabemos dónde se meten… Saltan al lago… Ah, ¿o se refiere a si mueren? A veces las cosas se tuercen. Sí.

Dijo que se avistaban grandes cambios en el horizonte. La cirugía que se practicaba hoy en día pronto quedaría tan obsoleta como las sangrías. Hay un nuevo fármaco en camino. Estreptomicina. Ya se ha usado en ensayos. Aún plantea problemas, naturalmente. Toxicidad en el sistema nervioso. Pero ya encontrarán la manera de lidiar con eso.

—Y entonces los matasanos como yo nos quedaremos sin trabajo.

Lavó él los platos, y yo sequé. Me anudó un paño de cocina a la cintura, para protegerme el vestido. Tras atar las dos puntas, me posó una mano en la parte superior de la espalda. Con los dedos separados ejerció una presión tan firme que casi pareció que examinara mi cuerpo con interés profesional. Al irme a la cama todavía notaba la presión de aquellos dedos, con una intensidad creciente desde el dedo meñique hasta el duro pulgar. Me gustó. Fue más importante que el beso que me dio en la frente, justo antes de salir de su coche. Un beso con los labios secos, breve y formal, impuesto con autoridad precipitada.

La llave de su casa apareció en el suelo de mi habitación; la había deslizado por debajo de la puerta en mi ausencia. Aunque de todos modos no iba a usarla. Si el ofrecimiento hubiera venido de cualquier otra persona, no habría dejado pasar la oportunidad. Y menos sabiendo que había una estufa. En cambio, la presencia de ese hombre nunca me haría sentir cómoda, ni antes ni después; siempre sería un placer tenso y enervante, más que gozoso. Me hacía temblar aun cuando no hiciera frío, y no creía que en su casa hubiera podido leer una sola palabra.

Creí que Mary me regañaría por haberme perdido su *Pinafore*. Pensé en decirle que no me encontraba bien, que me había resfriado, pero me acordé de que allí los resfriados eran un asunto serio, que requería mascarillas y desinfectante, que entrañaba el destierro. Y pronto entendí que de todos modos ocultar mi visita a la casa del médico sería una causa perdida. No era un secreto para nadie, hasta las enfermeras debían de saberlo, aunque no lo comentaran, bien por altivez y discreción, bien porque ya no les interesaban esos líos. En cambio las auxiliares quisieron sonsacarme.

—¿Qué, lo pasaste bien en la cena de la otra noche?

Hablaban con cordialidad, como si lo aprobaran. Daba la impresión de que mis peculiaridades de pronto sumaran fuerzas con las peculiaridades del doctor, que ya eran de sobra conocidas y se respetaban. Mejoró mi reputación. Por rara que fuera, parecía que al menos podía conseguir a un hombre.

Mary no apareció por allí en toda la semana.

«Hasta el sábado», acordamos justo antes de que me administrara el beso. Así que volví a esperarlo en el porche de la entrada, y esta vez no llegó tarde. Fuimos en coche hasta su casa y esperé en la sala de estar mientras él encendía el fuego. Reparé en la estufa eléctrica, cubierta de polvo.

—No aceptaste mi ofrecimiento —me dijo tuteándome—. ¿Creíste que no era sincero? Yo nunca hablo por hablar.

Le dije que no había querido ir al pueblo por miedo a encontrarme con Mary.

—Por no haber ido al concierto.

—A ver si vas a vivir tu vida en función de Mary —me reprochó.

El menú fue muy parecido al anterior. Chuletas de cerdo, puré de patatas, maíz en lugar de guisantes. Esta vez me dejó ayudarlo en la cocina, incluso me pidió que pusiera la mesa.

—Y de paso sabrás dónde están las cosas. Todo sigue un orden lógico, creo.

Así pude verlo trabajar en los fogones. La facilidad con que se concentraba, la economía de sus movimientos, me provocaron una sucesión de chispazos y escalofríos.

Acabábamos de empezar a comer cuando llamaron a la puerta. En cuanto se descorrió el cerrojo, Mary irrumpió en la vivienda.

Dejó una caja de cartón en la mesa para quitarse el abrigo, bajo el que llevaba un traje rojo y amarillo.

—Feliz día de San Valentín, aunque con retraso —dijo—. Como no vinisteis al concierto, el concierto viene aquí. Y también traigo un regalo.

Su magnífico equilibrio le permitía aguantarse en un solo pie mientras se sacaba las botas a patadas, primero una, luego la otra. Las quitó de en medio y empezó a brincar alrededor de la mesa, cantando con su joven voz, lastimera y vigorosa a un tiempo.

I'm called Little Buttercup,
Poor Little Buttercup,
Though I can never tell why.
But still I'm called Little Buttercup
Poor Little Buttercup,
Dear Little Buttercup I…

Antes de que empezara a cantar, el doctor se levantó y se metió en la cocina a rascar la sartén donde había preparado las chuletas de cerdo.

Cuando Mary acabó la canción aplaudí.

—Qué traje tan precioso —le dije.

Y lo era. Falda roja, enaguas de un amarillo vivo, delantal blanco de volantes, corpiño bordado.

—Me lo ha hecho mi madre.

—¿El bordado también?

—Claro. Se quedó despierta hasta las cuatro de la mañana para tenerlo listo el día de la obra.

Siguió dando vueltas y zancadas para lucir el vestido. Se oía el ruido de loza en la cocina. Volví a aplaudir. Ambas queríamos solo una cosa. Queríamos que el doctor volviera y dejara de ignorarnos. Que dijera, aunque a desgana, una palabra de cortesía.

—Y mira qué más traigo —dijo Mary, rasgando la caja—. Para un enamorado. —Eran galletas de San Valentín, en forma de corazón y cubiertas con un generoso baño rojo.

—Qué espléndido —dije, y Mary siguió con sus cabriolas.

> *I am the Captain of the* Pinafore.
> *And a right good captain, too!*
> *You're very, very good, and be it understood,*
> *I command a right good crew.*

El doctor se volvió al fin y la chica lo saludó.

—De acuerdo —dijo él—. Ya basta.

Ella no le hizo caso.

> *Then give three cheers and one cheer more*
> *For the hardy captain of the* Pinafore…

—He dicho que ya basta.

—*For the gallant captain of the Pinafore…*

—Mary. Estamos cenando. Y nadie te ha invitado a venir. ¿Lo entiendes? No estás invitada.

Por fin la chica se calló, aunque apenas un momento.

—Vale, al cuerno contigo. No eres muy amable, que digamos.

—Y más vale que te dejes de tanta galleta. Mejor que ni las pruebes. Vas camino de ponerte tan rolliza como un cerdo.

Mary hinchó los mofletes como si fuera a echarse a llorar, pero se contuvo.

—Mira quién habla. El bizco —saltó.

—Basta ya.

—Es que es verdad.

El doctor cogió las botas del suelo y se las plantó delante.

—Póntelas.

Ella obedeció con los ojos llenos de lágrimas, moqueando. Sorbió con fuerza con la nariz. Aunque el doctor le acercó el abrigo, no la ayudó al ver que se retorcía para meter los brazos y encontrar los botones.

—Muy bien. Y ahora dime, ¿cómo has venido?

Ella se negó a responder.

—Andando, ¿no? ¿Dónde está tu madre?

—Tiene partida de euchre.

—Bueno, puedo llevarte a casa. Así no tendrás ocasión de tirarte por un terraplén de nieve y congelarte por pura autocompasión.

No dije nada. Mary no me miró ni una sola vez. Era un momento demasiado tenso para despedidas.

Cuando oí que el coche arrancaba, empecé a quitar la mesa. No habíamos llegado al postre, que otra vez era tarta de manzana. Quizá no conociera más tipos de tarta, o era la única que hacían en la panadería.

Me comí una de las galletas en forma de corazón, y el baño me pareció empalagoso. No tenía sabor a moras o a cereza, era solo azúcar con colorante rojo. Me comí otra, y otra.

Sabía que por lo menos tendría que haberle dicho adiós a Mary. Haberle dado las gracias. Aunque daba igual. Me dije que daba igual. La escena no iba dirigida a mí. O quizá solo muy de refilón.

Me sorprendía que él hubiera sido tan cruel. Y con alguien tan necesitado. Aunque en cierto modo lo había hecho por mí. Para disfrutar del rato que pasaba conmigo. La idea me halagó, y me avergoncé por ello. No sabía lo que le diría cuando volviera.

No quiso que dijera nada. Me llevó a la cama. ¿Era algo que estaba en las cartas desde el principio, o le sorprendió casi tanto como a mí? Mi virginidad cuando menos no pareció sorprenderlo, porque trajo una toalla, además del condón, y le puso empeño, toda la delicadeza que pudo. Mi pasión quizá sí fuera una sorpresa para ambos. La imaginación resultó ser, a fin de cuentas, una escuela tan buena como la experiencia.

—Tengo intención de casarme contigo —me dijo.

Antes de llevarme a casa tiró por la nieve todas las galletas, todos aquellos corazones rojos, para alimentar a los pájaros del invierno.

Así que quedó apalabrado. Nuestro repentino compromiso, aunque él recelara de la palabra, quedó apalabrado entre los dos. A mis abuelos no les diría nada. La boda se celebraría cuando se las arreglara para conseguir un par de días libres. Sería una boda monda y lironda, dijo. Me pidió que entendiera que la idea de una ceremonia en presencia de gente con una mentalidad tan pacata, y para colmo aguantar sus burlas y sonrisitas, era más de lo que estaba dispuesto a soportar.

Tampoco era partidario de los anillos de diamantes. Le dije que nunca había querido tener uno, y era cierto, porque nunca lo había pensado. Perfecto, ya sabía que no era de esas chicas preocupadas por convenciones estúpidas.

Sería mejor que no volviéramos a cenar juntos, no solo por las habladurías, sino por lo que costaba conseguir carne para dos con una sola cartilla de racionamiento. Mi cartilla no podía usarla, porque se la había entregado a la encargada de la cocina, la madre de Mary, en cuanto empecé a comer en el sanatorio.

Mejor no llamar la atención.

Claro que todo el mundo sospechaba algo. Las enfermeras mayores de pronto fueron cordiales conmigo, e incluso la jefa procuraba esbozar una sonrisa cuando me veía. Empecé a acicalarme modestamente, sin apenas proponérmelo. Solía quedarme absorta, en un gesto aterciopelado, con la mirada baja. La verdad es que no se me ocurrió que esas mujeres curtidas por la edad aguardaran a ver el giro de aquella relación íntima, y que no dudarían en poner el grito en el cielo si el doctor decidía abandonarme.

Fueron las auxiliares las que se pusieron de mi parte sin reservas, y bromeaban diciendo que veían campanas de boda en los posos del té.

El mes de marzo fue nefasto y ajetreado tras las puertas del hospital. Siempre era el peor mes, según las auxiliares. A la gente le daba por morirse, justo después de haber superado los embates del invierno. Cuando un niño no se presentaba en clase, no sabía si era porque había empeorado drásticamente o solo guardaba cama ante la sospecha de un resfriado. Me había hecho con una pizarra portátil y había escrito los nombres de todos los niños en los márgenes. Ahora ni siquiera tenía que borrar a los que iban a ausentarse una temporada. Otros niños lo hacían por mí, sin mencionar nada. Conocían el protocolo mejor que yo.

Aun así, el doctor encontró tiempo para hacer algunos preparativos. Me pasó una nota por debajo de la puerta avisándome de que lo tuviera todo listo para la primera semana de abril. A menos que hubiera una verdadera crisis, podría conseguir un par de días.

Vamos a Huntsville.

Ir a Huntsville: la clave de que nos casamos.

Ha empezado el día que sin duda recordaré toda la vida. Llevo mi vestido de crespón verde recién sacado de la tintorería y enrollado con esmero en mi pequeño bolso de viaje. Mi abuela me enseñó que el truco para que la ropa no se arrugue es enrollarla bien prieta en lugar de doblarla. Supongo que me tendré que cambiar en algún lavabo. Voy mirando las veras del camino por si hubiera alguna flor silvestre temprana con la que hacerme un ramo. ¿Me pondría objeciones a que llevara ramo? Aún es pronto para las caléndulas, de todos modos. Por la carretera serpenteante desierta no se ven más que píceas negras raquíticas, islotes de enebro invasor y tremedales. Y como una cuchillada corta la carretera un amasijo de esas rocas que ya me parecen familiares, hierro ensangrentado entre lajas de granito.

La radio del coche está encendida y suena una música triunfal, porque los Aliados se acercan cada vez más a Berlín. Alister, el doctor Fox, dice que se están retrasando para dejar que los rusos entren primero. Y que luego lo lamentarán.

Ahora que estamos lejos de Amundsen, me doy cuenta de que puedo llamarlo Alister. Es el trayecto más largo que hemos hecho, me excitan su indiferencia viril, ahora que sé con qué rapidez puede darse un vuelco, y la despreocupación y la habilidad con que conduce. Aunque jamás se me ocurriría reconocerlo, me parece excitante que sea cirujano. Creo que ahora mismo podría ofrecerme a él en cualquier tremedal o agujero cenagoso, o dejar que me aplastara la columna vertebral contra cualquier roca a la vera del camino, si exigiera un encuentro vertical. Sé también que esos sentimientos debo reservarlos para mí.

Me concentro en el futuro. Espero que en Huntsville encontremos a un cura y que nos case en un salón modesto, aunque con una elegancia parecida al salón de mis abuelos y los salones que he conocido toda la vida. Recuerdo que la gente seguía acudiendo a mi abuelo con propósitos matrimoniales incluso después de que se retirara. Mi abuela se ponía un poco de colorete y sacaba la chaqueta azul marino de raso que guardaba para hacer de testigo en tales ocasiones.

Descubro, sin embargo, que hay otras maneras de casarse, y otra aversión de mi futuro esposo en la que no se me había ocurrido pensar. No quiere tener nada que ver con los curas. En el ayuntamiento de Huntsville rellenamos los formularios, donde se da fe de que ambos somos solteros, y concertamos cita para que nos case el juez de paz ese mismo día.

Hora de comer. Alister se para frente a un restaurante que podría ser un primo hermano de la cafetería de Amundsen.

—¿Te va bien aquí?

Al verme la cara cambia de opinión.

—¿No? —pregunta—. De acuerdo.

Acabamos almorzando en el gélido comedor de una de las casas de comidas más refinadas que anuncian platos de pollo. Los platos están helados, no hay más comensales, ni música de fondo, solo el tintineo de nuestros cubiertos mientras tratamos de despiezar el pollo correoso. Seguro que piensa que nos hubiera ido mejor en el restaurante que sugería él.

A pesar de todo tengo el valor de preguntar por el lavabo de señoras, y allí, venciendo un aire aún más frío que el del comedor, sacudo mi vestido verde, me lo pongo, me retoco el pintalabios y me arreglo el pelo.

Cuando salgo, Alister se levanta para recibirme, sonríe al estrecharme la mano y dice que estoy preciosa.

Volvemos al coche caminando de la mano, entumecidos. Me abre la puerta, se monta por el otro lado y se acomoda para arrancar el coche. Aun así, no llega a darle al contacto.

El coche está aparcado delante de una ferretería. Se venden palas de quitar la nieve a mitad de precio. En el escaparate sigue colgado el cartel de que allí se afilan patines.

Al otro lado de la calle hay una casa de madera pintada de un amarillo aceitoso. Los escalones de la entrada no deben de ser seguros, porque dos tablones clavados en forma de equis impiden el paso.

El camión aparcado delante del coche de Alister es de un modelo de antes de la guerra, con un estribo y una franja de óxido en el guardabarros. Un hombre con peto de trabajo sale de la ferretería y se monta en el vehículo. El motor arranca quejumbroso y, tras varios traqueteos y saltos, el camión se aleja. Llega una camioneta de reparto con el nombre del establecimiento en letras impresas y aparca en el hueco libre. Al ver que le falta espacio, el conductor se baja y da unos golpecitos en la ventanilla de Alister. Alister se sorprende: si no hubiera estado tan enfrascado hablando, habría reparado en el problema. Baja la ventanilla y el hombre pregunta si hemos aparcado para comprar en la tienda. Si no, ¿podríamos mover el coche?

—Nos vamos —dice Alister, el hombre sentado a mi lado que iba a casarse conmigo pero ya no va a casarse—. Ya nos íbamos.

Ha hablado en plural. Por un instante me aferro a ese «nosotros» implícito, hasta que me doy cuenta de que es la última vez. La última vez que hablará de mí y de él en plural.

No es el «nosotros» lo que importa, no es eso lo que me revela la verdad. Es el tono de hombre a hombre con que se dirige al conductor del camión, la disculpa serena y razonable latente de su voz. En ese momento deseé volver a lo que estaba diciendo antes, cuando ni siquiera había reparado en la camioneta que quería aparcar. Aunque lo que decía era terrible, en la firmeza con que agarraba el volante, en la firmeza y en la vehemencia y en su voz había dolor. Más allá de lo que dijera o lo que quisiera expresar, en ese momento hablaba desde las mismas honduras que cuando estuvo en la cama conmigo. Después de hablar con el otro hombre, ya no. Sube la ventanilla y se concentra en sacar el coche del espacio angosto sin rozar la camioneta.

Y, apenas un momento después, me alegraría incluso de volver a ese instante, cuando alargó el cuello para mirar atrás. Mejor eso que conducir como conduce ahora, por la calle principal de Huntsville, como si no hubiera más que decir ni nada que arreglar.

No puedo, ha dicho.

Ha dicho que no puede seguir adelante.

No puede explicarlo.

Solo que es una equivocación.

Pienso que nunca podré volver a ver eses con florituras como las del cartel de «Se afilan cuchillas» sin oír su voz. O tablones clavados toscamente en forma de equis como los que atraviesan la escalinata de la casa amarilla, enfrente de la tienda.

—Voy a llevarte a la estación. Te compraré un billete a Toronto. Estoy seguro de que hay un tren a Toronto a última hora de la tarde. Se me ocurrirá alguna historia verosímil y haré que alguien se ocupe de recoger tus cosas. Tendrás que darme tu dirección de Toronto, porque me parece que no la guardé. Ah, y te escribiré una carta de recomendación. Has hecho un buen trabajo. De todos modos no hubieras acabado el curso... No te lo había dicho, pero van a trasladar a los niños. Se avecinan grandes cambios.

Habla con un tono distinto, próximo a la alegría. Un alivio casi bullicioso. Se esfuerza por ocultarlo, quiere contener el alivio hasta que me haya ido.

Miro las calles con la sensación de que me llevan al matadero. Aún no. Aún falta un poco. Aún no he oído su voz por última vez. Aún no.

Conoce el camino. Me pregunto en voz alta a cuántas chicas ha dejado antes en un tren.

—Vamos, no seas así —dice.

Con cada curva siento que me arrancan la vida a pedazos.

Hay un tren a Toronto a las cinco de la tarde. Me ha dicho que espere en el coche mientras va a preguntar. Sale con el billete en la mano y me da la impresión de que camina más ligero. Debe de haberse dado cuenta, porque al acercarse de nuevo al coche sus movimientos son más reposados.

—En la estación se está mejor, con la calefacción. Hay una sala de espera reservada para mujeres.

Me ha abierto la puerta del coche.

—¿O prefieres que me quede hasta que te marches? Quizá podamos tomar un pedazo de tarta en algún sitio decente. La comida ha sido espantosa.

El comentario me saca de mi ensimismamiento. Camino delante de él hasta la estación. Me indica la sala de espera para señoras con el dedo. Enarca una ceja y trata de hacer una última broma.

—Aunque no lo sepas, quizá hoy haya sido uno de los días más afortunados de tu vida.

En la sala de espera de las mujeres elijo un banco desde donde se vea la puerta principal de la estación. Por si vuelve. Me dirá que todo ha sido una broma. O una prueba, como en uno de esos dramas medievales.

O tal vez haya cambiado de idea. Mientras conducía por la carretera, al ver la pálida luz primaveral sobre las rocas que tan poco tiempo antes contemplábamos juntos. Al darse cuenta de la locura que ha cometido, gira en seco y vuelve a toda velocidad.

Falta por lo menos una hora para que el tren a Toronto entre en la estación, pero pasa sin que apenas me dé cuenta. Y ni siquiera cuando llega el tren cesan las fantasías. Llego a mi compartimento como si arrastrara grilletes. Con la cara pegada a la ventanilla miro el andén por última vez, mientras el silbato anuncia la salida del tren. Y quizá aún no sea demasiado tarde para bajarme de un salto y cruzar la estación corriendo hasta la calle, donde Alister acaba de aparcar el coche y sube las escaleras pensando, que no sea demasiado tarde, por favor, que no sea demasiado tarde.

Voy corriendo a su encuentro. No es demasiado tarde.

Y ¿qué es ese jaleo? De pronto el tren se llena con los gritos y los chillidos de una pandilla que sube en el último momento y pasa junto a los asientos a trompicones. Son chicas con los trajes de deporte del instituto, van desternillándose de risa por las molestias que causan, mientras el revisor, contrariado, las apremia para que se sienten.

Una de ellas, quizá la más vocinglera, es Mary.

Aparto la mirada inmediatamente.

Pero ahí está, llamándome a gritos y queriendo saber dónde he estado.

He ido a ver a una amiga, le digo.

Se deja caer a mi lado y me dice que han jugado a baloncesto contra el equipo de Huntsville. Ha sido un desmadre. Han perdido.

—Hemos perdido, ¿no? —pregunta en voz alta, con una alegría bullanguera, y las otras gruñen y se ríen por lo bajo. Menciona el resultado, que desde luego es bochornoso.

—Qué elegante vas —me dice, aunque no le importa mucho, y parece que acepta mi explicación sin verdadero interés.

Apenas parece oírme cuando le digo que voy a Toronto a visitar a mis abuelos, salvo porque comenta que deben de ser viejísimos. Ni una palabra sobre Alister. Ni siquiera una mala palabra. No puede haber olvidado lo que pasó, solo habrá arreglado la escena para guardarla en un armario, junto a otras sombras del pasado. O quizá realmente sea capaz de lidiar con la humillación hasta extremos temerarios.

Ahora recuerdo a aquella chica con gratitud, aunque en aquel momento no pudiera sentir lo mismo. De haber estado sola, ¿qué habría hecho al llegar a Amundsen? Puede que hubiera saltado del tren y corrido hasta su casa, queriendo saber por qué, por qué. Qué vergüenza hubiera pesado sobre mí para siempre. En cambio, cuando el tren paró, las chicas del equipo apenas tuvieron tiempo de recoger sus cosas mientras saludaban desde las ventanillas a los que habían ido a esperarlas y el revisor les advertía que, si no espabilaban, acabarían en Toronto.

Durante años pensé que volvería a encontrarme con Alister. Vivía, y aún vivo, en Toronto, y creía que todo el mundo acababa en Toronto alguna vez, aunque fuera de paso. Claro que eso no garantiza que vayas a ver a esa persona, suponiendo que lo desearas.

Al fin sucedió. Cruzando una calle concurrida, donde ni siquiera se podía aminorar el paso. Caminando en direcciones opuestas. Mirando al mismo tiempo, visiblemente impresionados, nuestros rostros maltratados por el tiempo.

—¿Cómo estás? —me gritó.

—Bien —contesté. Y, por si acaso, añadí—: Feliz.

En aquel momento era verdad solo en general. Arrastraba una especie de discusión farragosa con mi marido, por el pago de una deuda en la que se había metido uno de sus hijos. Aquella tarde había ido a ver una exposición en una galería de arte, para despejarme.

Me contestó una vez más.

—Bien hecho.

Aún pareció que podríamos abrirnos paso entre el gentío, que en un momento estaríamos juntos. Tan inevitable, sin embargo, como que seguiríamos nuestro camino. Y eso hicimos. No hubo un grito entrecortado, ni una mano en el hombro cuando llegué a la acera. Solo el destello que capté en uno de sus ojos, apenas más abierto que el otro. El ojo izquierdo, tal como lo recordaba, siempre el izquierdo, que le daba aquella expresión de extrañeza, alerta y asombro, como si se le acabara de ocurrir una idea tan descabellada que diera risa.

Para mí fue igual que cuando me marché de Amundsen en aquel tren, todavía aturdida y perpleja.

La verdad es que en el amor nada cambia demasiado.

Irse de Maverley

En los tiempos en que había un cine en todos los pueblos, en Maverley también lo había, y, como tantos otros, era el cine Capital. Morgan Holly, además de ser el dueño, era el proyeccionista. No le gustaba tratar con el público, prefería quedarse en el cubículo de lo alto de la escalera dirigiendo la historia sobre la pantalla, así que naturalmente se irritó cuando la taquillera le dijo que dejaba el empleo porque iba a tener un hijo. Podría habérselo imaginado, porque la chica se había casado hacía seis meses y en esos tiempos no había que dejarse ver cuando empezaba a notarse, pero a Morgan le gustaban tan poco los cambios y la idea de que la gente tuviera una vida privada que la noticia lo tomó desprevenido.

Por suerte, ella misma buscó a alguien que la sustituyera. Una chica de su calle le había comentado que quería encontrar un trabajo para las noches. No podía trabajar de día porque ayudaba a su madre cuidando a los hijos más pequeños. Era lo bastante lista para apañárselas en la taquilla, aunque un poco tímida.

A Morgan eso no le importaba: no contrataba a una taquillera para que diera charla a los clientes.

Así que la chica fue. Se llamaba Leah, y la primera y última pregunta que le hizo Morgan fue qué clase de nombre era ese. Ella dijo que era de la Biblia. Se fijó en que no usaba maquillaje y en lo poco que la favorecía llevar el pelo tan pegado a la cara, prendido con horquillas. Por un momento se preguntó si de verdad habría cumplido los dieciséis años, pero al mirarla mejor vio que seguramente tenía la edad legal para trabajar. Le explicó que los días de diario hacían un pase, a las ocho, y los sábados dos, el primero a las siete. Ella se encargaría de hacer caja y guardar la recaudación antes de cerrar.

Solo había un problema. La chica podría irse a casa sola andando los días de diario, pero los sábados no la dejaban volver tan tarde, y su padre no podía ir a recogerla, porque hacía el turno de noche en el aserradero.

Morgan no entendía qué había que temer en un pueblo tan tranquilo como Maverley, y estaba a punto de mandarla a paseo cuando se acordó del policía del turno de noche, que solía pasar durante sus rondas a ver un trozo de la película. A lo mejor podía encargarse de acompañar a Leah a casa.

Quedaron en que la chica se lo preguntaría a su padre.

El padre accedió, pero hubo que contentarlo en otros aspectos. Leah no debía ver la película, ni siquiera escuchar los diálogos. Por lo visto, su religión no lo permitía. Morgan no contrataba a sus taquilleros para que se colaran a ver la película sin pagar, y en cuanto a los diálogos mintió y dijo que la sala estaba insonorizada.

Ray Elliot, el policía del turno de noche, empezó a trabajar para echarle una mano a su mujer durante el día, al menos a ratos. Se las apañaba con unas cinco horas de sueño por la mañana y una siesta a última hora de la tarde. A veces se saltaba la siesta si le quedaba alguna tarea por hacer, o simplemente porque se ponía a hablar con Isabel, su mujer. Como no tenían hijos, se podían poner a hablar en cualquier momento de cualquier cosa. Ray le llevaba a casa las noticias del pueblo, que solían hacerla reír, e Isabel le hablaba de los libros que leía.

Ray se alistó en la guerra nada más cumplir los dieciocho años. Eligió las Fuerzas Aéreas, porque prometían más aventuras y la muerte más rápida. Fue artillero dorsal, una posición que Isabel nunca llegó a visualizar del todo, y sobrevivió. Cerca del final de la guerra lo trasladaron a un nuevo escuadrón, y un par de semanas después su antigua tripulación, los hombres con los que tantas veces había volado, fueron abatidos y cayeron en combate. Volvió a casa con el vago propósito de hacer algo de provecho en la vida que de un modo tan inexplicable le habían perdonado, aunque no sabía qué.

Para empezar terminaría el bachillerato. En su pueblo habían abierto una escuela especial para los veteranos de guerra que quisieran estudiar, con la esperanza de ir luego a la universidad por gentileza de los agradecidos ciudadanos. Isabel era la profesora de lengua y literatura. Tenía treinta años y estaba casada. Su marido también era veterano, de un rango bastante superior al de los alumnos de su mujer. Ella había decidido dedicar un año a la enseñanza, movida por un sentimiento de patriotismo generalizado, y después pensaba retirarse para formar una familia. Hablaba abiertamente del tema con sus alumnos, que en voz baja comentaban que había tipos con suerte.

A Ray le disgustaban esa clase de comentarios, por la sencilla razón de que se había enamorado de ella. Y, por asombroso que fuera, ella se había enamorado de él. A todo el mundo salvo a ellos dos le pareció un disparate. Hubo un divorcio, que escandalizó a la familia de Isabel, gente de buena posición, y fue un golpe para su marido, que había querido casarse con ella desde niño. Para Ray fue más fácil, porque no tenía mucha familia, y sus pocos parientes anunciaron que, ahora que iba a medrar en sociedad, no le convenía mantener trato con ellos, así que en el futuro no se interpondrían en su camino. Si esperaban que Ray los disuadiera, no lo hizo. Más o menos vino a decirles que por él no había problema. Era hora de empezar de cero. Isabel le propuso seguir dando clases hasta que Ray terminara la universidad y se abriera camino.

Aun así, hubo que cambiar de planes. Ella no se encontraba bien. Al principio creyeron que era un problema de nervios. Por el trastorno. Por el absurdo alboroto que se había armado.

Luego aparecieron los dolores. Una punzada cada vez que respiraba hondo. Dolor debajo del esternón y en el hombro izquierdo. Ella lo ignoró. Bromeaba con que Dios la castigaba por su aventura amorosa, y decía que perdía el tiempo (Dios), porque no creía en él.

Resultó ser una pericarditis. Un tema serio, Isabel había puesto su vida en riesgo al ignorarlo. Era algo de lo que no se curaría, pero con lo que podría convivir, a pesar de las dificultades. Cualquier infección era un riesgo, ¿y dónde proliferan más las infecciones que en el aula de una escuela? Fue Ray quien tuvo que mantenerla a partir de entonces, así que aceptó un puesto de policía en aquel pueblecito llamado Maverley, justo donde lindaban el condado de Grey y el condado de Bruce. No le importó ponerse a trabajar, y a ella, al cabo de un tiempo, tampoco le importó vivir medio recluida.

Había una sola cosa de la que no hablaban. Ninguno sabía cuánto le pesaba al otro que no pudieran tener hijos. Ray creía que quizá esa frustración explicaba que Isabel quisiera conocer hasta el último detalle sobre la chica a la que tenía que acompañar a casa los sábados por la noche.

—Qué triste —dijo al enterarse de que le prohibían ver películas, y se enfadó aún más cuando le contó que la chica había dejado los estudios para ayudar en casa—. ¡Y dices que es inteligente!

Ray no recordaba haberlo dicho. Sí le habló de que la chica se comportaba con una timidez rara, así que mientras caminaban él se estrujaba los sesos para sacar un tema de conversación. Algunas preguntas que se le ocurrían no eran apropiadas. Como ¿cuál es tu asignatura favorita en la escuela? Tendría que formularla en pasado y, dadas las circunstancias, ya no importaba. O qué quería ser de mayor. Era mayor, a todos los efectos, y tenía un trabajo a su medida, lo quisiera o no. Además estaba la pregunta de si le gustaba el pueblo, y si echaba de menos el sitio donde vivía antes: no tenían sentido. Y ya habían comentado, sin detenerse mucho, los nombres y las edades de sus hermanos pequeños. Cuando indagó si tenían un perro o un gato, ella dijo que no.

Por fin un día la chica le planteó una pregunta. Quería saber de qué se había reído la gente con la película de esa noche.

No creyó ser quién para decirle que se suponía que ella no oía nada. Ray no recordaba qué había podido ser gracioso, así que dijo que debía de ser cualquier estupidez: nunca se sabía lo que haría reír al público. De todos modos Ray no se metía muy a fondo en las películas, porque las veía a trozos sueltos. Rara vez seguía la trama.

—La trama —repitió la chica.

Tuvo que explicarle a qué se refería, que las películas contaban historias. Y desde entonces no faltaron temas de conversación. Tampoco hizo falta aconsejarle que no repitiera en su casa nada de lo que hablaban. Ya lo sabía. No lo invitaba a contar una historia en concreto, cosa que además a Ray le habría resultado difícil, sino a explicarle que las historias solían ser sobre granujas y gente ingenua, y que normalmente al principio los granujas se salían con la suya en sus fechorías y engañaban a alguien que cantaba en un club nocturno (que era como un salón de baile), o a veces, sabe Dios por qué, se ponían a hacer gorgoritos en lo alto de las montañas o en algún otro decorado inverosímil, con lo que lastraban mucho la historia. A veces las películas eran en color. Con suntuosos vestuarios si la historia se ambientaba en el pasado. Actores muy arreglados que con grandes aspavientos simulaban matarse. Lágrimas de glicerina resbalaban por las mejillas de las heroínas. Azuzaban a fieras salvajes, seguramente traídas de un zoológico, para que actuaran con ferocidad. Personajes que después de haber muerto asesinados de distintas maneras se levantaban en cuanto se apartaba la cámara. Tan campantes, aunque acabaras de ver que les disparaban, o que sus cabezas rodaban hasta un cesto en el cadalso de la guillotina.

—Deberías ir poco a poco —dijo Isabel—. A ver si va a tener pesadillas.

Ray no lo creía. Y es que se notaba que la chica, en lugar de escandalizarse o confundirse, comprendía el meollo de las cosas. Nunca preguntó, por ejemplo, qué era la guillotina, ni pareció sorprendida de que rodaran cabezas por el cadalso. A Ray le parecía que llevaba dentro el deseo de asimilar todo lo que se le explicaba, más allá del entusiasmo o la fascinación. Por eso creía que la chica ya había cortado los lazos con su familia. No para despreciarlos o herirlos. Simplemente era reflexiva hasta los tuétanos.

Aun así, eso no era lo que más apenaba a Ray.

—Lo peor es que no puede esperar gran cosa, de todos modos.

—Bueno, podríamos quitársela a sus padres —sugirió Isabel.

Ray la regañó. Seamos serios.

—Ni se te ocurra.

Poco antes de Navidad, sin que hubiera llegado aún el frío de verdad, un día entre semana Morgan fue a la comisaría cerca de medianoche porque Leah había desaparecido.

Por lo que sabía, la chica había vendido las entradas como de costumbre, había cerrado la ventanilla y guardado el dinero donde debía ponerlo antes de irse a casa. Morgan se encargó de cerrar cuando terminó el pase, pero en la calle una mujer que no conocía se acercó a preguntarle por Leah. Era la madre, la madre de Leah. El padre estaba todavía trabajando en el aserradero, y Morgan sugirió que tal vez a Leah se le había ocurrido pasar a verlo. Como la mujer pareció no entender lo que le decía, Morgan le propuso acercarse al aserradero a ver si Leah estaba allí, pero la madre le rogó llorando que no lo hiciera, así que la llevó en coche a casa, pensando que quizá la chica ya habría aparecido, pero no hubo suerte y le pareció que lo mejor sería avisar a Ray.

No le hacía gracia tener que ir a darle la noticia al padre.

Ray optó por ir al aserradero antes de nada, había una posibilidad de que Leah estuviera allí. Aunque, como era de esperar, el padre no la había visto, y se puso hecho una furia al enterarse de que su mujer había salido de casa sin permiso.

Ray indagó sobre los amigos de Leah, y no se sorprendió cuando le dijeron que no tenía ninguno. Entonces dejó marchar a Morgan y fue solo a la casa, donde encontró a la madre en el estado de enajenación que Morgan le había descrito. Los niños estaban aún despiertos, por lo menos algunos, y también parecían mudos. Temblaban, tal vez de miedo y recelo ante un desconocido que irrumpía en su casa, o acaso por el frío que empezaba a arreciar, y que Ray notó incluso dentro de la vivienda. Quizá el padre también impusiera reglas estrictas sobre el uso de la calefacción.

Leah llevaba puesto su abrigo de invierno: eso fue todo lo que logró sonsacarles. Recordaba la prenda, un holgado chaquetón marrón a cuadros, y pensó que por el momento la mantendría abrigada. Desde la hora que Morgan apareció en comisaría, había empezado a nevar con ganas.

Al terminar el turno, Ray se fue a casa y le contó a Isabel lo sucedido. Enseguida volvió a salir, y ella no trató de impedírselo.

Al cabo de una hora volvió, sin más novedad que las carreteras pronto quedarían cortadas por la primera gran tormenta de nieve del invierno.

Fue esa misma mañana, de hecho; todas las vías de acceso al pueblo se cerraron por vez primera aquel año, y la única calle que los quitanieves trataron de mantener abierta fue la avenida principal. Casi todos los comercios cerraron, y en la zona del pueblo donde vivía Leah no había suministro eléctrico, y poco se podía hacer mientras siguiera la ventisca, que arqueaba los árboles que barrían el suelo.

El policía del turno de día tuvo una idea que a Ray no se le había ocurrido. Como era miembro de la Iglesia unida, sabía —o su mujer sabía— que Leah planchaba todas las semanas para la mujer del pastor protestante. Ray y su compañero fueron a la casa parroquial en busca de cualquier dato que explicara la desaparición de la chica, pero no sacaron nada en claro y, cuando se apagó ese tenue rayo de esperanza, el rastro de Leah se perdió todavía más.

A Ray le sorprendió un poco que la chica no hubiera mencionado que tenía otro trabajo. A pesar de que, comparado con la sala de cine, tampoco parecía que fuera a abrirle muchos horizontes.

Por la tarde consiguió pegar una cabezada de poco más de una hora. Isabel quiso mantener viva la conversación durante la cena, pero nada duraba demasiado. Ray volvía una y otra vez sobre la visita a la casa del pastor, insistiendo en que la mujer había sido de lo más servicial y se la veía consternada, no se le podía pedir más, mientras que él, el pastor, no se había comportado exactamente como cabía esperar del ministro de una iglesia. Al abrir la puerta parecía impaciente, como si lo hubieran interrumpido mientras escribía el sermón. Llamó a su mujer, y ella tuvo que recordarle quién era la chica. ¿Te acuerdas de la muchacha que viene a ayudarme con la plancha?, ¿Leah? Al final el pastor, cerrando poco a poco la puerta contra el viento, simplemente dijo que deseaba que hubiera noticias pronto.

—Bueno, ¿qué otra cosa podía hacer? —dijo Isabel—. ¿Rezar? Ray creía que no habría estado de más.

—Habría incomodado a todo el mundo y solo habría recalcado de qué poco sirve —dijo Isabel. Luego añadió que seguramente era un pastor moderno que optaba más por gestos simbólicos.

Había que emprender algún tipo de búsqueda, a pesar del mal tiempo. Forzaron con palancas las puertas de viejos cobertizos y de un establo que no se usaban hacía años, por si la chica se había refugiado allí. Nada. La emisora de radio local fue alertada y difundió una descripción de Leah.

Ray pensó que, si la había recogido un coche en la carretera, quizá saliera del pueblo antes de la nevada, lo que podía ser bueno o malo.

Por la radio dijeron que la chica estaba un poco por debajo de la altura media, aunque Ray hubiera dicho que un poco por encima, y que tenía el pelo liso castaño claro. Ray hubiera dicho castaño muy oscuro, casi negro.

El padre de Leah no participó en la búsqueda; tampoco sus hermanos. Claro que los chicos eran más jóvenes que ella, y de todos modos no se les hubiera ocurrido salir de casa sin el consentimiento de su padre. Cuando Ray volvió a la casa a pie a través de la nieve y consiguió llegar a la entrada, apenas le abrieron la puerta, y el padre no malgastó mucha saliva en explicarle que todo apuntaba a que su hija era una fugitiva. Su castigo ya no dependía de él, estaba en manos de Dios. Tampoco le dijo a Ray que entrara a quitarse el helor del cuerpo. Puede que siguieran sin tener calefacción.

La tormenta amainó hacia la mitad del día siguiente. Los quitanieves municipales despejaron las calles del pueblo, mientras la flota del condado se ocupaba de la autopista. Alertaron a los conductores de que fueran con los ojos abiertos por si había un cadáver congelado en la cuneta.

Al día siguiente, la camioneta del correo llegó con una carta. No iba dirigida a la familia de Leah, sino al pastor y a su mujer.

Leah les comunicaba que se había casado con su hijo, que tocaba el saxo en una banda de jazz y solo les dirigía a sus padres las palabras «Sorpresa, sorpresa» al final del folio. O eso fue lo que se dijo, aunque Isabel no entendía cómo iba a saberse algo así, a menos que en la oficina de correos tuviesen por costumbre abrir los sobres con vapor.

El saxofonista no había vivido en el pueblo de niño, porque entonces su padre estaba en otra parroquia. Y rara vez iba de visita. La mayoría de la gente ni siquiera sabía cómo era. Tampoco iba nunca a la iglesia. Un par de años antes se había presentado en Maverley acompañado de una mujer. Con mucho maquillaje y emperifollada. Se rumoreó que estaban casados, pero al parecer no era verdad.

¿Cuántas veces habría ido la chica a planchar a casa del pastor mientras el saxofonista estaba allí? Hubo quien se tomó la molestia de calcularlo. No pudo ser más que una vez. Al menos fue lo que Ray oyó en la comisaría, donde los chismes se propagaban tanto como entre las mujeres.

A Isabel le pareció una historia sensacional. Y no era culpa de los amantes fugitivos, que al fin y al cabo no habían pedido la tormenta de nieve.

Y resultó que Isabel conocía al saxofonista. Se había tropezado con él en la oficina de correos, una vez que casualmente el chico estaba de visita y ella pasaba por una de las raras rachas en que tenía ánimos para salir de casa. Había pedido un disco contra reembolso, pero no había llegado. El chico quiso saber qué disco era, e Isabel se lo dijo. Ahora no se acordaba de cuál. El chico le comentó que estaba metido en otro tipo de música. Algo le hizo pensar a Isabel que no era de allí. Quizá cómo se arrimaba al hablar con ella y el fuerte olor a chicle Juicy Fruit de su aliento. No mencionó que era el hijo del pastor protestante, pero alguien se lo comentó a Isabel cuando el chico se despidió deseándole buena suerte.

Le pareció un poco seductor, o quizá solo se comportaba con el aplomo de quien se cree irresistible. Recordaba no sé qué comentario absurdo de que lo invitara a escuchar el disco, si es que llegaba algún día. Confió en que el chico no esperara que lo tomara en serio.

Isabel le tomaba el pelo a Ray, preguntándose si a la chica no le habrían tentado las descripciones del mundo que él le hacía a través de las películas.

Ray no reveló y apenas pudo creer la desolación que lo embargó mientras la chica estuvo en paradero desconocido. Sintió un gran alivio al enterarse de lo sucedido, desde luego.

Y aun así, ella ya no estaba. De un modo no del todo atípico ni desesperanzador, se había ido. Por absurdo que pareciera, se sintió dolido. Como si la chica al menos hubiera podido insinuarle que en su vida había algo más.

Sus padres y el resto de sus hermanos pronto se fueron también, aunque al parecer nadie supo adónde.

El pastor y su mujer no se marcharon del pueblo cuando llegó el momento de jubilarse.

Siguieron en la misma casa, a la que a menudo la gente seguía llamando la casa parroquial, aunque en realidad ya no lo fuera. La mujer del nuevo pastor discrepaba con algunas cuestiones de la vivienda, y las autoridades eclesiásticas prefirieron construir una casa nueva y atajar las quejas de una vez por todas. Así el viejo pastor pudo comprar a buen precio la antigua, donde había espacio para alojar al hijo músico y a su mujer cuando iban de visita con los niños.

Tuvieron dos, y los nacimientos se anunciaron en el periódico. Primero un niño, luego una niña. De vez en cuando iban a Maverley, normalmente solo con Leah; el padre estaba ocupado con sus bailes o lo que fuera. Ray e Isabel nunca se los habían encontrado por el pueblo.

Isabel estaba mejor, parecía casi normal. Cocinaba tan bien que los dos ganaron peso y tuvo que parar, o al menos espaciar un poco los platos más suculentos. Se reunía con otras mujeres del pueblo a leer y comentar los grandes libros. Unas cuantas no se habían hecho a la idea de lo que supondría y dejaron de ir a las reuniones, pero por lo demás fue un éxito rotundo. Isabel se reía del jaleo que debía de haber en el cielo mientras repasaban al pobre Dante de arriba abajo.

Entonces hubo un desmayo, o conato de desmayo, pero Isabel no quiso ir al médico hasta que Ray se enfadó y ella le soltó que era su mal humor lo que la ponía enferma. Aunque luego se disculpó e hicieron las paces, su corazón dio un bajón tan grande que tuvieron que contratar a lo que en esos tiempos se llamaba una enfermera práctica, para que se quedara con ella cuando Ray no estaba. Por suerte no estaban mal de dinero, disponían de una herencia de Isabel, más el del ligero ascenso de Ray, aunque por decisión propia siguiera trabajando en el turno de noche.

Una mañana de verano al volver a casa pasó por la oficina de correos a recoger la correspondencia. A veces a esa hora ya la tenían clasificada; a veces no. Esa mañana no hubo suerte.

Y de pronto vio a Leah, caminando por la acera hacia él bajo la luz radiante de la mañana. En el cochecito que empujaba había una niña de poco menos de dos años pataleando contra el apoyapiés metálico. A su lado había un niño más tranquilo, que no le soltaba la falda. O más bien era un pantalón ancho anaranjado hasta el suelo. Llevaba también una camiseta blanca holgada, que parecía una especie de prenda interior. El pelo le brillaba más que en otros tiempos, y su sonrisa, que Ray nunca había visto, parecía querer colmarlo de alegría.

Habría podido ser una de las nuevas amigas de Isabel, en su mayoría chicas jóvenes que habían llegado hacía poco al pueblo, aunque también las hubiera más mayores, algunas de las vecinas cautelosas de siempre que, arrastradas por la nueva era del esplendor, se habían deshecho de sus puntos de vista y de su lenguaje, y ponían todo su empeño en ser tajantes y groseras.

Ray había salido de la oficina de correos desilusionado al ver que no habían llegado las revistas para su mujer. No es que a Isabel le importara demasiado a esas alturas. Antes vivía por y para sus revistas, que traían contenidos serios y daban qué pensar, pero también ingeniosas tiras cómicas con las que se reía mucho. Se reía incluso con los anuncios de pieles y joyas, y Ray mantenía la esperanza de que las revistas la hicieran revivir. Ahora al menos tendría algo de lo que hablarle: Leah.

Leah lo saludó con una voz nueva, fingiéndose asombrada de que la reconociera, ¡si estaba hecha una vieja! Le presentó a la niñita, que no lo miró ni dejó de golpear el apoyapiés metálico, y también al niño, que apartó la vista murmurando algo. Leah le reprochó al crío que no le soltara la ropa.

—Ya hemos cruzado la calle, cielo.

Se llamaba David, y la niña Shelley. Ray no recordaba que fueran los nombres que leyó en el periódico. Tenía la idea de que eran otros, más a la moda.

Leah dijo que vivían en casa de sus suegros.

No que estaban de visita. Que vivían con ellos. Ray no reparó en eso hasta más tarde, aunque tal vez no significara nada.

—Íbamos a la oficina de correos.

Ray le dijo que venía de allí, pero que aún no habían terminado de clasificar la correspondencia.

—Ah, qué lástima. Pensábamos que a lo mejor habría carta de papá, ¿verdad, David?

El niño la había agarrado otra vez de la ropa.

—Esperaremos a que terminen de clasificar el correo —dijo Leah—. Quizá haya llegado.

Daba la impresión de que no quisiera despedirse todavía de Ray, y aunque Ray tampoco quería, no sabían qué más decirse.

—Yo voy a la farmacia —dijo él al fin.

—¿Ah, sí?

—Tengo que recoger una receta para mi mujer.

—Vaya, espero que no esté enferma.

Ray se sintió un traidor y contestó sucintamente.

—No. Nada de cuidado.

De pronto Leah, mirando más allá de Ray, saludó a alguien con la misma alegría que le había dedicado a él momentos antes.

Era el nuevo pastor de la iglesia unida, o más o menos nuevo, el que estaba casado con la mujer había exigido una casa puesta al día, con todas las comodidades.

Leah les preguntó si se conocían, y dijeron que sí. Por el tono de ambos se notaba que no mucho, y que tal vez sentían cierta satisfacción de que así fuera. Ray se fijó en que el pastor no llevaba alzacuellos.

—Aún no ha tenido que recriminarme ninguna infracción —dijo el religioso, como si quisiera poner una nota alegre, al estrecharle la mano a Ray.

—Qué suerte —dijo Leah—. Quería hacerle algunas preguntas, y de pronto aquí le tengo.

—Aquí me tienes—dijo el pastor.

—Es sobre la catequesis de los domingos —dijo Leah—. Me preguntaba… Tengo a estos dos pequeñines que crecen rapidísimo y me preguntaba cuándo podrían empezar, y qué es lo que hay que hacer y todo eso.

—Ah, claro —dijo el pastor.

Ray se dio cuenta de que no era muy partidario de atender asuntos de la parroquia en público. Se notaba que no quería que lo abordaran cada vez que salía a la calle. Sin embargo, el pastor ocultó su incomodidad como buenamente pudo, y debió de encontrar algún tipo de compensación en hablar con una chica como Leah.

—Tendríamos que hablarlo —dijo—. Concierta una cita cuando quieras.

Ray los interrumpió para decir que se marchaba.

—Me alegro de haberte visto —le dijo a Leah, y saludó con la cabeza al hombre del hábito.

Siguió su camino con dos nuevos datos en su poder. Leah tenía intenciones de quedarse un tiempo allí, si intentaba solucionar el asunto de la catequesis. Y no había eliminado de su organismo toda la religión que le había inoculado la educación recibida.

Esperaba volver a encontrársela, pero no fue así.

Al llegar a casa le contó a Isabel cuánto había cambiado la chica.

—Todo suena bastante ordinario, a fin de cuentas —dijo ella.

Parecía un poco irritada, quizá porque había estado esperándolo para tomar el café. La cuidadora que la atendía no llegaba hasta las nueve, y desde que se escaldó en un accidente doméstico tenía prohibido prepararlo sola.

Todo fue de mal en peor y hubo varios sustos hasta navidades, y entonces Ray pidió una excedencia. Se marcharon a la ciudad, porque allí tendrían más a mano a los médicos especialistas. Ingresaron a Isabel en el hospital inmediatamente y Ray consiguió que le dieran una de las habitaciones reservadas para los familiares de enfermos que venían de fuera. De pronto no tuvo más responsabilidades que pasar con Isabel las largas horas de visita y observar cómo respondía a los diversos tratamientos. Al principio procuró distraerla con episodios alegres del pasado, o comentarios acerca del hospital y los pacientes a los que fugazmente veía. Iba a pasear casi a diario, a pesar del mal tiempo, y también le hablaba de esos paseos. Llevaba un periódico y le leía las noticias.

—Es muy amable por tu parte, cariño, pero creo que para mí se ha acabado —le dijo ella al fin.

—¿El qué? —repuso Ray.

—Va, por favor —le dijo ella.

Y más tarde se descubrió leyendo en silencio un libro de la biblioteca del hospital.

—No te preocupes si cierro los ojos —le dijo ella—. Sé que estás ahí.

La habían trasladado de cuidados intensivos a una habitación con otras cuatro mujeres más o menos en su mismo estado, aunque una se incorporaba de vez en cuando para gritarle a Ray:

—Venga, danos un beso.

Un día Ray entró y encontró a otra mujer en la cama de Isabel. Por un instante creyó que su mujer había muerto y nadie lo había avisado.

—Arriba —le gritó la paciente locuaz de la cama del rincón. Con un atisbo de regocijo o triunfo.

Y lo que había pasado era que Isabel aquella mañana no se había despertado y la habían trasladado a otra planta, donde aparcaban a quienes no tenían posibilidades de mejorar, menos incluso que los de la habitación anterior, pero se negaban a morir.

—Será mejor que se vaya a casa —le dijeron a Ray. Y que se pondrían en contacto con él si había algún cambio.

Tenía sentido. Por una parte había agotado el tiempo que podía estar en el alojamiento que el hospital reservaba a los familiares de los pacientes. Y también había agotado con creces su excedencia del cuerpo de policía de Maverley. Todo apuntaba a que lo más sensato era volver.

Sin embargo Ray se quedó en la ciudad. Consiguió trabajo en la brigada de mantenimiento del hospital, limpiando, despejando, fregando. Encontró un piso amueblado con lo justo, no muy lejos.

Volvió a su casa, aunque por poco tiempo. Nada más llegar hizo los preparativos para vender la casa y todo lo que contenía. Dejó a la gente de la inmobiliaria al cargo y en cuanto pudo se quitó de en medio; no quería dar explicaciones a nadie. No le importaba nada de lo que sucedía en Maverley. Como si los años que había pasado en el pueblo se desvanecieran y hubiera perdido el interés por todo.

Sí se enteró de algo mientras estuvo allí, una especie de escándalo que salpicaba al pastor de la iglesia unida: por lo visto estaba intentando que su mujer pidiera el divorcio por adulterio. Cometer adulterio con una feligresa era grave de por sí, pero al parecer el pastor, en lugar de procurar calmar las aguas y marcharse con discreción a reinsertarse en la sociedad o a servir en alguna parroquia perdida del interior, decidió dar la cara desde el púlpito. No se había limitado a confesar. Dijo que todo había sido una farsa. Desde recitar mecánicamente las Escrituras y los mandamientos en los que no terminaba de creer, a sus sermones sobre el amor y el sexo, las recomendaciones convencionales, timoratas y evasivas que daba: una farsa. Ahora era un hombre libre, libre para decirles qué alivio era celebrar la vida del cuerpo junto con la vida del espíritu. Y al parecer la mujer que había obrado aquel cambio era Leah. A Ray le contaron que el marido, el músico, había vuelto a buscarla tiempo atrás, pero ella no quiso irse con él. El saxofonista culpó al pastor, pero como era un borracho —el marido— nadie supo si creerle o no. La que sí debió de creerle fue su madre, porque echó a Leah de casa y se quedó con los niños.

Toda aquella cháchara a Ray le pareció repugnante. Adulterios, borrachos, escándalos, quién llevaba razón y quién no. ¿Qué importaba? Aquella muchacha había acabado por refocilarse y rebajarse tanto como los demás. Qué manera de perder el tiempo, de desperdiciar la vida tenía la gente, todos a la rebatiña de emociones pasajeras sin prestar atención a las cosas que importaban de verdad.

Qué distinto era cuando Ray hablaba con Isabel. Isabel no buscaba respuestas, más bien hacía que Ray tomara conciencia de que en cualquier asunto siempre había más caras que las que se veían en un principio. Y al final Isabel siempre acababa riéndose de todo.

Ray se llevaba bastante bien con la gente del trabajo. Cuando le preguntaron si quería unirse al equipo de bolos, les dio las gracias y dijo que no tenía tiempo. En realidad tenía tiempo de sobras, pero se lo reservaba a Isabel. Atento a cualquier cambio, a cualquier explicación. No quería que se le escapara nada.

—Se llama Isabel —les recordaba a menudo a las enfermeras, si decían «Venga, reina», o «Bueno, señora, vamos allá».

Con el tiempo se acostumbró a oírlas hablar así. Había cambios, después de todo. Si no en Isabel, los advertía en él mismo.

Durante un tiempo iba a verla todos los días.

Luego fue día sí, día no. Luego, un par de veces por semana.

Cuatro años. Ray creía que debía de ser todo un récord. Al preguntarles a quienes la cuidaban, le dijeron:

—Bueno, se va acercando.

Tenían la costumbre de ser poco precisos con todo.

Ray había conseguido superar la idea de que Isabel pensaba. Ya no esperaba que abriera los ojos. Era solo que no podía marcharse y dejarla sola.

De ser una mujer muy delgada, Isabel había menguado hasta convertirse no en una niña, sino en un desgarbado conjunto de huesos mal ensamblados, con una cresta de pajarito, lista para morir en cualquier momento con la errática pauta de su respiración.

Anexas al hospital había varias salas de rehabilitación y gimnasia. Por lo común Ray las veía vacías, con todos los equipos recogidos y las luces apagadas, pero una noche, al marcharse, por alguna razón tomó un camino distinto a través del edificio y vio una luz encendida.

Cuando se asomó vio que aún había alguien. Una mujer. Estaba sentada a horcajadas sobre una de las pelotas hinchables de hacer ejercicio, descansando sin más, o acaso tratando de recordar qué tenía que hacer a continuación.

Era Leah. Al principio no la reconoció, pero al mirarla de nuevo vio que era Leah. Quizá no habría entrado de haberse percatado a tiempo, pero ya estaba a medio camino de su misión de apagar la luz. Ella lo vio.

Se dejó caer de la pelota. Llevaba ropa de deporte y había ganado bastante peso.

—Imaginaba que algún día tropezaría contigo —dijo—. ¿Cómo está Isabel?

Fue una pequeña sorpresa oír que mencionara a Isabel por su nombre, o incluso como si la conociera.

Brevemente le contó cómo estaba. Ya no había otra manera de contarlo.

—¿Hablas con ella? —preguntó Leah.

—Ahora no mucho.

—Ah, pues deberías. No hay que dejar de hablarles.

¿Cómo es que creía saber tanto de todo?

—No te sorprende verme aquí, ¿verdad? Supongo que te enteraste —dijo Leah.

Ray no supo qué contestar.

—Bueno… —dijo.

—Hace ya tiempo que me enteré de que estabas aquí, así que imaginaba que sabías que yo también estoy en el hospital.

Ray le dijo que no.

—Hago actividades recreativas —le explicó—. Para los pacientes de cáncer. Cuando les quedan ánimos, claro.

Ray dijo que sonaba bien.

—Es estupendo. Quiero decir para mí, también. Voy tirando, pero a veces las cosas me pesan. Sobre todo a la hora de la cena. Ahí es cuando a veces me siento rara.

Leah vio que no sabía de qué le estaba hablando y no tuvo reparos en explicarse; casi pareció que lo deseara.

—Me refiero a estar sin los niños y todo eso. ¿No sabes que su padre se los llevó?

—No lo sabía —dijo él.

—Ah, bueno. En realidad se los dieron pensando que los cuidara la madre. Él está en Alcohólicos Anónimos y demás, pero el juicio no hubiera ido como fue de no ser por ella.

Se sorbió la nariz y se enjugó las lágrimas como si no les diera importancia.

—No te preocupes, que no es tan malo como parece, lo que pasa es que automáticamente me pongo a llorar. Aunque llorar tampoco va mal, mientras no pretendas abrirte camino a base de lágrimas.

El de Alcohólicos Anónimos debía de ser el saxofonista, pero ¿qué había pasado con el pastor y toda aquella historia?

Justo como si lo hubiera preguntado en voz alta, ella dijo:

—Ah, y luego lo de Carl. Qué escándalo se armó, ¿eh? Debería ir a que me examinaran la cabeza. —Luego añadió—: Pues Carl se volvió a casar. Y le fue bien. Quiero decir que así se le pasó

la vena que le dio conmigo. La verdad es que fue bastante divertido. Fue y se casó con otra del gremio. ¿Sabes que ahora también
dejan que las mujeres sean ministras de la Iglesia? Bueno, pues la
cuestión es que ahora Carl está casado con la ministra. Creo que
es para troncharse de la risa.

Con los ojos secos de llanto, ahora sonreía. Ray sabía que se
avecinaba algo más, pero imposible saber qué.

—Debes de llevar tiempo por aquí. ¿Tienes casa propia?

—Sí.

—¿Y te preparas la cena y todo eso?

Ray dijo que así era, en efecto.

—Podría preparártela yo de vez en cuando. ¿Crees que sería
una buena idea?

Se le habían iluminado los ojos y le sostenía la mirada.

Ray dijo que quizá, aunque en su casa no había espacio para
que más de una persona se moviera con soltura.

Entonces dijo que no había pasado a ver a Isabel desde hacía
un par de días y no quería retrasarse más.

Ella asintió con un leve gesto. No pareció dolida ni desalentada.

—Nos vemos por aquí.

—Nos vemos.

Habían estado buscándolo por todas partes. Isabel finalmente se
había ido. Eso dijeron, que se había ido, como si se hubiera levantado por su propio pie. Una hora antes, cuando habían pasado a
verla, estaba como siempre, y ahora se había ido.

A menudo Ray se había preguntado qué cambiaría.

Y de pronto el vacío de su ausencia le parecía asombroso.

Miró a la enfermera, perplejo. Ella pensó que iba a preguntarle lo que había que hacer a continuación, así que empezó a explicárselo. Le informó de todo. Ray la entendía perfectamente, pero seguía ensimismado.

Creía que lo de Isabel había sucedido hacía mucho tiempo, pero no. No hasta ese momento.

Isabel ya no estaba. Había desaparecido definitivamente, como si nunca hubiera existido. Y la gente actuaba con prisas, como si ese hecho atroz pudiera superarse cumpliendo con las formalidades. También Ray obedeció las costumbres, firmó donde le dijeron que firmara, para disponer de los restos. Eso dijeron.

Qué excelente palabra: «restos». Como algo que se seca y forma capas mohosas en un armario.

Y antes de darse cuenta estaba de nuevo en la calle, fingiendo que tenía una razón tan buena como cualquier persona para poner un pie delante del otro.

Cuando lo que llevaba consigo, lo único que llevaba consigo, era una carencia, la sensación de que le faltaba el aire, de que los pulmones no le funcionaban bien, una opresión que creyó que no lo abandonaría nunca.

La chica con la que había hablado, a la que conocía de antes, mencionó a sus hijos. La pérdida de sus hijos. Acostumbrarse a eso. Un problema a la hora de la cena.

Podría decirse que era una experta en pérdidas: a su lado, Ray era un novato. Y de pronto no pudo recordar su nombre. Había perdido el nombre de la chica, a pesar de que lo sabía. Vaya racha de pérdidas. Vaya broma.

Iba subiendo los escalones de su casa cuando le vino a la cabeza. Leah.

Recordarla fue un alivio completamente desmesurado.

Grava

En aquella época vivíamos al lado de una cantera de grava. No una de esas excavaciones enormes con maquinaria monstruosa, sino un foso de escasa envergadura con el que un granjero debía de haberse sacado un dinero años atrás. De hecho el foso era tan poco profundo que hacía pensar que en un principio iba destinado a otros fines: los cimientos de una casa, quizá, que al final no pasó de ahí.

Mi madre era la que insistía en llamar la atención sobre el asunto.

—Vivimos al lado de la antigua cantera de grava, al final de la calle de la estación de servicio —explicaba siempre, y se reía, feliz de haber cortado todos los lazos con la otra casa, la otra calle, el marido, con su vida anterior.

Apenas recuerdo esa vida. O más bien recuerdo nítidamente piezas sueltas, pero me faltan las conexiones necesarias para formar una imagen completa. De la casa del pueblo lo único que retengo es el papel estampado con ositos que cubría las paredes de mi antigua habitación. En la casa nueva, que en realidad era una caravana, mi hermana Caro y yo dormíamos en camitas estrechas, una encima de la otra. Al principio Caro me hablaba mucho de la otra casa, queriendo que recordara tal o cual cosa. Solía ser cuando nos acostábamos, y por lo general la conversación acababa sin que yo consiguiera recordar y con ella enfurruñada. A veces me parecía recordar algo, pero por llevar la contraria o por miedo a meter la pata fingía que no.

Cuando nos mudamos a la caravana era verano. Nos llevamos a la perra. Blitzee.

—Aquí Blitzee está encantada —decía mi madre.

Y era verdad. ¿Qué perro no iba a estar encantado de cambiar la calle de un pueblo, aunque tuviera jardines espaciosos y casas grandes, por el campo abierto? Se acostumbró a ladrarle a cualquier coche que pasara, como si fuera la dueña del camino, y de vez en cuando traía una ardilla o un puercoespín que cazaba por ahí. Al principio Caro se llevó varios disgustos, y Neal tuvo que hablar con ella de la naturaleza de los perros y la cadena de la vida, en la que unos animales se comían a otros.

—Ya le damos comida para perros —protestó Caro.

—¿Y si no se la diéramos? —insistió Neal—. Imagínate que un día desaparecemos todos y tiene que valerse por sí misma.

—Yo no voy a desaparecer —dijo Caro—. Siempre la voy a cuidar.

—¿Ah, eso crees? —dijo Neal, pero al verlo venir nuestra madre intervino. Neal siempre tenía a punto el tema de Estados Unidos y la bomba atómica, y nuestra madre no creía que estuviéramos preparadas para eso todavía. Lo que ella no sabía es que cuando Neal lo mencionaba me pensaba que se refería a una pomba atómica. Aunque me daba cuenta de que algo no encajaba del todo, no me apetecía hacer preguntas para que se rieran de mí.

Neal era actor. En el pueblo se había instalado un grupo de teatro profesional que durante el verano hacía representaciones al aire libre, una novedad de la época que despertaba el entusiasmo de algunos y la inquietud de otros que temían que atrajera chusma. Mi madre y mi padre eran de los que estaban a favor, y ella, que tenía más tiempo, se implicó activamente. Mi padre era agente de seguros y viajaba mucho. Mi madre se involucró en varias iniciativas para recaudar fondos y se ofreció voluntaria como acomodadora en el teatro. Era lo bastante guapa y joven para que la tomaran por una de las actrices. Además había empezado a vestirse como una actriz, con chales y faldas largas y colgantes. Llevaba el pelo natural y ya no usaba maquillaje. En aquel momento yo no entendí esos cambios, ni siquiera sé si reparé en ellos. Mi madre era mi madre. En cambio, Caro tuvo que darse cuenta. Y mi padre debió de verlos también, aunque, por lo que sé de su carácter y de lo que sentía por mi madre, probablemente estaba orgulloso de ver cómo la favorecía aquel estilo liberador y las buenas migas que hacía con la gente del teatro. Más adelante, al hablar de aquella época, decía que él siempre había sido partidario de las artes. Imagino la vergüenza que debió de sentir mi madre, tratando de reír para ocultar el bochorno, si mi padre pronunció esa frase solemne delante de sus amigos de la farándula.

Hasta que tuvo lugar un acontecimiento previsible, y que quizá fue buscado, aunque desde luego mi padre no se lo esperaba. No sé si entre las demás voluntarias se dieron casos parecidos. En cambio sé, aunque no lo recuerdo, que mi padre se echó a llorar y estuvo un día entero persiguiendo a mi madre por la casa, sin querer perderla de vista y negándose a creerla. Y que mi madre, en lugar de decirle algo para que se sintiera mejor, le dijo algo que lo hundió más aún.

Le dijo que el bebé era de Neal.

¿Estaba segura?

Y tanto. Llevaba las cuentas.

¿Qué pasó después?

Mi padre dejó de llorar. Tenía que volver al trabajo. Mi madre recogió nuestras cosas y nos fuimos a vivir a la caravana de Neal, en medio del campo. Más tarde mi madre nos dijo que ella también había llorado, pero que por encima de todo se sintió viva. Quizá por primera vez en su vida, se sintió viva de verdad. Fue como poder empezar de cero. Abandonó la cubertería de plata y la porcelana y sus proyectos de decoración y su jardín de flores y hasta los libros de su biblioteca. En adelante iba a vivir, no a leer. La ropa quedó colgada en el armario, los zapatos de tacón colocados en sus hormas. El anillo de diamantes y la alianza matrimonial en la cómoda. Los camisones de seda en el correspondiente cajón. Se proponía ir desnuda por el campo, al menos mientras durara el buen tiempo.

No funcionó, porque cuando lo intentó Caro se escondió en su cama e incluso Neal dijo que la idea no le enloquecía.

¿Y qué pensaba Neal de todo esto? Más adelante diría que su filosofía era recibir con los brazos abiertos lo que viniera. Todo es un regalo. Damos y recibimos.

Desconfío de la gente que habla así, aunque sé que no tengo derecho.

En realidad Neal no era actor. Se había metido para probar y ver qué podía descubrir de sí mismo. Antes de abandonar la uni-

versidad actuó en el coro de *Edipo rey* y le gustó el he
garse, de mezclarse entre los otros. Luego un día, en 1
pezó por la calle con un amigo que tenía una prueba con una
nueva compañía de teatro que iba de pueblo en pueblo durante la
temporada de verano. Sin nada mejor que hacer, Neal lo acompañó y, en lugar de su amigo, fue él quien consiguió el trabajo. Haría de Banquo. Hay veces que el fantasma de Banquo se hace visible en escena, y hay veces que no. En esa ocasión querían una
versión visible y Neal tenía el porte adecuado. Un porte excelente.
Un fantasma sólido.

De todos modos estaba pensando en pasar el invierno en nuestro pueblo, antes de que mi madre destapara su sorpresa. Ya le
había echado el ojo a la caravana. Sabía de carpintería lo necesario
para conseguir trabajillos en las reformas del teatro, y con eso se
las arreglaría hasta la primavera. Más allá de eso no quería pensar
en el futuro.

Caro ni siquiera tuvo que cambiarse de colegio. La recogía el
autocar al final del corto trecho junto a la cantera de grava. Tuvo
que hacerse amiga de los niños del campo, y quizá dar algunas
explicaciones a sus amigos del pueblo del año anterior, pero si eso
le causó algún inconveniente nunca me enteré.

Blitzee esperaba siempre en la carretera a que volviera.

Yo no fui al jardín de infancia porque mi madre no tenía coche, pero no me importaba no estar con otros niños. Me bastaba
con Caro, cuando volvía a casa. Y mi madre a menudo estaba de
humor para las travesuras. Cuando cayó la primera nevada del
invierno hicimos juntas un muñeco de nieve.

—¿Quieres que lo llamemos Neal? —me preguntó.

Vale, dije, y lo adornamos con varias cosas para que quedara divertido. Entonces decidimos que cuando Neal llegara con su coche, yo saldría de la caravana y diría: ¡Ha venido Neal, ha venido Neal!, señalando al muñeco de nieve. Aunque cuando lo hice, Neal salió del coche enfadado y gritando que me podía haber atropellado.

Fue una de las únicas veces que vi a Neal actuar como un padre.

Aquellos cortos días de invierno tuvieron que ser raros para mí: en el pueblo, las luces se encendían al anochecer. Pero los niños se adaptan a los cambios. A veces pensaba en nuestra otra casa. No es que la echara de menos o quisiera volver a vivir allí, solo me preguntaba qué habría sido de ella.

Los buenos ratos que mi madre pasaba con Neal se alargaban hasta bien entrada la noche. Si me despertaba y tenía que ir al lavabo, la llamaba y ella venía de buena gana pero sin prisas, envuelta en un pañuelo o un chal, y en un olor que me hacía pensar en la luz de las velas y en la música. Y en el amor.

Hubo también un episodio inquietante, pero que en ese momento no traté de entender a fondo. Aunque Blitzee, nuestra perra, no era muy grande, tampoco parecía que pudiera caber debajo del abrigo de Caro. No sé cómo se las arregló mi hermana. Y no una vez, sino dos. Se llevó a la perra escondida debajo del abrigo en el autocar, y en lugar de ir directa a la escuela, volvió con Blitzee a nuestra antigua casa del pueblo, que estaba a menos de una manzana. Ahí fue donde mi padre encontró a la perra, en la galería acristalada, que no se cerraba con llave, al volver de su solitario almuerzo. Fue una gran sorpresa que llegara hasta allí, que encontrara el camino a casa como los perros de los cuentos. Caro fue la que armó más alboroto y dijo que aquella mañana no había visto a la perra. Sin embargo, cometió el error de volver a intentarlo, y esta vez, aunque nadie en el autocar o en el colegio sospechó nada, nuestra madre se lo olió.

No recuerdo si fue nuestro padre quien trajo a Blitzee. No lo imagino en la caravana, ni siquiera en la puerta o en el camino que llevaba hasta allí. Quizá Neal fuera a la casa del pueblo a recogerla, aunque esa situación no es menos difícil de imaginar.

Si ha dado la impresión de que Caro siempre estaba triste o conspirando, la verdad es que no era así. Ya he dicho que intentaba sonsacarme cosas de noche en la cama, pero no es que estuviera quejándose a todas horas. No iba con su carácter estar malhumorada. Le importaba demasiado causar una buena impresión. Le gustaba caer bien a la gente; le gustaba entrar en un sitio y dejar en el aire la promesa de algo que bien podría ser alegría. Era algo que le preocupaba más que a mí.

Ahora pienso que Caro era la que más se parecía a nuestra madre.

Seguro que trataron de sondearla por lo de la perra. Creo conservar un recuerdo vago.

—Quería hacer una broma.

—¿Preferirías irte a vivir con tu padre?

Creo que se lo preguntaron y que ella dijo que no.

Yo no le pregunté nada. No me parecía raro lo que había hecho. Supongo que los hermanos pequeños creen que el mayor tiene poderes excepcionales y no se asombran de nada de lo que haga.

Nos dejaban el correo en un buzón de hojalata clavado en un poste, junto a la carretera. Mi madre y yo íbamos hasta allí todos los días, salvo que estuviera especialmente tormentoso, para ver qué había. Solíamos ir cuando me despertaba de la siesta. A veces era la única vez que salíamos en todo el día. Por la mañana veíamos los programas para niños de la televisión. Más bien ella leía mientras yo veía la televisión; no había abandonado los libros por mucho tiempo. A mediodía calentábamos alguna sopa de lata para comer, y luego me ponía a dormir mientras ella leía un rato más. Ya tenía mucha barriga por el embarazo y cuando el bebé se movía yo lo notaba. Se iba a llamar Brandy —ya se llamaba Brandy—, fuera niño o niña.

Bajando un día por el camino a buscar el correo, cuando ya no faltaba mucho para llegar al buzón, mi madre se paró en seco.

—Silencio —me dijo, aunque yo no había dicho una palabra y ni siquiera jugaba a arrastrar las botas por la nieve.

—Si no digo nada —contesté.

—Chist. Da media vuelta.

—Pero no hemos cogido las cartas.

—Da igual. Tú camina.

Entonces me di cuenta de que Blitzee, que siempre caminaba a nuestro lado, poco más adelante o más atrás, había desaparecido de la vista. En cambio había otro perro al otro lado de la carretera, apenas a unos pasos del buzón.

Mi madre dejó entrar en la caravana a Blitzee, que nos estaba esperando, y en cuanto cerró la puerta llamó al teatro. Nadie contestó. Luego llamó al colegio para pedir que el conductor del autocar acompañara a Caro hasta la puerta. Al parecer el conductor no pudo, porque había nevado desde la última vez que Neal despejó el camino, pero el hombre esperó hasta verla llegar a casa. Entonces no había ningún lobo a la vista.

Neal pensaba que no era un lobo. Y, si de verdad hubiera uno merodeando por allí, no sería ninguna amenaza para nosotras, con lo débil que estaría después de la hibernación.

Caro dijo que los lobos no hibernan.

—Los estudiamos en el colegio.

Nuestra madre quería que Neal se hiciera con una escopeta.

—¿Crees que voy a ir con una escopeta a matar a una pobre loba desgraciada que seguramente tiene un puñado de crías en el bosque y solo quiere protegerlas, igual que tú quieres proteger a las tuyas? —dijo sin levantar la voz.

—Solo dos —dijo Caro—. Solo paren dos crías por vez.

—Vale, vale. Estoy hablando con tu madre.

—Eso no lo sabes —dijo mi madre—. No sabes si tiene cachorros hambrientos.

Nunca había pensado que pudiera hablarle así.

—Calma, calma —dijo Neal—. Vamos a pensar un poco. Las armas son una cosa terrible. Si ahora fuera en busca de un arma, ¿qué estaría diciendo? ¿Que Vietnam no estuvo mal? ¿Que podría haberme ido a Vietnam?

—No eres estadounidense.

—Mira, no vas a conseguir que me cabree.

Más o menos fue lo que dijeron, y la cuestión se zanjó sin que Neal consintiera hacerse con un arma. No volvimos a ver al lobo, si es que era un lobo. Creo que mi madre dejó de ir a buscar el correo, pero quizá era porque la barriga ya le pesaba demasiado.

La nieve fue desapareciendo por arte de magia. Los árboles seguían sin hojas y mi madre obligaba a Caro a ponerse el abrigo por las mañanas, pero al volver a casa del colegio mi hermana lo traía a rastras.

Mi madre dijo que seguro que llevaba gemelos, pero el médico le aseguró que no.

—Genial. Genial —dijo Neal, completamente a favor de la idea de los gemelos—. Qué sabrán los médicos.

La cantera de grava se había llenado hasta el borde con el agua del deshielo y la lluvia, así que Caro tenía que rodearla cuando iba a coger el autocar de la escuela. Era un pequeño lago manso y resplandeciente bajo el cielo claro. Caro preguntó sin mucha esperanza si nos dejaban ir allí a jugar.

Nuestra madre dijo que ni loca.

—Por lo menos debe de tener cinco metros de profundidad.

—Quizá tres —dijo Neal.

—Justo en el borde no creo que sea tan profundo —dijo entonces Caro.

—Y tanto que sí. Cae en picado —dijo mi madre—. No es como ir a la playa, joder. No os acerquéis por allí y punto.

Había empezado a decir «joder» cada dos por tres, incluso puede que más que Neal, y en un tono más exasperado.

—¿Crees que es mejor que la perra tampoco se acerque? —le preguntó a Neal.

Neal dijo que con eso no había problema.

—Los perros saben nadar.

Un sábado. Caro vio conmigo *El gigante amable*, sin dejar de chafarme el programa con sus comentarios. Neal estaba tumbado en el sofá, que al desplegarse se convertía en la cama donde dormía con mi madre. Estaba fumando uno de sus cigarrillos especiales, que no se podían fumar en el trabajo, así que había que aprovechar los fines de semana. Caro a veces lo incordiaba para que le dejara probar uno. Una vez le dejó, con la condición de que no se lo contara a mi madre.

Pero yo estaba allí y se lo conté.

Hubo alarma, aunque no se pelearon.

—Sabes muy bien que su padre me quitaría a las crías así de rápido —dijo nuestra madre—. Nunca más.

—Nunca más —dijo Neal, conciliador—. ¿Y qué pasa si él las envenena con esa basura de Rice Krispies?

Al principio no veíamos a nuestro padre, pero después de navidades empezamos a quedar con él los sábados. Nuestra madre siempre nos preguntaba luego si lo habíamos pasado bien. Yo siempre decía que sí, y convencida, porque pensaba que ir al cine o a ver el lago Hurón, o salir a comer a un restaurante era pasarlo bien. Caro también decía que sí, pero en un tono que insinuaba que no era asunto suyo. Entonces mi padre fue de vacaciones de invierno a Cuba (mi madre lo comentaba con cierta sorpresa, y quizá aprobación) y volvió arrastrando una gripe que hizo que las visitas se interrumpieran. Se suponía que en primavera continuarían, pero de momento no habían vuelto a repetirse.

Después de apagarnos el televisor, a Caro y a mí nos mandaron afuera a campear, como decía nuestra madre, y a respirar aire fresco. Nos llevamos a la perra.

Al salir lo primero que hicimos fue aflojarnos las bufandas que mi madre nos había enrollado al cuello y llevarlas a rastras. (Aunque no creo que nosotras asociáramos las dos cosas, lo cierto era que cuanto más avanzaba el embarazo, más volvía a comportarse como una madre corriente, al menos cuando se trataba de bufandas que estaban de más o a comer a las horas.) Caro me preguntó qué quería hacer, y le dije que no lo sabía. Era una formalidad por su parte, pero yo lo decía de verdad. De todos modos dejamos que la perra nos guiara, y a Blitzee se le ocurrió ir a echar un vistazo a la cantera de grava. El viento azotaba el agua formando pequeñas olas, y enseguida nos entró frío, así que nos volvimos a enrollar las bufandas al cuello.

No sé cuánto tiempo estuvimos dando vueltas por el borde del agua, sabiendo que no nos podían ver desde la caravana. Al cabo de un rato me di cuenta de que me estaban dando instrucciones.

Tenía que volver a la caravana y decirles a Neal y a nuestra madre una cosa.

Que la perra se había caído al agua.

Que la perra se había caído al agua y a Caro le daba miedo que se ahogara.

Blitzee. Ahogada.

Ahogada.

Pero Blitzee no se había caído al agua.

Podría haberse caído. Y Caro podría saltar a rescatarla.

Me parece que me atreví a plantarle cara, algo así como que Blitzee no se ha caído, tú no has saltado, podría ser pero no ha pasado. También me acordé de que Neal había dicho que los perros no se ahogan.

Caro me ordenó que hiciera lo que me decía.

¿Por qué?

Quizá lo pregunté, o quizá me quedé allí sin obedecer, tratando de encontrar otro argumento.

En mi cabeza la veo levantar a Blitzee en brazos y tirarla al agua mientras la perra se debate por agarrarse a su abrigo. Luego la veo retroceder, veo a Caro retroceder para coger carrerilla y tirarse detrás. Sin embargo no recuerdo oír el ruido que hicieron al impactar en el agua, una después de la otra. Nada, ni un impacto fuerte ni uno apenas audible. Quizá fue porque ya iba camino de la caravana, supongo.

Cuando sueño con esto, siempre voy corriendo. Y en mis sueños no corro hacia la caravana, sino que vuelvo a la cantera de grava. Veo a Blitzee luchando por mantenerse a flote, mientras Caro nada hacia ella, con fuerza, a punto de rescatarla. Veo su abrigo a cuadros marrón claro y su bufanda de tela escocesa y su expresión orgullosa de triunfo y las puntas de los rizos de su pelo rojizo oscurecidas por el agua. Tan solo tengo que mirar y estar contenta: después de todo, no hace falta que haga nada.

En realidad lo que hice fue subir la pequeña cuesta hasta la caravana. Y al llegar allí me senté. Como si en la caravana hubiera un porche o un banco, aunque de hecho no había ni lo uno ni lo otro. Me senté y esperé a ver qué pasaba.

Sé que fue así porque es un hecho. En cambio no sé qué me proponía o en qué estaba pensando. Quizá esperaba al siguiente acto del drama de Caro. O al de la perra.

No sé si me quedé allí sentada cinco minutos, o fueron más, o menos. No hacía demasiado frío.

Una vez lo hablé con una terapeuta profesional y durante un tiempo me convenció de que había intentado abrir la puerta de la caravana pero estaba cerrada. Cerrada por dentro, porque mi madre y Neal estaban haciendo el amor y habían cerrado para evitar interrupciones. Si hubiera golpeado a la puerta se habrían enfadado. A la terapeuta le satisfizo hacerme llegar a esa conclusión, y a mí también. Por un tiempo. Pero ya no creo que sea verdad. No creo que cerraran la puerta por dentro, porque sé que un día Caro entró y se rieron al verle la cara.

Quizá al acordarme de que Neal había dicho que los perros no se ahogan pensaba que no haría falta rescatar a Blitzee. Y que por lo tanto Caro no podría seguir con su juego. Tantos juegos, con Caro.

¿Acaso pensé que sabía nadar? A los nueve años, muchos niños saben. Y de hecho el verano anterior había hecho una clase, pero entonces nos mudamos a la caravana y no fue más. Puede que ella misma creyera que podría defenderse. Y desde luego yo debía creer que Caro era capaz de todo lo que se propusiera.

La terapeuta no insinuó que quizá me hubiera hartado de cumplir las órdenes de Caro. Fue a mí a quien se le ocurrió esa posibilidad, aunque la verdad es que no me convence. Si hubiera sido más mayor, tal vez, pero a esa edad aún esperaba que mi hermana invadiera mi mundo.

¿Cuánto tiempo estuve allí sentada? No creo que mucho. Y puede que llamara a la puerta, al cabo de uno o dos minutos. Sea como fuera en un momento dado mi madre abrió la puerta, sin motivo alguno. Un presentimiento.

A continuación estoy dentro de la caravana. Mi madre le grita a Neal, intenta hacerle entender algo. Neal empieza a hablar como si quisiera consolarla, la acaricia con suavidad, dulcemente, pero no es lo que mi madre quiere, se aparta de él y sale corriendo. Neal menea la cabeza y se mira los pies descalzos. Sus dedos grandes, desvalidos.

Creo que me dice algo con voz triste y cantarina. Una cadencia extraña.

Más allá de eso, no tengo detalles.

Mi madre no se tiró al agua. No se puso de parto por la conmoción. Mi hermano Brent no nació hasta una semana o diez días después del funeral, cuando mi madre salió de cuentas. No sé dónde estuvo hasta que dio a luz. Quizá la tuvieran sedada en el hospital, en la medida en que lo permitiera su estado.

Recuerdo muy bien el día del funeral. Me acompañaba una mujer muy agradable y delicada a la que no conocía con quien fuimos de expedición. Se llamaba Josie. Fuimos a unos columpios y a una especie de casa en miniatura donde podía meterme, e hicimos una comida con las golosinas que más me gustaban, aunque no me di un atracón. Con el tiempo llegaría a conocer mucho a Josie. Era una amiga que mi padre había hecho en Cuba y que después del divorcio se convirtió en mi madrastra, su segunda mujer.

Mi madre se recuperó. Por fuerza. Había que cuidar de Brent y, en muchos momentos, también de mí. Creo que pasé un tiempo con mi padre y Josie hasta que mi madre se instaló en la casa donde pensaba vivir el resto de su vida. Mi primer recuerdo es que Brent ya se sentaba en la trona.

Mi madre retomó sus antiguos compromisos en el teatro. Al principio quizá siguiera como voluntaria, de acomodadora, pero cuando empecé el colegio ya tenía un trabajo de verdad, con sueldo y responsabilidades durante todo el año. Era la directora comercial. El teatro se mantuvo a flote, con varios altibajos, y sigue funcionando a día de hoy.

Neal no creía en los funerales, así que no fue al de Caro. No llegó a conocer a Brent. Años después supe que dejó una carta donde decía que, ya que no pensaba ejercer de padre, lo mejor era retirarse desde el principio. A Brent nunca se lo mencioné, por no disgustar a mi madre. También porque Brent se parecía tan poco a Neal, y en realidad tenía tanto de mi padre, que a saber lo que había pasado realmente. Sobre eso mi padre nunca ha dicho nada, ni lo dirá. Trata a Brent igual que a mí, aunque es de la clase de hombre que lo haría de todos modos.

Mi padre y Josie no han tenido hijos, pero no creo que les importe. Josie es la única que a veces habla de Caro, aunque no muy a menudo. Asegura que mi padre no responsabiliza a mi madre. Por lo visto reconoce que era un muermo cuando mi madre buscaba nuevas emociones en la vida. Necesitaba una sacudida, y la tuvo. De nada sirve lamentarlo. Sin la sacudida no habría conocido a Josie y los dos no serían ahora tan felices.

—¿Qué dos? —le pregunto, solo para boicotearlo.

Y él contesta incondicionalmente.

—Josie. Hablo de Josie.

A mi madre no se le puede recordar nada de aquellos tiempos, y procuro no disgustarla. Sé que ha pasado en coche por el camino de tierra donde vivíamos y que todo está muy cambiado, con esas casas modernas que se ven ahora construidas en los campos yermos. Cuando lo cuenta se nota el deje de desprecio que le inspiran esas casas. Yo también fui, pero no se lo dije a nadie. Todo ese destripamiento que se hace en las familias hoy en día me parece un error.

Incluso el foso de la cantera de grava lo rellenaron para nivelar el suelo y construir una casa.

Tengo una compañera menor que yo, Ruthann, pero creo que más lista. O al menos más convencida de que es bueno sacar los demonios que llevo dentro. No creo que me hubiera puesto en contacto con Neal de no ser porque ella me insistió. Claro que durante mucho tiempo no tuve el modo de hacerlo, aunque tampoco se me pasaba por la cabeza. Al final fue él quien se puso en contacto conmigo. Una breve nota de felicitación, decía, tras ver mi foto en la gaceta de los antiguos alumnos. Qué hacía hojeando la gaceta, no lo sé. Me habían concedido una de esas distinciones académicas que dan cierto prestigio en un círculo restringido y poco más.

Neal vivía a menos de cincuenta millas de donde doy clases, que es también donde fui a la universidad. Me pregunté si habría estado allí por aquel entonces. Tan cerca. ¿Sería uno de los estudiantes?

Al principio no tuve intención de contestar a su nota, pero cuando se lo conté a Ruthann me dijo que debía pensar en escribirle. La cuestión es que le mandé un correo electrónico, y quedamos en vernos. Me encontraría con él en su pueblo, en el entorno neutral de la cantina de una universidad. Me dije que si al verlo me parecía insufrible, sin saber exactamente a qué me refería, simplemente pasaría de largo.

Había menguado, como suele pasarles a los adultos que recordamos de la infancia. Tenía poco pelo, cortado casi al rape. Me trajo una taza de té; él también estaba tomando un té.

¿Cómo se ganaba la vida?

Me contó que daba clases particulares a estudiantes que se preparaban para los exámenes. También los ayudaba a redactar sus trabajos. A veces podía decirse que los hacía él mismo. Por supuesto, cobraba.

—No te haces millonario, eso ya te lo digo.

Vivía en un estercolero. O en un estercolero medio respetable. No estaba mal. Conseguía la ropa en los locales del Ejército de Salvación. Eso tampoco estaba mal.

—Va con mis principios.

No lo felicité por esas cosas, aunque a decir verdad dudo que esperara que lo hiciera.

—De todos modos, no creo que mi manera de vivir sea muy interesante. Pensé que querrías saber cómo sucedió.

No acerté a decir nada.

—Mira, estaba colocado —dijo—. Y además no soy un buen nadador. Donde me crié no había muchas piscinas. Me hubiera ahogado también. ¿Era lo que querías saber?

Le dije que en realidad no era él quien me inquietaba.

Entonces Neal fue la tercera persona a la que hice la pregunta.

—¿Qué crees que Caro tenía en mente?

La terapeuta dijo que eso no podía saberse. «Puede que ni ella misma supiera lo que quería. ¿Llamar la atención? No creo que quisiera ahogarse. ¿Llamar la atención sobre lo mal que lo estaba pasando?»

Ruthann me había dicho: «¿Conseguir que tu madre hiciera lo que ella quería? ¿Hacerle ver que tenía que volver con tu padre?».

—No importa —dijo Neal—. Quizá pensaba que sabía nadar mejor de lo que nadaba. Quizá no sabía cuánto pesa la ropa de invierno en el agua. O que no había nadie en situación de ayudarla. —Y añadió—: No pierdas el tiempo. No pensarás que si te hubieras dado prisa en avisar lo hubieras impedido, ¿verdad? No querrás cargar con la culpa, ¿eh?

Había contemplado esa posibilidad, pero no.

—La cuestión es ser feliz —dijo Neal—. A toda costa. Inténtalo. Se puede. Y luego cada vez resulta más fácil. No tiene nada que ver con las circunstancias. No te imaginas hasta qué punto funciona. Se aceptan las cosas y la tragedia desaparece. O pesa menos, en cualquier caso, y de pronto descubres que estás en paz con el mundo.

Y ahora, adiós.

Entiendo a qué se refería. Y sé que eso es lo que hay que hacer. Aun así, no dejo de ver a Caro corriendo hacia el foso para lanzarse con cierto aire triunfal, y sigo atrapada, a la espera de que me dé una explicación, a la espera de oír el ruido de su cuerpo al caer al agua.

Santuario

unque esto pasó en los años setenta, en aquella ciudad de provincias y en otros pueblos pequeños los setenta distaron mucho de la imagen que tenemos hoy en día, o incluso de los setenta que viví en Vancouver. Los chicos llevaban el pelo más largo, pero tampoco es que fueran melenudos, y no se respiraban aires nuevos de liberación o rebeldía.

Mi tío empezó a darme la lata por no esperar a que bendijera la mesa. Pasé una temporada en casa de mis tíos, cuando mis padres se fueron a África. A mis trece años nunca había inclinado la cabeza para rezar sobre un plato de comida.

—Bendícenos, Señor, y bendice los alimentos que vamos a recibir —dijo el tío Jasper, sorprendiéndome con el tenedor en alto y procurando no masticar la carne y las patatas que acababa de meterme en la boca—. ¿Sorprendida? —me preguntó, después de «por Jesucristo, amén». Quiso saber si quizá mis padres rezaban una oración distinta al final de la comida.

—No dicen nada —confesé.

—¿En serio? —preguntó con teatralidad—. No irás a decirme que hay quien no bendice la mesa pero se va a África a velar por los infieles. ¡Habrase visto!

En Ghana, donde mis padres daban clases en una escuela, al parecer no habían topado con muchos infieles. El cristianismo florecía exuberante a su alrededor, incluso en pancartas colgadas en la parte posterior de los autobuses.

—Mis padres son unitarios —dije, excluyéndome por alguna razón.

El tío Jasper meneó la cabeza y me pidió que se lo explicara. ¿Acaso mis padres no creían en el Dios de Moisés? ¿Ni en el Dios de Abraham? Entonces debían de ser judíos. ¿Que no? A ver si iban a ser mahometanos...

—Más bien se trata de que cada persona tiene su propia idea de Dios —le contesté, con una rotundidad que quizá no se esperaba. Mis dos hermanos iban a la universidad y no apuntaban maneras beatas, así que estaba acostumbrada a las discusiones vehementes sobre religión y ateísmo cuando nos sentábamos a cenar—. Pero mis padres creen en hacer buenas obras y en seguir el buen camino en la vida.

Fue un error. No solo conseguí que mi tío enarcara las cejas con incredulidad mientras asentía con asombro fingido, sino que lo que dije fue tan pomposo y poco convincente que incluso a mí me sonó extraño.

No me parecía bien que mis padres decidieran irse a África. Les había reprochado que me dejaran tirada con mi tía y mi tío. Quizá incluso les dijera a mis sufridos padres que sus buenas obras eran un montón de porquería. En casa nos permitían expresarnos a nuestro antojo. De todos modos, no creo que mis padres hubieran hablado nunca de «buenas obras» ni de «hacer el bien».

Mi tío quedó satisfecho, por el momento. Me pidió que dejáramos ahí el tema, porque a la una le tocaba seguir haciendo buenas obras en su consulta.

Seguramente fue entonces cuando mi tía cogió el tenedor y se puso a comer. Esperó a que se limaran aquellas pequeñas asperezas, más por hábito que porque mi desparpajo la escandalizara de veras. Tenía la costumbre de contenerse hasta estar segura de que mi tío había dicho todo lo que quería decir. Incluso cuando me dirigía a ella aguardaba y lo miraba, por si prefería contestar él. Mi tía Dawn parecía siempre tan jovial, y sonreía tan a propósito siempre, que costaba imaginar que se reprimiera. También costaba imaginar que fuera la hermana de mi madre, porque parecía mucho más joven, lozana y pulcra, y encima prodigaba aquellas sonrisas radiantes.

Mi madre no dudaba en cortar a mi padre cuando sentía la necesidad de intervenir, como solía ser el caso. Mis hermanos, incluso el que decía que pensaba convertirse al islam para poder castigar a las mujeres, siempre la consideraban una autoridad a la altura de mi padre.

—Dawn vive para su marido —había comentado mi madre alguna vez con estudiada neutralidad. O, más secamente—: Su vida gira alrededor de ese hombre.

Eran cosas que se decían entonces, y no siempre con menosprecio, pero nunca había conocido a una mujer de quien parecieran tan ciertas como la tía Dawn.

Mi madre decía que desde luego sería distinto si hubieran tenido hijos.

Vaya una idea. Hijos. Que se interpusieran en el camino del tío Jasper, que mendigaran las atenciones de mi tía. Hijos enfermos, enfurruñados, poniendo la casa patas arriba, pidiendo platos que no eran del agrado de su padre.

Imposible. Aquella era la casa del tío Jasper, y era él quien elegía las comidas, los programas de la radio y la televisión. Aunque estuviera en su consulta, contigua a la vivienda, o tuviera una visita a domicilio, las cosas debían estar a su gusto en todo momento.

Poco a poco me di cuenta de que ese régimen funcionaba a pedir de boca. Cucharas y tenedores de plata de ley relucientes, suelos de madera noble encerados, agradables sábanas de hilo: un alarde de devoción doméstica presidido por mi tía, y ejecutado por Bernice, la doncella. Bernice cocinaba toda clase de platos, planchaba hasta los paños de cocina. Los demás médicos del pueblo mandaban la ropa blanca a la lavandería china, mientras que Bernice y la propia tía Dawn tendían la colada al aire libre. Blanqueadas al sol, oreadas al viento, las sábanas y las vendas quedaban siempre de primera y olían de maravilla. Mi tío era de la opinión de que los amarillos se pasaban con el almidón.

—Chinos —lo corregía mi tía en voz baja, condescendiente, como si tuviera que disculpar tanto a mi tío como a los empleados de la lavandería.

—¡Amarillos! —replicaba mi tío, bullanguero.

Solo en boca de Bernice sonaba natural.

Con el tiempo me di cuenta de que cada vez sentía menos apego por la seriedad intelectual y el desorden de mi casa. Claro que exigía todas las energías de una mujer preservar aquel santuario. No había tiempo para redactar manifiestos de la Iglesia unida, menos aún para largarse a África. (Al principio, cada vez que alguien en casa de mis tíos mencionaba que se habían largado, me sentía obligada a decir: «Mis padres se han ido a África a trabajar». Hasta que me cansé de corregirlos.)

Un santuario, ni más ni menos. «La misión más importante de una mujer es construir un santuario para su marido.»

Creo que de hecho el comentario no lo hizo mi tía. Evitaba esa clase de pronunciamientos. Quizá lo leí en una de las revistas para amas de casa que había por allí. Revistas que a mi madre la hubieran asqueado.

Al principio exploré el pueblo. Al fondo del garaje encontré una bicicleta vieja que pesaba una barbaridad y la saqué para dar una vuelta, sin que se me pasara por la cabeza pedir permiso. Bajando por una cuesta recién pavimentada de grava perdí el control. Me hice un buen rasguño en una de las rodillas y tuve que ir a la consulta de mi tío, contigua a la casa. Me curó la herida con manos expertas. Vi que iba al grano, no se anduvo con monsergas, me atendió con una delicadeza más bien impersonal. Nada de bromas. Dijo que no se acordaba de dónde había salido la bicicleta, era un cacharro traicionero, así que si quería ir sobre dos ruedas podíamos pensar en conseguirme una decente. A medida que conocí mejor mi nuevo colegio y el comportamiento que se esperaba de las chicas en la adolescencia, comprendí que ir en bicicleta quedaba descartado, así que la cosa no prosperó. Sin embargo, me sorprendió que mi tío no mencionara la cuestión del decoro ni lo que las chicas debían o no debían hacer. En su consulta pareció olvidarse de que era una muchacha que necesitaba que me enderezaran en muchos aspectos, o a quien había que alentar a imitar los modales de mi tía Dawn en la mesa.

—¿Ibas sola por ahí en bicicleta? —me preguntó ella al enterarse del incidente—. ¿Qué andabas buscando? Bah, qué más da, verás como pronto tendrás amigas.

Acertó en lo de que tendría algunas amigas, y también adivinó hasta qué punto mis actividades se limitarían a partir de entonces.

Mi tío Jasper no era un médico cualquiera: era el médico. Había impulsado la construcción del hospital del pueblo, aunque se resistió a que le pusieran su nombre. Nació sin posibles pero con inteligencia, y dio clases hasta que pudo pagarse el ingreso en la facultad de medicina. Había traído al mundo a niños y había extirpado apéndices en mesas de cocina de muchas granjas, al llegar en medio de una tormenta de nieve. Esas cosas pasaban, incluso en los años cincuenta o sesenta. Se lo tenía por un médico que no se rendía nunca, que había resuelto casos de envenenamiento y neumonía, salvando la vida de sus pacientes cuando no se conocían los nuevos fármacos.

Y sin embargo en su consulta parecía mucho más relajado que en su casa, como si allí fuera necesaria una vigilancia constante que en el despacho no hicieran falta, aunque a primera vista pudiera pensarse lo contrario. La enfermera que trabajaba con él ni siquiera lo trataba con especial deferencia, al contrario que la tía Dawn. La mujer asomó la cabeza por la puerta de la sala donde me hacía la cura y dijo que se marchaba temprano.

—Tendrá que atender el teléfono, doctor Cassel. ¿Recuerda que se lo dije?

—Ajá —musitó él.

Claro que la enfermera era mayor, tendría más de cincuenta años, y las mujeres de esa edad a veces acostumbraban a ser autoritarias.

Y sin embargo no imaginaba que mi tía Dawn fuera a serlo nunca. Daba la impresión de haberse quedado para siempre en la prometedora y timorata juventud. Al principio de mi estancia en la casa, cuando me creía con derecho a deambular a mi antojo por donde quisiera, entré una vez al cuarto de mis tíos a ver una fotografía de Dawn que había en la mesita de noche de su marido.

Las curvas suaves y el pelo oscuro ondulado seguían siendo los mismos, pero en la fotografía llevaba una cofia roja muy poco favorecedora y una capa morada. Al bajar le pregunté qué era aquel atuendo.

—¿Qué atuendo? —se sorprendió—. Ah, supongo que te refieres al uniforme de la escuela de enfermeras.

—¿Fuiste enfermera?

—¡Oh, no! —Se rió como si le pareciera un disparate, además de un descaro—. Lo dejé.

—¿Cuando conociste al tío Jasper?

—No, no. Entonces Jasper ya llevaba años ejerciendo de médico. Lo conocí porque tuve apendicitis. Yo estaba con una amiga, es decir, con la familia de una amiga que vivía por aquí, y me puse malísima, pero no sabía qué me pasaba. Él me diagnosticó y me extirpó el apéndice. —Al contármelo se ruborizó más que de costumbre y sugirió que no debía entrar en su dormitorio a menos que pidiera permiso. Incluso yo entendí que eso significaba nunca más.

—Y tu amiga, ¿aún vive aquí?

—Mira, cielo, cuando te casas la amistad es otra cosa.

Más o menos en la época de esas indagaciones averigüé también que el tío Jasper no estaba tan descastado como suponía. Tenía una hermana. Ella también había triunfado en la vida, por lo menos a mi modo de ver. Se dedicaba a la música, era violinista. Se llamaba Mona, o así se hacía llamar, aunque el nombre con el que la bautizaron fuera Maud. Mona Cassel. La primera vez que supe de ella fue a mediados de curso, el día en que al volver de la escuela vi un cartel en la ventana de las oficinas del periódico local, donde se anunciaba un concierto que se daría en el salón de actos municipal un par de semanas más tarde. Tres músicos de Toronto. Mona Cassel era la señora alta de pelo blanco con el violín. Al llegar a casa le comenté a la tía Dawn la coincidencia del apellido.

—Oh, sí. Debe de ser la hermana de tu tío —me dijo. Y añadió—: Pero mejor que no menciones nada de eso en casa. —Al cabo de un momento se sintió obligada a extenderse un poco—. A tu tío no le gusta demasiado esa clase de música, ¿sabes? La música sinfónica.

Y luego otro poco más.

Dijo que la hermana era unos años mayor que el tío Jasper, y que cuando eran pequeños pasó algo. No sé qué parientes pensaron que había que sacar a la chica de allí para abrirle horizontes, porque tenía dotes musicales, de manera que la educaron de otra manera, por lo que los dos hermanos ya no tenían nada en común, y la verdad es que eso era todo lo que ella sabía. Además de que a mi tío no le haría ninguna gracia enterarse de que me lo había contado.

—Y si no le gusta esa música, ¿qué música le gusta? —quise saber.

—Supongo que se puede decir que cosas más chapadas a la antigua. Aunque desde luego no la música clásica.

—¿Los Beatles?

—Válgame Dios.

—No le gustará Lawrence Welk…

—Mira, a ti y a mí no nos corresponde hablar de esas cosas, ¿no crees? No debería haberme ido de la lengua.

No le hice caso.

—Y a ti, ¿qué es lo que te gusta?

—Pues supongo que casi todo.

—Habrá cosas que te gusten más que otras.

Solo le sonsaqué una de sus risitas de compromiso. Una pequeña carcajada nerviosa similar, aunque no tan forzada, a la que soltaba por ejemplo cuando le preguntaba al tío Jasper qué le parecía la cena. Mi tío solía darle su aprobación, con reservas. Muy rica, pero un pelín picante, o un pelín sosa. Quizá un poco pasada, o posiblemente poco hecha para su gusto. En una ocasión dijo que no le había gustado, sin entrar en más detalles, y la risa de mi tía se desvaneció, y vi que apretaba los labios en un alarde heroico de contención.

¿Qué cena sería? Estoy tentada de pensar que un guiso con curry, pero tal vez sea porque a mi padre no le gustaba, aunque tampoco armaba un escándalo si se lo servían. Mi tío se levantó de la mesa y fue a prepararse un bocadillo de mantequilla de cacahuete, recalcando tanto el gesto que vino a ser lo mismo que si armara un escándalo. Sea cual fuera la cena, estoy convencida de que mi tía Dawn no la preparó con intención de provocar. Simplemente debió de ser un plato poco habitual, sacado de alguna revista. Y, si no recuerdo mal, mi tío se lo terminó antes de pronunciar su veredicto, así que no lo movió el hambre, sino la mera necesidad de expresar un rechazo rotundo.

Ahora se me ocurre que quizá algo hubiera ido mal en el hospital aquel día, que muriera alguien que no debía morir, que tal vez el problema no tenía nada que ver con la comida. Sin embargo, no creo que a la tía Dawn se le pasara por la cabeza, o si se le pasó no lo hizo notar. Era toda contrición.

En esa época a la tía Dawn la rondaba otra preocupación, que no entendí hasta más adelante. El problema era la pareja de nuevos vecinos. Se habían mudado a la casa de al lado más o menos cuando yo llegué. Él era el inspector escolar del condado, ella profesora de música. Eran más o menos de la edad de la tía Dawn, más jóvenes que el tío Jasper. Tampoco tenían hijos, lo que les daba vía libre para socializar. Y pasaban por esa etapa en que al llegar a una nueva comunidad cualquier perspectiva parece prometedora y espontánea. Con ese ánimo habían invitado a la tía Dawn y al tío Jasper a tomar unas copas. La vida social de mis tíos era tan limitada, y esa costumbre suya tan conocida, que mi tía carecía de práctica en decir que no. Así que sin darse cuenta se encontraron de visita, tomando copas y charlando. Imagino que el tío Jasper se ganó la simpatía de los nuevos vecinos, pero no le perdonó a mi tía el error de aceptar la invitación.

Así que la pobre estaba en un dilema. Sabía que cuando se va de visita a casa de alguien, es de recibo devolver la invitación. Copas por copas, café por café. No hacía falta organizar una comida. Aun así, por pocos que fueran los requisitos, no veía la manera de cumplir con ellos. Mi tío no había puesto reparos a los vecinos, simplemente no le gustaba recibir a gente en casa, bajo ningún pretexto.

Y de pronto, con la noticia que le llevé, surgió la posibilidad de solucionar el problema. El trío de Toronto en el que tocaba Mona iba a actuar una única noche en el salón de actos municipal. Y resultó que coincidía con la misma noche en que el tío

Jasper estaría fuera hasta bastante tarde, la velada en que se celebraba la asamblea general anual de los médicos del condado, con cena incluida. No exactamente un banquete; las esposas no estaban invitadas.

Los vecinos pensaban asistir al concierto. Era de suponer, teniendo en cuenta la profesión de la mujer, pero quedaron en pasar en cuanto terminara el acto a tomar un café y unos dulces. Y a conocer —ahí fue donde mi tía se lució— a los componentes del trío, que pasarían también un momento a saludar.

No sé hasta qué punto les reveló a los vecinos su vínculo con Mona Cassel. Si se atuvo a su buen juicio, no debió de comentar nada. Y era una mujer que acostumbraba a hacerlo. Seguro que avisó de que su marido no estaría esa noche, pero jamás habría llegado al punto de pedirles que mantuvieran la reunión en secreto. ¿Y cómo iba a ocultárselo también a Bernice, que a la hora de cenar se iba a casa y sin duda se olería algo con los preparativos? No lo sé. Y menos aún sé cómo se las ingenió para hacerles llegar la invitación a los músicos. ¿Acaso mantenía contacto regular con Mona? No lo creo. Sostener a la larga un engaño no era propio de ella.

Imagino que simplemente se atolondró y escribió una nota, y la llevó al hotel donde se alojaría el trío. No creo que tuviera la dirección de Toronto.

Incluso al ir al hotel debió de preguntarse quién la veía y rezar para no encontrarse con el director, que conocía a su marido, sino a la chica nueva, que era forastera y quizá ni siquiera sabía que era la mujer del médico.

Debió de insinuarles a los músicos que no esperaba que se quedaran mucho rato. Los conciertos son agotadores, y era de suponer que al día siguiente se marcharían temprano a algún otro sitio.

¿Por qué corrió el riesgo? ¿Por qué no recibir a los vecinos ella sola, sin más compañía? Difícil de decir. Quizá se viera incapaz de llevar las riendas de una conversación. Quizá quisiera alardear un poco delante de esos vecinos. Quizá, aunque me cuesta creerlo, deseara hacer un gesto de amistad o aceptación hacia la cuñada, a la que por lo que sé no conocía.

Debió de ir de un lado a otro aturdida por su propia confabulación, y cuántas veces cruzaría los dedos y rezaría para salir airosa durante aquellos días previos, ante el riesgo de que el tío Jasper descubriera el pastel por azar. De que se encontrara en la calle a la profesora de música, por ejemplo, y la mujer se deshiciera en agradecimientos y expectativas con él.

Los músicos no estaban tan cansados después del concierto como cabía esperar. Ni tampoco se los veía muy desalentados por el escaso público, que probablemente no fue ninguna sorpresa. El entusiasmo de los vecinos invitados y el calor del salón de la casa, después del frío que habían pasado en el salón de actos municipal, así como el resplandor rojizo de las cortinas de terciopelo, que durante el día se veían de un granate anodino pero daban un aire festivo al caer el sol, sin duda les levantaron el ánimo. La lobreguez de fuera marcaba el contrapunto, mientras el café reconfortaba a aquellos exóticos pero curtidos desconocidos. Por no mencionar al jerez que siguió a los cafés. Jerez u oporto en copitas de cristal de la medida y la forma precisas, acompañados de pastelitos espolvoreados con coco rallado, galletas en forma de rombos o medias lunas, barquillos de chocolate. Yo misma nunca había visto nada igual. Mis padres daban fiestas de esas donde los invitados comen enchilada en cuencos de barro.

Mi tía Dawn se puso un vestido de corte recatado en crep color carne. Era el vestido que hubiera llevado una señora mayor y daba un aire escrupulosamente remilgado, pero aun así mi tía parecía estar participando en una celebración un poco subida de tono. La vecina también se había arreglado, quizá más de lo que la ocasión merecía. El hombre achaparrado que tocaba el chelo llevaba un traje negro que solo se distinguía del de un empleado de pompas fúnebres por la pajarita, y la pianista, que era su mujer, lucía un vestido negro demasiado recargado para su corpulenta figura. En cambio, Mona Cassel brillaba como la luna en un vestido largo de un tejido plateado con mucha caída. Era una mujer de huesos grandes y nariz prominente, igual que su hermano.

Mi tía debía de haber mandado afinar el piano, o de lo contrario no se habrían quedado allí varados. (Y si parece raro que hubiera un piano en la casa, teniendo en cuenta las opiniones que mi tío pronto revelaría acerca de la música, solo puedo decir que en todas las casas de cierto estilo y época solía haber uno.)

La vecina pidió que tocaran *Eine Kleine Nachtmusik*, y yo la secundé, para presumir. En realidad no conocía la música, solo el nombre de la pieza, porque en el colegio de la ciudad dábamos alemán.

Entonces el vecino hizo otra petición, y cuando terminaron de tocarla le rogó a la tía Dawn que lo disculpara por ser tan grosero de adelantarse a pedir su tema favorito antes que la anfitriona.

Ah, no, que no se preocuparan, a ella le gustaba todo, dijo mi tía ruborizándose antes de desaparecer. No sé si la música le interesaba, pero desde luego parecía entusiasmada. Tal vez por ser ella quien propiciaba esos momentos, ese festín de dicha.

Pero ¿podía haberlo olvidado? ¿Cómo podía haberlo olvidado? La reunión de los médicos del condado, la cena anual y la elección de representantes solía terminar sobre las diez y media. Y eran las once.

Ambas nos dimos cuenta demasiado tarde de la hora que era.

De pronto se abre la contrapuerta, luego la puerta del recibidor y, sin la pausa habitual para quitarse las botas y el abrigo o la bufanda, mi tío entra a grandes zancadas en el salón.

Los músicos, en mitad de una pieza, siguen tocando. Los vecinos saludan a mi tío efusivamente pero bajando la voz, por deferencia a la música. Mi tío parece el doble de corpulento con el abrigo desabrochado, la bufanda suelta y las botas. Contempla la escena sin mirar a nadie en particular, ni siquiera a su mujer.

Y ella tampoco lo mira. Ha empezado a recoger los platos de la mesa, apilándolos uno encima del otro, sin reparar siquiera en que algunos tienen aún pastelitos y acabarán aplastados.

Sin prisa y sin detenerse, mi tío cruza el salón de dos ambientes y pasa por el comedor antes de desaparecer tras las puertas batientes de la cocina.

La pianista sigue sentada con las manos inmóviles sobre el teclado, y el violonchelista ha dejado de tocar. La violinista continúa sola. Aún hoy no sé si la pieza era así o fue un acto deliberado de desobediencia por su parte. No recuerdo que levantara la vista en ningún momento para mirar a aquel hombre ceñudo. Su cabeza grande de pelo blanco, similar a la de su hermano, solo que más curtida, tiembla un poco, pero quizá temblara ya antes.

Mi tío ha vuelto, con un plato de carne de cerdo y alubias. Debe de haber abierto una lata que ha vaciado en el plato sin calentar el contenido. No se ha molestado en quitarse el abrigo. Y sin mirar a nadie pero haciendo mucho ruido con el tenedor, se pone a comer como si estuviera solo, y hambriento. Como si no hubieran ofrecido ni un bocado de comida en la asamblea y cena anual.

No le he visto nunca comer así. Sus modales en la mesa siempre han sido señoriales, pero decentes.

La música que toca su hermana llega a su fin cuando corresponde, es de suponer. Va un poco por delante del cerdo con alubias. Los vecinos están en el recibidor envueltos en sus prendas de abrigo y asoman a la vez la cabeza deshaciéndose en agradecimientos, sin poder ocultar el desespero por salir de allí.

Y luego también se marchan los músicos, aunque no con tantas prisas. Hay que guardar los instrumentos como es debido, después de todo; no van a meterlos en los estuches de cualquier manera. Los músicos hacen las cosas como debe de ser su costumbre, metódicamente, y por fin desaparecen también. No logro recordar nada de lo que se dijo, o si mi tía Dawn tuvo la presencia de ánimo para darles las gracias y acompañarlos a la puerta. No puedo prestar atención a esas cosas porque el tío Jasper ha empezado a hablar a voz en cuello, ni más ni menos que conmigo. Creo recordar que la violinista lo miró una sola vez cuando arrancó su perorata. Una mirada que lo ignora completamente, o quizá ni siquiera lo ve. No es una mirada de enfado, como cabría esperar, ni siquiera de asombro. La mujer solo está tremendamente cansada, y su cara palidísima.

—Y ahora dime —vocifera mi tío dirigiéndose a mí, como si no hubiera nadie más—, dime, ¿a tus padres les gustan este tipo de cosas? Este tipo de música, me refiero. Los conciertos y demás. ¿Pagan alguna vez para pasarse dos horas sentados y acabar con el culo cuadrado escuchando algo que al cabo de medio día no reconocerían? ¿Realmente pagan para perpetrar un fraude? ¿Te consta que lo hayan hecho alguna vez?

Dije que no, y era la verdad. Que yo supiera nunca iban a conciertos, aunque fueran partidarios de los conciertos en general.

—¿Ves? A tus padres les sobra sentido común para sumarse a toda esta gente que hace aspavientos y aplaude y se comporta como si fuera la maravilla del mundo. ¿Sabes a qué clase de gente me refiero? Un hatajo de mentirosos. Una montaña de estiércol de caballo. Y todo por darse aires. O seguramente por ceder a las ansias que tienen sus mujeres de darse aires. Cuando vayas por el mundo, recuérdalo, ¿de acuerdo?

Prometí que lo recordaría. No me sorprendió mucho lo que dijo. Mucha gente pensaba así. Hombres, sobre todo. Había cantidad de cosas que los hombres detestaban. O que según ellos carecían de utilidad. Y era exactamente así. Como eran cosas que a ellos nos les servían para nada, las detestaban. Quizá era lo mismo que a mí me pasaba con el álgebra: dudaba mucho que llegara a encontrarle jamás ninguna utilidad.

Y aun así no pretendía que la borraran de la faz de la tierra.

A la mañana siguiente cuando bajé, el tío Jasper ya se había marchado. Bernice estaba fregando los platos en la cocina mientras la tía Dawn guardaba las copas de cristal en la vitrina de la porcelana. Me sonrió, aunque no tenía el pulso del todo firme y las copas hicieron un débil tintineo de advertencia.

—El hogar de un hombre es su castillo —dijo mi tía.

—A veces parece un castillo de naipes —dije, tratando de bromear.

Volvió a sonreír, aunque no creo que le hiciera gracia.

—Cuando mandes una carta a Ghana… —dijo—, cuando le escribas a tu madre, no creo que sea prudente mencionar…Vaya, no sé si deberías mencionar el pequeño disgusto de anoche. Seguro que ve allí tantos problemas de verdad, con tanta gente pasando hambre y penalidades, me parece que sería un poco superficial y egoísta por nuestra parte.

Entendí. Ni me molesté en decir que por el momento no había noticias de hambruna en Ghana.

A mis padres solo les había mandado cartas llenas de descripciones sarcásticas y quejas el primer mes. A estas alturas las cosas se habían complicado demasiado para entrar en explicaciones.

Después de nuestra conversación sobre música, el tío Jasper empezó a tratarme con más respeto. Escuchaba mis opiniones sobre la asistencia sanitaria pública como si fueran propias y no se derivaran de las de mis padres. Una vez dijo que era un placer estar sentado delante de una persona inteligente con quien poder hablar. Mi tía dijo que desde luego era una delicia. Solo trataba de ser agradable, pero mi tío se rió de un modo particular que la hizo ponerse roja como la grana. Fue una temporada difícil para ella, pero el día de San Valentín recibió el perdón, junto con un colgante de sanguinaria que la hizo sonreír y apartarse a derramar unas lágrimas de alivio, todo a un tiempo.

La cérea palidez de Mona, los huesos prominentes que el vestido plateado no conseguía disimular del todo, tal vez eran signos de enfermedad. Su muerte mereció una nota en el periódico local, aquella primavera, con una mención al concierto del salón de actos municipal. Se reprodujo el obituario de un periódico de Toronto, con el breve perfil de una carrera que parecía, si no brillante, al menos haber bastado para mantenerla. El tío Jasper manifestó sorpresa, no ante su muerte, sino porque no fueran a enterrarla en Toronto. El funeral y el sepelio tendrían lugar en la Iglesia de los Hosannas, situada unas millas al norte de este pueblo, en el campo. Cuando el tío Jasper y Mona/Maud eran pequeños iban a aquella iglesia, que observaba el culto anglicano. Ahora el tío Jasper y la tía Dawn iban a la iglesia unida, igual que la mayoría de la gente de dinero de la ciudad. Los miembros de la Iglesia unida se mantenían firmes en su fe, pero no pensaban que fuera necesario asistir todos los domingos, ni creían que Dios pusiera reparos a que tomaran una copa de vez en cuando. (Bernice, la doncella, iba a otra iglesia, donde tocaba el órgano. Pertenecía a una congregación pequeña y extraña: se dedicaban a repartir puerta a puerta unos folletos con listas de gente que iría al infierno. No gente de allí, sino personajes célebres, como Pierre Trudeau.)

—En la iglesia de los hosannas ya no se hacen misas —dijo el tío Jasper—. ¿Qué sentido tiene traerla hasta aquí? Ni siquiera creo que esté permitido.

Sin embargo resultó que la iglesia abría con regularidad. Gente que la conocía de antaño la elegía para celebrar funerales, o a veces las bodas de sus hijos. Por dentro se mantenía bien cuidada, gracias a un legado considerable, y habían modernizado el sistema de calefacción.

La tía Dawn y yo fuimos hasta allí en coche. El tío Jasper estuvo ocupado hasta el último momento.

Yo nunca había ido a un funeral. A mis padres no debía de parecerles necesario que una niña pasara por esa experiencia, aunque creo recordar que en su círculo de amistades lo consideraban una celebración de la vida.

La tía Dawn no iba de luto, como yo esperaba. Llevaba un traje en un tono lila pastel y un chaquetón de astracán con casquete a juego. Estaba preciosa y parecía de un buen humor que a duras penas lograba ocultar.

La espina había desaparecido. La espina que el tío Jasper tenía clavada había desaparecido, y solo por eso mi tía era feliz.

Algunas de mis ideas habían cambiado durante la temporada que pasé con mis tíos. Ya no era tan tolerante con gente como Mona, por ejemplo. O con la propia Mona, y su música y su carrera. No la consideraba un monstruo, pero entendía que hubiera gente que pensaba así. No solo por su cuerpo huesudo y su prominente nariz blanca, o por el violín y el gesto un poco estúpido con que lo agarraba, sino más bien por la música misma y la devoción que ella le profesaba. La devoción por cualquier cosa, en el caso de una mujer, podía hacer que pareciera ridícula.

No es que las ideas del tío Jasper me hubieran conquistado del todo, pero no me resultaban tan ajenas como en otros tiempos. Al pasar con sigilo frente a la puerta cerrada del dormitorio de mis tíos un domingo por la mañana, con la idea de bajar a por uno de los bollos de canela que la tía Dawn preparaba los sábados por la noche, oí unos gemidos como nunca los había escuchado de mis padres ni de nadie más, una especie de gruñido o aullido placentero, cargado de una complicidad y un abandono que me turbó y me desarmó misteriosamente.

—No creo que mucha gente de Toronto venga hasta aquí —dijo la tía Dawn—. Ni siquiera los Gibson van a poder venir. Él tiene una reunión, y ella no puede aplazar las clases de sus alumnos.

Los Gibson eran los vecinos de al lado. Su amistad se prolongaba, aunque en una clave más baja, que no incluía visitas a casa de unos y otros.

Una chica en el colegio me había advertido: «Espera a que te toque la última mirada. A mí me obligaron a mirar a mi abuela y me desmayé».

Nunca había oído hablar de la última mirada, pero imaginaba cómo debía ser. Decidí que cerraría los ojos y fingiría.

—Mientras que la iglesia no huela a moho… —dijo mi tía Dawn—. A tu tío se le mete en los senos nasales.

No olía a moho. No manaban humedades deprimentes de las paredes de piedra. Alguien debía de haber madrugado para ir a encender la calefacción.

Apenas quedaba sitio libre en los bancos.

—Han venido bastantes pacientes de tu tío —dijo la tía Dawn en voz baja—. Qué gesto tan bonito. No harían algo así por ningún otro médico del pueblo.

Reconocí la pieza que sonaba en el órgano. Una amiga mía de Vancouver la tocó una vez en un concierto de Pascua. «Jesús es la alegría de mi corazón.»

La mujer sentada al órgano era la pianista que tocó en el pequeño concierto frustrado que hubo en casa. El violonchelista estaba cerca de ella, en una de las sillas del coro. Probablemente tocaría después.

Poco después de que nos acomodáramos a escuchar, hubo un discreto alboroto en el fondo de la iglesia. No me volví a mirar, porque acababa de reparar en la reluciente caja de madera oscura colocada transversalmente bajo el altar. El ataúd. Había quien lo llamaba féretro. Estaba cerrado. A menos que lo abrieran en algún momento, no tendría que preocuparme por la última mirada. Aun así imaginé a Mona allí dentro. Su nariz grande y huesuda sobresaliendo de su carne decadente, sus ojos pegados para que no se abrieran. Me concentré vivamente en esa imagen, hasta que me armé del valor necesario para que no me provocara náuseas.

La tía Dawn tampoco se volvió a ver lo que ocurría a nuestras espaldas.

El origen de la leve interrupción venía del pasillo y resultó ser mi tío Jasper. No se quedó en el banco donde mi tía y yo le habíamos guardado un sitio. Siguió adelante, con paso respetuoso pero decidido, acompañado de otra persona.

Bernice, la doncella. Iba muy arreglada. Traje azul marino y sombrero a juego, decorado con un pequeño nido de flores. No nos miró, ni miró a nadie. Tenía la cara colorada y los labios prietos.

La tía Dawn tampoco miró a nadie. Se había puesto a hojear, justo entonces, el cantoral que sacó de uno de los compartimentos del banco de delante.

El tío Jasper no se detuvo junto al ataúd, sino que acompañó a Bernice al órgano. Hubo un curioso rumor sordo de sorpresa en la música. Luego un zumbido, un vacío, un silencio, salvo por los murmullos y los roces que hacía la gente en los bancos, tratando de ver qué ocurría.

De pronto la pianista que presidía el órgano y el violonchelista habían desaparecido. Debían de haber escapado por una puerta lateral. El tío Jasper hizo que Bernice ocupara el lugar de la mujer.

Cuando Bernice empezó a tocar, mi tío se acercó y dirigió un gesto a la congregación. Levantaos y cantad, decía su gesto, y varias personas lo hicieron. Luego más. Y al final todas.

Aunque seguían pasando las hojas de los cantorales, la mayoría pudo empezar a cantar aun antes de encontrar la letra: «El monte del calvario».

El tío Jasper ha cumplido con su cometido. Ya puede volver y ocupar el sitio que le hemos guardado.

Salvo por un problema. Algo que le ha pasado por alto.

Es una iglesia anglicana. En la iglesia unida a la que suele ir el tío Jasper, los componentes del coro entran por una puerta que hay detrás del púlpito y se colocan en sus puestos antes de que aparezca el pastor, de manera que pueden mirar de frente a la congregación, a sus anchas. Entonces llega el pastor, señal de que la cosa puede empezar. En una iglesia anglicana, en cambio, los componentes del coro entran cantando por el pasillo desde el fondo de la iglesia, en un alarde de exhibicionismo solemne pero anónimo. Levantan la vista de sus cantorales solo para mirar fijamente al altar, y se diría que sufren una leve transformación, despojados de su identidad cotidiana y sin reparar mucho en los parientes o vecinos o cualquier persona de la congregación.

Así que aparecen de pronto por el pasillo, cantando «El monte del calvario», igual que el resto de los presentes. El tío Jasper debe de haber hablado con ellos antes de que empezara todo, insinuando seguramente que era el cántico preferido de la difunta.

Se presenta un problema de espacio y masa. Con el coro en el pasillo, no hay manera de que el tío Jasper pueda volver a nuestro banco. Se queda varado.

Nada más puede hacerse una cosa, y rápido, así que no titubea. Se mete en el primer banco, antes de que llegue el coro. La gente que hay de pie a su lado se sorprende, pero le hacen sitio. Es decir, le hacen el sitio que pueden. Da la casualidad de que todos son voluminosos, y mi tío, a pesar de su delgadez, es un hombre ancho.

Atesoraré la cruz del calvario
hasta librarme de mis trofeos.
Me aferraré a la vieja cruz
hasta recibir mi corona de Jesús.

Eso es lo que canta mi tío, con todo el entusiasmo que es capaz de reunir en el espacio del que dispone. No de cara al altar, sino hacia el pasillo, viendo desfilar los perfiles del coro. A pesar de sus esfuerzos, parece un poco acorralado. Todo ha ido bien, aunque no exactamente como lo había previsto. Y cuando termina el cántico se queda en el mismo sitio, sentado con apretura entre esa gente. Quizá le parezca una brusquedad levantarse en ese momento y recorrer el pasillo hasta nosotras.

La tía Dawn no ha cantado, porque no encontraba el himno en el cantoral. Por lo visto no podía seguir la letra sin más, como he hecho yo.

O quizá captara la sombra de desilusión en la cara del tío Jasper, incluso antes de que él mismo la advirtiera.

O quizá se diera cuenta de que, por primera vez, le traía sin cuidado. Y aunque le fuera la vida en ello, no podía evitar que le trajera sin cuidado.

—Oremos —dice el pastor.

Orgullo

Hay gente que lo entiende todo al revés. ¿Cómo explicarlo? A ver, hay quienes lo tienen todo en contra (un golpe, o veinte, que para el caso es lo mismo) y salen adelante. Al principio cometen errores (se ensucian en los pantalones cuando están en segundo de primaria, por ejemplo) y luego se quedan toda la vida en un pueblo como el nuestro, donde nada se olvida (y en cualquier pueblo, en cualquiera, es lo mismo), y aun así se las arreglan, demuestran ser personas campechanas y joviales, que dicen de corazón que no querrían vivir en otro sitio por nada del mundo.

Con otra gente es distinto. No se van, pero uno desearía que lo hicieran. Por su bien, podría decirse. Sea cual fuera el agujero que empezaron a cavarse en el pasado (ni siquiera algo tan evidente como los pantalones cagados), ya no abandonan, siguen cavando, incluso agrandándolo si existe la posibilidad de que pase desapercibido.

Las cosas han cambiado, desde luego. Hay terapeutas al quite. Cariño y comprensión. La vida es más dura para algunos, nos dicen. No es culpa suya, aunque los golpes sean puramente imaginarios. Quien los recibe, o no los recibe, según el caso, los siente en lo más vivo.

Pero con buena voluntad se puede sacar provecho de todo.

Oneida no iba al colegio con los demás, de todos modos. O sea que allí no pudo pasarle nada que la marcara de por vida. Fue a un colegio de chicas, un colegio privado que no recuerdo cómo se llamaba, si es que alguna vez lo supe. En verano tampoco se dejaba ver mucho. Creo que la familia tenía una casa en el lago Simcoe. Eran gente de muchísimo dinero, tanto que no pertenecían a ninguna de las categorías que había en el pueblo, ni siquiera a la de la gente próspera.

Oneida era un nombre inusual, aún lo es, y por aquí no arraigó. Indio, averigüé después. Probablemente lo eligió su madre. La madre murió cuando Oneida era adolescente. Creo que su padre la llamaba Ida.

Una vez tuve en mi poder todos los papeles, montones de papeles, pero incluso ahí quedaban lagunas. No había una explicación convincente de cómo desapareció el dinero. Aunque tampoco hizo falta, la verdad. Entonces los rumores corrían de boca en boca sin dejar pasar detalle. Lo que no se explica es cómo todas las bocas se pierden, con el tiempo.

El padre de Ida era el director del banco. Ya en aquella época los banqueros iban y venían, supongo que para evitar que intimaran más de la cuenta con los clientes. Los Jantzen, sin embargo, llevaban demasiado tiempo obrando a su antojo en el pueblo para que las normas importaran, o esa era la impresión que daba. Horace Jantzen desde luego era la viva estampa de un hombre nacido para estar en el poder. Una espesa barba blanca, a pesar de que a juzgar por las fotografías las barbas no estaban de moda desde la Primera Guerra Mundial, buena altura y tripa y una expresión ponderosa.

Durante las vacas flacas de los años treinta seguían floreciendo las ideas. Se abrieron cárceles para albergar a los hombres que iban tras las vías del ferrocarril, pero pueden apostar que incluso algunos de ellos acariciaban un plan para hacerse con un millón de dólares.

Un millón de dólares en aquellos tiempos era un millón de dólares.

No fue uno de esos vagabundos que iban de tren en tren quien entró en el banco a hablar con Horace Jantzen. A saber si fue una única persona o una cohorte. Quizá un desconocido, o amigos de amigos. Eso sí, sin duda bien vestidos y de aspecto fiable. Horace medía a la gente por las apariencias y no era ningún estúpido, aunque tal vez tampoco fuera tan rápido como hubiera debido para olerse una canallada.

La idea era la resurrección del coche a vapor, como el que había estado en circulación a finales de siglo. Puede que el propio Horace Jantzen hubiera tenido uno y les tuviera cariño. Este nuevo modelo sería una versión mejorada, por supuesto, y contaría con la ventaja de ser económico y no armar tanto ruido.

Desconozco los detalles, porque en esa época estudiaba bachillerato, pero imagino el goteo de charlas y comilonas y el entusiasmo y las noticias que llegaban de ciertos empresarios de Toronto o Windsor o Kitchener dispuestos a instalarse en la región. Unos figuras, diría la gente, mientras que otros preguntaban si tenían respaldo económico.

Y desde luego lo tenían, porque el banco había aportado el préstamo. Fue decisión de Jantzen, y hubo cierta confusión sobre si había puesto su propio dinero. Tal vez lo hiciera, pero más tarde se supo que también había echado mano ilícitamente de los fondos del banco, pensando sin duda que podría devolverlo sin que nadie se enterara. Quizá entonces las leyes no fueran tan estrictas. De hecho se contrató a varios hombres y se desalojaron las antiguas caballerizas para convertirlas en la base de operaciones. Y aquí la memoria me falla, porque terminé la secundaria y tuve que pensar en ganarme el sustento, si era posible. Mi defecto, aun con el labio cosido, descartaba cualquier ocupación que implicara hablar mucho, así que opté por la contabilidad, y eso me obligó a irme del pueblo para aprender el oficio en un pequeño negocio de Goderich. Cuando volví, los que estaban en contra de la operación del coche a vapor hablaban pestes de ella, justo al revés que los que la habían promovido. Quienes visitaron el pueblo para prestar todo su apoyo habían desaparecido.

El banco había perdido mucho dinero.

Se hablaba no de estafa sino de malversación. Había que castigar a alguien. A un director corriente lo hubieran puesto de patitas en la calle, pero por tratarse de Horace Jantzen, esa opción se descartó. Aunque lo que le ocurrió fue casi peor. Lo trasladaron al puesto de director de banco en la pequeña localidad de Hawksburg, a unas seis millas al norte por la carretera. Antes de eso allí no había director, porque no lo necesitaban. Se bastaban con una cajera jefe y una cajera adjunta.

Sin duda podría haber rechazado el puesto, pero el orgullo, según se creía, decidió que no fuera así. El orgullo decidió que Horace Jantzen fuera llevado en coche todas las mañanas a seis millas del pueblo, para sentarse detrás de una mampara de conglomerado barnizado, ni siquiera un despacho en condiciones. Allí se quedaba sin hacer nada hasta la hora en que volvían a llevarlo a su casa.

La encargada de llevarlo y traerlo era su hija. Durante aquellos años de conducir de un lado a otro, en algún momento hizo la transición de Ida a Oneida. Por fin tenía algo que hacer. No se ocupaba de la casa, porque no podían dejar marchar a la señora Birch. Era un decir. Otra manera de explicarlo sería que nunca le habían pagado a la señora Birch lo suficiente para mantenerla lejos del asilo de pobres, si es que alguna vez contemplaron la idea de dejarla marchar.

Si imagino a Oneida y a su padre en esos trayectos de ida y vuelta de Hawksburg, veo al anciano en el asiento de atrás y a la chica delante, como un chófer. Tal vez él fuera demasiado corpulento para ir sentado al lado de su hija. O tal vez la barba necesitaba espacio. No veo a Oneida sometida o descontenta con el arreglo, ni tampoco su padre parece descontento del todo. La dignidad era algo que llevaba dentro, y de sobras. Ella llevaba dentro algo distinto. Cuando entraba en un comercio, o incluso cuando paseaba por la calle, daba la impresión de que se abriera a su alrededor un pequeño espacio, libre para que actuara a su antojo o para los saludos que quisiera repartir. Entonces se la veía un tanto aturullada pero elegante, dispuesta a reírse un poco de sí misma o de la situación. Claro que tenía buena planta y derrochaba aquellas miradas centelleantes y aquel resplandor dorado de su piel y de su pelo, así que podría resultar extraño que me diera lástima ver cómo se quedaba en la apariencia de las cosas, confiada.

Figúrate, lástima a mí.

Con la guerra todo pareció cambiar de la noche a la mañana. Ya no había vagabundos tras los trenes. Se crearon puestos de trabajo, y los muchachos que antes se buscaban el jornal como podían o hacían dedo por las carreteras, de pronto estaban en todos sitios enfundados en sosos uniformes azules o caquis. Mi madre dijo que yo tenía suerte de ser como era y, aunque me pareció que tenía razón, le pedí que el comentario quedara entre nosotros. Acababa de volver a casa después de mi pasantía en Goderich y enseguida conseguí trabajo llevando la contabilidad en los almacenes Krebs. Seguramente se dijo que me habían dado el puesto porque mi madre trabajaba en el departamento de confección, pero también se dio la coincidencia de que Kenny Krebs, el joven director, se enrolara en las Fuerzas Aéreas y muriera en un vuelo de entrenamiento.

Disgustos como ese estaban a la orden del día, pero en todas partes se respiraba una energía estimulante, y la gente iba por ahí con dinero en el bolsillo. Aunque me sentí apartado de los hombres de mi edad, ese aislamiento no era nada nuevo. Y había otros en el mismo barco. A los hijos de los granjeros los eximieron de ir al frente para que siguieran cuidando de las cosechas y el ganado. Supe de varios que se acogieron a la exención, a pesar de que tenían a un peón contratado. Si alguien quería bromear conmigo y me preguntaba por qué no hacía el servicio, tenía a punto la respuesta de que debía ocuparme de los libros. Los libros de contabilidad de Krebs, y pronto los de otros. Tenía que ocuparme de los números. Aún no estaba muy aceptado que las mujeres asumieran esa labor. Ni siquiera al final de la guerra, cuando ya llevaban un tiempo haciéndolo. Para un servicio de verdadera confianza todavía se creía que hacía falta un hombre.

A veces me he preguntado por qué se dio por hecho que un tipo con labio leporino, de aspecto presentable aunque no tuviera mucha maña en acicalarse, y una voz que sonaba un tanto peculiar pero capaz de hacerse entender, tenía que quedarse en casa. Debieron de llamarme a filas, debieron de mandarme a un médico a tramitar la exención. Simplemente no lo recuerdo. O quizá estaba tan acostumbrado a que me eximieran de esto o aquello, que yo mismo descarté de antemano la posibilidad, como tantas otras veces.

Aunque a veces le pidiera a mi madre que no tocara ciertos temas, sus palabras no solían tener mucho peso para mí. Era una mujer que siempre veía el lado bueno de las cosas. Me enteré de otras no tan buenas, pero no por ella. Supe que después de que yo naciera le dio miedo tener más hijos y que por culpa de eso había perdido a un hombre que una vez se interesó por ella. Sin embargo jamás me compadecí ni de ella ni de mí. No extrañé a un padre que murió antes de llegar a verlo, o a la novia que habría podido tener con un aspecto distinto, o los pavoneos de los otros muchachos al irse al frente.

Mi madre y yo cenábamos lo que nos apetecía, escuchábamos los programas de radio que nos gustaban, además de las noticias de la BBC exterior siempre antes de irnos a la cama. A mi madre le brillaban los ojos cuando escuchaba hablar al rey, o a Winston Churchill. La llevé a ver *La señora Miniver* al cine, y eso también la conmovió. El dramatismo, tanto de la ficción como de la realidad, llenaba nuestras vidas. La evacuación de Dunkerque, el valeroso comportamiento de la familia real, el bombardeo de Londres noche tras noche mientras el Big Ben seguía dando la hora para anunciar sus lúgubres noticias. Buques de guerra perdidos en el mar y luego, más lamentable aún, un barco de civiles, un transbordador, hundido entre Canadá y Terranova, tan cerca de nuestras costas.

Esa noche no pude dormir y salí a caminar por las calles del pueblo. Necesitaba pensar en la gente que había ido a parar al fondo del mar. Ancianas, ancianas como mi madre, sin desprenderse de su calceta. Algún niño molesto por un dolor de muelas. Otra gente que se había pasado la media hora antes del hundimiento quejándose de mareos. Me embargó una sensación muy extraña, que en parte era horror y en parte —es lo más que puedo aproximarme a describirlo— una especie de euforia escalofriante. Que todo saltara por los aires de repente: la igualdad —tengo que decirlo—, la igualdad entre gente como yo y peor que yo y gente como ellos.

Evidentemente esa sensación desapareció a medida que me acostumbré a ver cosas en el curso de la guerra. Nalgas sanas desnudas, nalgas ajadas y escuálidas, todas hacinadas en las cámaras de gas.

O, si no desapareció del todo, aprendí a ahuyentarla a golpes.

A lo largo de esos años debí de encontrarme con Oneida de vez en cuando y de seguirle la pista. Seguro. Su padre murió justo antes de la victoria de los Aliados en Europa, así que el funeral y las celebraciones se mezclaron de un modo embarazoso. Con el de mi madre pasó lo mismo el verano siguiente, justo cuando se conoció la noticia de la bomba atómica. La muerte de mi madre fue más repentina y pública, porque murió en el trabajo, después de decir: «Tendría que sentarme».

Hacía un año que el padre de Oneida apenas se había dejado ver, ni se había sabido mucho de él. La farsa de Hawksburg había terminado, pero Oneida parecía más ajetreada que nunca. O quizá solo daba la sensación de que todo el mundo anduviera ajetreado, entre las cartillas de racionamiento, y escribir las cartas al frente y hablar de las cartas que se recibían.

Y en el caso de Oneida además había que cuidar de aquella casa enorme, de la que ahora se ocupaba sola.

Un día me paró por la calle para pedirme opinión sobre si le convenía venderla. La casa. Le dije que no era la persona más indicada para aconsejarla. Ella dijo que quizá no, pero por lo menos me conocía. No es que me conociera más que a cualquier otro habitante del pueblo, pero insistió y vino a mi casa para retomar la conversación. Admiró el trabajo de pintura y la nueva distribución de los muebles a los que me había dedicado tras la muerte de mi madre, comentando cuánto debían de haberme ayudado esos cambios para no echarla tanto de menos.

Era verdad, aunque la mayoría de la gente no habría dicho algo así nada más entrar.

No estaba acostumbrado a recibir visitas, así que no le ofrecí nada para beber, sino que le di algunos consejos prudentes por si se decidía a vender, recordándole en todo momento que no era ningún experto.

Al final siguió adelante e ignoró todo lo que le había dicho. La vendió a la primera oferta, y lo hizo básicamente porque el comprador no paraba de repetir que la casa le encantaba y que esperaba formar allí una familia. Era la última persona del pueblo en quien yo hubiera confiado, con hijos o sin ellos, y para colmo por una suma irrisoria. No pude callármelo. También le dije que los niños destrozarían la casa, y ella dijo que para eso estaban los niños. Para ir dándose porrazos, todo lo contrario de la infancia que ella había vivido. En realidad esos niños no tuvieron oportunidad de hacerlo, porque el comprador echó la casa abajo y construyó un bloque de pisos de cuatro plantas con ascensor, y convirtió los jardines en un aparcamiento. Fue el primer edificio de esos que se vio en el pueblo. Al principio Oneida acudió a mí consternada para saber si aún podía hacer algo: intentar que declararan el edificio de interés público, o demandar al comprador por romper la palabra dada, o lo que fuera. La horrorizaba que alguien fuese capaz de algo así. Alguien que iba con regularidad a la iglesia.

—Yo no lo habría hecho, y eso que solo valgo para ir en Navidad. —Entonces meneó la cabeza y se echó a reír—. Qué idiota —dijo—. Debería haberte escuchado, ¿verdad?

En ese momento vivía de alquiler en una casa decente partida en dos, pero se quejaba de que lo único que se veía era la casa de la acera de enfrente.

Como si la mayoría de la gente viera otra cosa, pensé, aunque no dije nada.

Cuando los apartamentos estuvieron acabados, lo que hizo fue mudarse de nuevo a uno de ellos, en el ático. Sé de buena fuente que no le rebajaron el alquiler, y que ella nunca lo pidió. Había abandonado los resquemores con el propietario y se deshacía en elogios de la vista y la sala de lavadoras del sótano, donde pagaba con dinero contante y sonante cada vez que hacía la colada.

—Estoy aprendiendo a ahorrar —dijo—. Ya no echo a lavar cualquier cosa cuando me apetece.

Y del tipo que la había estafado dijo:

—Después de todo, esa es la gente que hace girar el mundo.

Me invitó a que subiera a ver las vistas, pero yo siempre le ponía excusas.

Ahí empezó una época, sin embargo, en la que nos vimos bastante. Había adquirido la costumbre de pasar a verme para contarme sus penas y sus decisiones con el tema de la vivienda, y siguió haciéndolo incluso cuando quedó contenta con la solución. Yo me había comprado un televisor, cosa que ella evitaba por miedo de hacerse adicta.

A mí eso no me preocupaba, porque pasaba fuera casi todo el día. Y en esos años había muchos programas que valían la pena. En esencia sus gustos coincidían con los míos. Éramos entusiastas de la televisión pública, en especial de las comedias inglesas. Algunas las veíamos una y otra vez. Nos atraían las situaciones, más que las bromas en sí. Al principio me incomodaba la franqueza británica, que rozaba la obscenidad, pero Oneida disfrutaba con eso tanto como con lo demás. Gruñíamos cuando una serie volvía a empezar desde el principio, pero siempre acabábamos viéndola de nuevo, ensimismados. Incluso nos fijábamos en que los colores se apagaban. Ahora de vez en cuando me encuentro con una de esas viejas series restauradas a todo color, como si fueran nuevas, y me pongo tan triste que cambio de canal.

Aprendí pronto a defenderme en la cocina y, puesto que las mejores cosas de la televisión las daban poco después de la cena, yo cocinaba para los dos y ella traía un postre de la pastelería. Invertí en una de esas mesas plegables, y comíamos viendo las noticias, seguidas de nuestros programas favoritos. Mi madre siempre había insistido en que había que sentarse a comer a la mesa, porque no concebía otra posibilidad, pero al parecer Oneida no tenía prohibiciones en ese sentido.

Podían ser más de las diez cuando se marchaba. No le habría importado irse andando, pero a mí no me gustaba la idea, así que sacaba el coche y la acompañaba a casa. Ella no se había comprado ningún coche después de deshacerse del que usaba para llevar a su padre. No le importó nunca que la vieran caminando por todo el pueblo, aunque la gente se riera. Era antes de que caminar y hacer ejercicio se pusiera de moda.

Nunca íbamos juntos a ningún sitio. Había veces en que no nos veíamos, porque ella se ausentaba, o quizá se quedaba en el pueblo pero recibía visitas de fuera. No llegué a conocerlas.

No. Así da la impresión de que me sintiera desairado. Para nada. Conocer a gente nueva para mí era un suplicio, y sin duda Oneida se había percatado. Y nuestra costumbre de cenar juntos y pasarnos las noches delante de la televisión, era algo tan relajado y flexible que no parecía que pudiera enturbiarse nunca. Mucha gente debía de saberlo, pero por tratarse de mí no le prestaron mucha atención al asunto. También se sabía que le hacía la declaración de la renta, pero ¿por qué no? Era algo que yo tenía por la mano, mientras que a ella nadie la creería capaz de salir airosa.

No sé si también se sabía que no me pagaba por hacerlo. Yo le habría pedido una suma simbólica, solo para evitar malentendidos, pero nunca salió el tema. No es que fuera tacaña, simplemente no se lo planteaba.

Cuando alguna vez mencionaba su nombre, a veces sin darme cuenta la llamaba Ida. Si ella estaba delante me tomaba el pelo, burlándose de que a la mínima ocasión me refiriera a la gente por los viejos apodos del colegio. Yo no me había percatado.

—A nadie le importa —dijo—. Eres así.

El comentario me molestó un poco, aunque procuré que no se notara. ¿Qué derecho tenía a comentar cómo se sentía la gente por algo que yo hiciera o dejara de hacer? En cierto modo insinuaba que yo prefería aferrarme a la infancia, que quería quedarme allí y que el resto de la gente se quedara conmigo.

Era simplificarlo demasiado. Tal y como yo lo veía, todos los años de colegio habían servido para acostumbrarme a ser como era, a cómo era mi cara y a cómo eran los demás en comparación. Supongo que era un triunfo menor haberlo logrado, saber que podría sobrevivir allí y salir adelante sin necesidad de que entrara constantemente gente nueva en mi vida. Pero de ahí a querer que todos volviéramos a cuarto de primaria, no gracias.

¿Y quién era Oneida para opinar? Ni siquiera me parecía que estuviera muy asentada todavía. De hecho, cuando el caserón desapareció, una parte de ella desapareció también. El pueblo estaba cambiando, su lugar en el pueblo estaba cambiando, y ella apenas se daba cuenta. Cambios siempre los hubo, desde luego, pero antes de la guerra el cambio consistía en que la gente emigraba en busca de algo mejor. En los años cincuenta, sesenta y setenta, el pueblo cambió por la gente que iba llegando. Era de esperar que Oneida se hubiera dado cuenta al irse a vivir al bloque de apartamentos, pero no se había enterado de nada. Conservaba aún cierto aire vacilante e indulgente, como si estuviera esperando a que la vida comenzara.

A veces iba de viaje, eso sí, y quizá pensara que comenzaría allí. No hubo suerte.

Durante los años en que construyeron el nuevo centro comercial al sur del pueblo y Krebs se vino abajo (para mí no fue un problema, me las arreglaba sin ellos), por lo visto cada vez había más gente que se tomaba vacaciones en invierno, y eso significaba ir a México o a las Antillas o a algún lugar con el que nunca habíamos tenido nada que ver. Para mí que gracias a eso volvimos a traer enfermedades con las que tampoco habíamos tenido nada que ver hasta entonces. Tendríamos a partir de entonces la enfermedad del año, que llevaba escrito un nombre especial. Quizá corran todavía por ahí esas cosas, pero ahora ya nadie les presta tanta atención. O podría ser que la gente de mi edad no haga mucho caso. Sabemos que no nos va a llevar nada fulminante, pues a estas alturas ya lo habría hecho.

Una noche, al final de un programa, me levanté a preparar un poco de té para los dos antes de que Oneida se fuera a casa. Al ir a la cocina de pronto me encontré mal. Tropecé y me quedé de rodillas, y finalmente me caí al suelo. Oneida me levantó y me llevó a una silla, y el desvanecimiento pasó. Le dije que a veces me daban mareos, que no se preocupara. Era mentira, y no sé por qué lo dije, pero de todos modos no me creyó. Me llevó abajo, a mi habitación, y me quitó los zapatos. Acto seguido, sin saber bien cómo, con una tímida protesta por mi parte, me ayudó a quitarme la ropa y a ponerme el pijama. A duras penas me daba cuenta de lo que pasaba. Le dije que cogiera un taxi y se fuera a casa, pero no me hizo caso.

Aquella noche durmió en el sofá del salón y, al explorar la casa al día siguiente, se instaló en el cuarto de mi madre. Debió de volver a su apartamento a buscar lo que necesitaba, y quizá también fuera al centro comercial a por las provisiones que creyó que faltaban en la despensa. Además habló con el médico y consiguió una receta de la farmacia que yo me tomaba cada vez que ella me la ponía delante de los labios.

Pasé buena parte de la semana consciente solo a ratos, mareado y febril. A veces le decía que me sentía mejor, y que me las podría arreglar solo, pero era absurdo. En general me limitaba a obedecerla, y acabé por depender de ella con la misma naturalidad que se depende de una enfermera en un hospital. Puede que no tuviera la habilidad de una enfermera para tratar un cuerpo con calenturas, y a veces reunía fuerzas y me quejaba como un chiquillo de seis años, pero ella se disculpaba y no se lo tomaba a mal. Al tiempo que le decía que me sentía mejor y que fuera pensando en volver a su casa, era tan egoísta que la llamaba sin más motivo que asegurarme de que seguía allí.

Por fin me recuperé lo necesario para preocuparme que pudiera contagiarse.

—Deberías usar mascarilla.

—No te preocupes —dijo—. Si tuviera que pillarlo, creo que ya lo habría hecho.

Cuando empecé a encontrarme mejor de verdad, me dio pereza reconocer que había momentos en que volvía a sentirme como un crío.

Por descontado ella no era mi madre, y una mañana al despertar no tuve más remedio que darme cuenta. Tuve que pensar en todo lo que había hecho por mí, y que me avergonzaba considerablemente. Como avergonzaría a cualquier hombre, pero más a mí, al recordar mi aspecto. Más o menos lo había olvidado, y entonces pensé que no la había incomodado, que había sido capaz de comportarse con tanta naturalidad y sentido práctico porque para ella era un ser neutro, o un chiquillo desventurado.

A partir de ahí fui cortés y, entre mis expresiones de gratitud, insistí, ya con verdadero deseo, en que se fuera a casa.

Captó el mensaje, no se ofendió. Debía de estar agotada de dormir poco y mal, de aquellos cuidados tan inusuales. Salió a comprar unas cosas que me hacían falta, me tomó la temperatura por última vez y se fue, me pareció, con la satisfacción del trabajo bien hecho. Justo antes de marcharse esperó en el salón para comprobar que podía vestirme sin ayuda, y se quedó tranquila. Apenas salió de casa, saqué algunas cuentas y me puse a terminar cosas pendientes desde el día que caí enfermo.

La mente me funcionaba más despacio, pero con precisión, y eso fue un gran alivio para mí.

Me dejó solo hasta el día, o más bien la noche, en que solíamos ver la televisión. Se presentó con una lata de sopa. No era una comida propiamente dicha, ni algo que hubiera preparado ella, pero aun así era una manera de contribuir. Y llegó pronto, para que hubiera tiempo de hacer la cena. Abrió la lata, también, sin preguntarme. Se desenvolvía bien en mi cocina. La calentó, sacó los cuencos de la sopa y la tomamos juntos. Su comportamiento pareció recordarme que había sido un hombre enfermo que necesitaba alimento sin falta. Y era verdad, en cierto modo. Aquella misma mañana estaba tan débil que no había podido usar el abrelatas.

Solíamos ver dos programas, uno detrás del otro, pero esa noche no llegamos a ver el segundo. No pudo esperar a que empezara para entablar una conversación que me causó profundo malestar.

El meollo de la cuestión era que estaba dispuesta a mudarse a mi casa.

Para empezar, dijo, en su apartamento no era feliz. Había sido un gran error. A ella le gustaban las casas, aunque no lamentaba haber abandonado la de su familia, donde se había criado. Sola en aquella casa se habría vuelto loca. El error había sido sencillamente pensar que el apartamento podía ser la respuesta. Nunca había sido feliz allí, y nunca lo sería. Se había dado cuenta al pasar un tiempo en mi casa. Cuando caí enfermo. Debería de haberse dado cuenta mucho antes. Mucho antes, cuando de niña miraba ciertas casas y deseaba vivir allí.

Otra cosa que dijo fue que ninguno de los dos era capaz de cuidar de sí mismo del todo. ¿Y si al caer enfermo hubiera estado solo? ¿Y si volvía a pasarme algo parecido? ¿O le pasaba a ella?

Nosotros nos teníamos aprecio, dijo. Nos teníamos un aprecio fuera de lo corriente. Podríamos vivir juntos como hermanos, y cuidarnos como hermanos, y sería lo más natural del mundo. Todo el mundo lo aceptaría así. ¿Cómo no iban a hacerlo?

Mientras Oneida hablaba, me sentí fatal. Indignado, asustado, consternado. Lo peor llegó hacia el final, cuando dijo que nadie pensaría mal. Al mismo tiempo entendí lo que quería decir, y quizá incluso estuviera de acuerdo en que la gente se acostumbraría. Uno o dos chistes verdes que a lo mejor ni siquiera llegaban a nuestros oídos.

Puede que tuviera razón. Quizá tenía sentido.

En ese momento me sentí como si me hubieran arrojado a un sótano y una puerta se cerrara de golpe en mi cabeza.

Por nada del mundo consentiría que Oneida lo supiera.

Le dije que era una idea interesante, pero había algo que la hacía imposible.

¿Qué?

Se me había olvidado contárselo. Con la enfermedad y el lío y todo lo demás. Pero había puesto la casa en venta. La casa estaba vendida.

Oh. Oh. ¿Por qué no se lo había dicho?

No se me había ocurrido, dije entonces sinceramente. No se me había ocurrido que barajara esa idea.

—Vaya, así que llego tarde —dijo—. Como a tantas cosas en mi vida. Desde luego lo mío es cosa seria. Nunca me paro a pensar. Siempre creo que hay mucho tiempo.

Me había salvado, pero hubo que pagar un precio. Tuve que poner en venta la casa, esta casa, y venderla lo más rápido que pude. Prácticamente lo mismo que había hecho Oneida con la suya.

Y la vendí casi igual de rápido, aunque no me vi obligado a aceptar una oferta tan ridícula como la que aceptó ella. Así que luego no tuve más remedio que ocuparme de todo lo que se había ido acumulando en la casa desde que mis padres se mudaron allí en su luna de miel, por no tener dinero para viajes de ninguna clase.

Los vecinos se asombraron. No eran vecinos de toda la vida, no habían conocido a mi madre, pero decían que se habían acostumbrado a mis idas y venidas, a mi regularidad.

Quisieron saber cuáles eran mis planes en adelante, y caí en la cuenta de que no tenía ninguno. Más allá de hacer el trabajo que había hecho siempre, que ya había ido reduciendo a la espera de una vejez comedida.

Empecé a buscar un sitio para vivir y resultó que, de todos los que se acercaban a lo que quería, solo había uno disponible. Y resultó ser un apartamento del edificio construido en el solar de la antigua casa de Oneida. No en el ático con las vistas, donde estaba ella, sino más abajo. De todos modos, nunca me habían importado mucho las vistas, así que me lo quedé. Sin saber qué otra cosa podía hacer.

Desde luego pensaba decírselo a Oneida, pero el rumor corrió antes de que me decidiera a hacerlo. Ella tenía sus propios planes, al fin y al cabo. Para entonces era verano, nuestros programas no se emitían. Fue una época en que no nos vimos mucho. Y, a fin de cuentas, tampoco me sentía obligado a disculparme o pedirle permiso. Cuando subí a ver el apartamento y firmar el contrato de alquiler, no la vi por allí.

De esa visita, o al recordarla después, saqué en claro una cosa. Un hombre al que no acerté a reconocer me saludó, y al cabo de un momento me di cuenta de que era alguien a quien conocía desde hacía años y llevaba media vida saludando por la calle. De habérmelo cruzado por el pueblo seguramente lo hubiera reconocido, a pesar de los estragos de la edad. Allí, en cambio, me había quedado en blanco, y nos reímos de la situación, y quiso saber si me mudaba a uno de los nichos.

Le dije que no sabía que los llamaran así, pero sí, suponía que me mudaba.

Entonces quiso saber si jugaba al euchre, y le dije que sí, que me defendía.

—Eso estará bien —dijo.

Y entonces pensé: Vivir lo suficiente acaba con los problemas. Pasas a formar parte de un club selecto. No importa cuáles hayan sido tus desventajas, porque el mero hecho de llegar hasta aquí en buena medida acaba con ellas. Todos los rostros habrán sufrido, no solo el tuyo.

Eso me hizo pensar en Oneida y en la expresión de su cara cuando me habló de mudarse a mi casa. Ya no era una mujer esbelta, sino delgada y adusta, demacrada, sin duda por las noches que pasó cuidando de mí. Aun así, más allá de eso, la edad la delataba. Siempre había irradiado una belleza delicada. Una de esas rubias que se ruboriza fácilmente, que en otros tiempos desprendía aquella curiosa mezcla de disculpa y confianza noble, que ya había perdido. Cuando se decidió a hacerme su proposición, parecía crispada y me miraba de un modo algo extraño.

Claro que si yo alguna vez hubiera tenido derecho a elegir, naturalmente con mi altura habría escogido a una chica más menuda. Como la universitaria morena y remilgada emparentada con los Krebs que había trabajado allí un verano.

Aquella chica un día me dijo que hoy en día con mi cara harían filigranas. Me sorprendería, dijo. Y si iba por la Seguridad Social no tendría que pagar.

La chica tenía razón, pero ¿cómo explicar que me superaba el hecho de entrar en la consulta de un médico y reconocer que deseaba algo que nunca había tenido?

Oneida tenía mejor aspecto que la última vez cuando se presentó y me encontró metido en plena faena de embalar y descartar. Se había arreglado el pelo y se había cambiado un poco el color, quizá a castaño.

—No deberías deshacerte de todo de una sola vez —me dijo—. Todo lo que habías ido acumulando para hacer aquella historia del pueblo.

Le dije que procuraba ser selectivo, aunque no era del todo cierto. Me pareció que los dos fingíamos que lo que había pasado nos importaba más de lo que realmente nos importaba. Cuando ahora pensaba en la historia del pueblo, parecía que en el fondo un pueblo es casi igual que cualquier otro.

Ninguno de los dos mencionó que me iba a mudar al bloque de pisos. Como si todo se hubiera hablado y zanjado hacía tiempo.

Me dijo que emprendía uno de sus viajes, y esta vez nombró el lugar. La isla de Savary, como si con eso bastara.

Le pregunté cortésmente dónde estaba.

—Ah, un sitio lejos de la costa.

Como si con eso respondiera la pregunta.

—Donde vive una amiga mía —dijo.

Por supuesto eso debía de ser verdad.

—Tiene correo electrónico. Dice que yo tendría que hacer lo mismo. No sé por qué no me hace mucha gracia, pero a lo mejor lo pruebo.

—Supongo que nunca sabes hasta que pruebas.

Sentí que debía decir algo más. Preguntarle qué tiempo hacía en el sitio adonde iba, o cualquier cosa, pero antes de poder pensar Oneida soltó un gritito o un aullido y, tapándose la boca con la mano, fue hacia la ventana a grandes zancadas cautelosas.

—Cuidado, cuidado —dijo—. Mira, mira.

Se reía sin apenas ruido, una de esas risas que dan a veces cuando te retuerces de dolor. De espaldas a mí, me pidió con señas que no hiciera ruido al acercarme.

En el jardín trasero de mi casa había un estanque que yo mismo había construido hacía años para que mi madre contemplara los pájaros que acudían a beber. A ella le gustaban mucho los pájaros y los reconocía, tanto por su canto como por su aspecto. El estanque llevaba un tiempo descuidado, pero esa misma mañana lo había vuelto a llenar.

¿Y qué vi?

Estaba lleno de pájaros. Blancos y negros, arremolinándose en un torbellino.

No, no eran pájaros. Eran unos animales más grandes que los tordos, pero más pequeños que los cuervos.

—Mofetas —dijo Oneida—. Crías de mofeta. En el pelaje predomina el blanco sobre negro.

Qué belleza. Danzaban de aquí para allá sin interponerse nunca en el camino del otro, por lo que no podía saberse cuántos eran, ni dónde empezaba o acababa cada cuerpo.

Mientras los observábamos, se irguieron uno a uno y se alejaron del agua, cruzando el jardín velozmente, aunque en una diagonal perfecta. Como si estuvieran orgullosos de sí mismos pero fueran discretos. Eran cinco.

—Dios mío —dijo Oneida—. En el pueblo.

Parecía maravillada.

—¿Habías visto algo así alguna vez?

Le dije que no. Nunca.

Pensé que Oneida iba a decir algo más, y que lo estropearía, pero no, ninguno de los dos lo hizo.

No podíamos estar más contentos.

Corrie

—**N**o es bueno que todo el dinero se concentre en una sola familia, como pasa en este pueblo —dijo el señor Carlton—. Para una chica como mi hija Corrie, sin ir más lejos. Para ella, por ejemplo. No es bueno. No hay nadie a la altura.

Corrie estaba al otro lado de la mesa y miraba al invitado a los ojos. Daba la impresión de que la situación la divirtiera.

—¿Con quién va a casarse? —continuó su padre—. Tiene veinticinco años.

Corrie enarcó las cejas con un mohín.

—Te dejas uno —dijo—. Veintiséis.

—Adelante —dijo su padre—. Ríete todo lo que quieras.

Ella soltó una carcajada, y ¿qué otra cosa podía hacer?, pensó el invitado. Se llamaba Howard Ritchie y, aunque fuera solo unos años mayor que ella, ya tenía esposa e hijos pequeños, como el padre había averiguado inmediatamente.

Las expresiones cambiaban muy rápido en la cara de Corrie. Tenía unos dientes blanquísimos y el pelo corto, rizado, casi negro. Pómulos altos que captaban la luz. No era una mujer blanda. Mucho hueso y poca carne, que era la clase de comentario que a su padre podía ocurrírsele a continuación. Howard Ritchie imaginó que pasaba mucho tiempo jugando al golf y al tenis. A pesar de que parecía deslenguada, intuyó que en el fondo tenía una mentalidad convencional.

Howard estaba dando los primeros pasos en su carrera de arquitecto. El señor Carlton insistía en referirse a él como arquitecto eclesiástico, porque en ese momento se encargaba de restaurar el campanario de la iglesia anglicana del pueblo. Un campanario que estaba a punto de caerse antes de que el señor Carlton acudiera al rescate. El señor Carlton no era anglicano, como él mismo recalcó varias veces. Pertenecía a la iglesia metodista y era metodista hasta los tuétanos, de ahí que en su casa no hubiese licores, pero no se podía consentir que una iglesia tan magnífica se viniera abajo. Inútil esperar que los anglicanos pusieran remedio: eran protestantes irlandeses de baja estofa, habrían derribado el campanario para poner cualquier pegote que afeara el pueblo. No tenían los cuartos, desde luego, pero tampoco entenderían que en vez de un carpintero hiciese falta un arquitecto. Un arquitecto eclesiástico.

El comedor era espantoso, por lo menos en opinión de Howard. Aunque estaban a mediados de los años cincuenta, daba la impresión de que allí todo siguiera igual que el siglo XIX. La comida no estuvo mal. El anfitrión, desde la cabecera de la mesa, no paró de hablar en ningún momento. Cabía imaginar que la chica estuviera harta, pero parecía más bien al borde de la risa. Antes de acabarse el postre encendió un cigarrillo. Le ofreció uno a Howard.

—No le hagas caso a papá —le dijo sin bajar mucho la voz.

Howard aceptó el cigarrillo, aunque su impresión de ella no mejoró.

Señorita rica consentida. Qué pocos modales.

De buenas a primeras la chica le preguntó qué pensaba del primer ministro de Saskatchewan, Tommy Douglas.

Howard dijo que su mujer lo apoyaba. En realidad a su mujer le parecía que Douglas no era lo bastante progresista, pero no iba a entrar en eso ahora.

—A papá le encanta. Papá es comunista.

El señor Carlton soltó un bufido que no arredró a su hija.

—Bueno, le ríes las gracias —le dijo a su padre.

Poco después Corrie llevó a Howard afuera a ver los jardines. La casa estaba justo enfrente de la fábrica de botas de hombre y calzado de trabajo. Detrás de la casa, sin embargo, había unas grandes extensiones de césped y se veía el río que serpenteaba bordeando el pueblo. Un sendero llevaba hasta la orilla. Corrie echó a andar delante y Howard confirmó lo que hasta entonces no sabía con certeza. Era coja de una pierna.

—¿No será demasiado empinado el camino a la vuelta? —preguntó.

—No soy inválida.

—Veo que tienen un bote de remos —dijo Howard, en un intento por disculparse.

—Te llevaría a dar una vuelta, pero no justo ahora. Ahora hemos de ver la puesta de sol.

La chica señaló una vieja silla de cocina, que según dijo era especial para ver puestas de sol, y le ordenó que se sentara allí. Ella se sentó en la hierba. Howard estuvo tentado de preguntarle si luego se podría levantar sola, pero lo pensó mejor.

—Tuve la polio —dijo la chica—. Eso es todo. Mi madre la tuvo también y murió.

—Vaya, qué pena.

—Supongo que sí. No me acuerdo de ella. Me voy a Egipto la semana que viene. Me hacía mucha ilusión, pero ahora es como si no me importara mucho. ¿Crees que será divertido?

—Yo tengo que ganarme la vida.

Howard se asombró de lo que acababa de decir, y por supuesto a ella la hizo reír.

—Hablaba en términos generales —dijo la chica pomposamente cuando se terminaron las risitas.

—Yo también.

Seguro que acabaría entre las zarpas de un cazafortunas, o de un egipcio, o a saber. Parecía audaz y pueril al mismo tiempo. Al principio quizá un hombre se sintiera fascinado por ella, pero acabaría por cansarse de su descaro, su aire de suficiencia, si eso es lo que era. También había dinero, por supuesto, y de eso hay hombres que no se cansan nunca.

—No menciones lo de mi pierna delante de papá, o le dará un síncope —dijo la chica—. Una vez despidió no solo a un chaval que se burló de mí, sino a toda su familia. Hasta a los primos, para que te hagas una idea.

De Egipto llegaron postales peculiares al estudio donde Howard trabajaba. No las mandó a su casa, aunque tampoco sabía su dirección.

Ni una sola pirámide. Ninguna esfinge.

En cambio, en una aparecía el peñón de Gibraltar con una nota que lo describía como una pirámide en ruinas. Otra mostraba unas llanuras ocres oscuras, de sabe Dios dónde, y las palabras: «Mar de Melancolía». Había otro mensaje en mayúsculas delicadas: «Lente de aumento disponible mande dinero». Por suerte nadie en el despacho interceptó las postales.

No pensaba contestar, pero lo hizo: «Lente de aumento defectuosa por favor reembolse dinero».

Fue a hacer una inspección superflua del chapitel de la iglesia del pueblo, convencido de que ya había vuelto de las pirámides, aunque sin saber si estaría en casa o andaría por ahí de nuevo.

No solo la encontró en casa, sino que además iba a quedarse un tiempo: a su padre le había dado una embolia.

En realidad ella no hacía gran cosa. Iba una enfermera día sí, día no. Y otra chica, una tal Lillian Wolfe, se encargaba de los fuegos, que siempre estaban encendidos cuando llegaba Howard. Desde luego también hacía otras tareas. Corrie no se las arreglaba sola para encender un buen fuego o preparar una comida decente; no sabía escribir a máquina, ni conducir un coche, ni siquiera con la ayuda de un zapato con alzas. Howard tomaba el relevo cuando llegaba. Alimentaba el fuego y se ocupaba de diversas cosas de la casa, e incluso lo llevaban a visitar al padre de Corrie, si el viejo tenía fuerzas.

Howard se había preguntado cómo reaccionaría en la cama al ver el pie, pero en cierto modo se le antojó más atractivo, más único, que el resto de ella.

Aunque Corrie le había contado que no era virgen, resultó ser una verdad a medias, un asunto complicado, debido a la interferencia de un profesor de piano cuando ella tenía quince años. Había consentido todo lo que el profesor de piano quiso porque le daba pena la gente que deseaba algo con tanta desesperación.

—No lo tomes como un insulto —dijo Corrie, y le aclaró que ya no sentía esa clase de pena por la gente.

—Vaya, eso espero —dijo él.

Entonces tuvo que contarle cosas de sí mismo. El hecho de que hubiera sacado un preservativo no significaba que fuera un seductor. De hecho ella era la segunda persona con la que se acostaba, después de su mujer. Se había criado en un ambiente religioso a ultranza y todavía creía en Dios, hasta cierto punto. A su mujer se lo ocultaba, porque con lo progresista que era lo habría tomado a broma.

Corrie se alegraba de que lo que estaban haciendo —lo que acababan de hacer— no pareciera abrumarlo, a pesar de sus creencias. Ella, en cambio, nunca había tenido tiempo para Dios, porque con su padre apenas daba abasto.

No lo tuvieron difícil. El trabajo de Howard a menudo le exigía supervisar una obra o ver a un cliente durante la jornada. El trayecto desde Kitchener no era largo. Y ahora Corrie estaba sola en casa. Después de que muriera su padre, la chica que trabajaba para ella decidió irse a la ciudad a buscar trabajo. A Corrie le pareció bien, incluso le dio dinero para que aprendiera mecanografía y pudiera prosperar.

—Eres demasiado lista para perder el tiempo con faenas domésticas —le dijo—. Ya me contarás cómo te va.

A saber si Lillian Wolfe gastó el dinero en clases de mecanografía o en otra cosa, pero lo cierto es que siguió dedicándose a las faenas domésticas. Howard lo supo por casualidad en una ocasión en que fue a cenar con su mujer y más invitados a casa de una gente que había cobrado notoriedad en Kitchener. Sirviendo la mesa, Lillian se encontró cara a cara con el hombre al que había visto en casa de Corrie. El hombre al que había visto abrazando a Corrie cuando entraba a llevarse los platos o atizar el fuego. La conversación dejó claro que su esposa entonces ya era la misma mujer que lo acompañaba en aquella cena.

Howard le dijo a Corrie que no le había mencionado nada de la cena porque no le dio importancia. El anfitrión y la anfitriona de la velada no eran amigos íntimos, ni suyos ni de su mujer. Menos aún de su mujer, que luego se había burlado de sus ideas políticas. Solo era una reunión de compromiso. Y no le pareció una de esas casas en que las sirvientas van con cuentos a la señora.

No lo era, en efecto. En la carta que le mandó, Lillian decía que no había contado nada. Y no era con la señora de la casa con quien pensaba hablar, sino con la mujer de Howard. Si no le quedaba más remedio. ¿A su mujer le interesaría esa información?, se preguntaba Lillian. Tuvo la prudencia de mandarle la carta al despacho, aunque desde luego también conocía la dirección de su casa. Había estado espiando. Además de eso, mencionó también el abrigo con cuello de piel de zorro plateado que llevaba la mujer de Howard. Era un abrigo que la incomodaba, y a menudo se sentía obligada a explicar que lo había heredado, que no se lo había comprado ella. Era la verdad. Aun así le gustaba ponérselo en alguna ocasión, como aquella cena, para no ser menos, incluso con gente a la que no soportaba.

«Lamentaría tener que romperle el corazón a una señora tan agradable, con un cuello de zorro plateado tan magnífico en el abrigo», decía Lillian en su carta.

—¿Cómo iba Lillian a reconocer un cuello de zorro plateado ni aunque lo tuviera delante de las narices? —dijo Corrie, cuando Howard sintió que debía comunicarle la noticia—. ¿Seguro que decía eso?

—Segurísimo.

Howard, sintiendo que la carta lo contaminaba, la había quemado enseguida.

—Vaya, pues sí que ha aprendido Lillian —dijo Corrie—. Siempre me pareció astuta. Supongo que matarla queda descartado, ¿verdad? —Howard ni siquiera sonrió, así que solemnemente aclaró—: Solo bromeaba.

Aunque estaban en abril todavía apetecía tener un fuego encendido, pero Corrie no se había atrevido a pedirle que lo preparara, al verlo tan raro y hosco.

Howard dijo que para colmo su mujer no quería ir a aquella dichosa cena.

—Qué mala sombra tengo.

—Deberías haberle hecho caso —dijo Corrie.

—Es lo peor —contestó él—. Es lo peor que podía pasar.

Miraban los dos fijamente el hueco negro de la chimenea. Howard la había tocado solo una vez, al saludarla.

—Bueno, no —dijo Corrie—. Lo peor no es. No.

—¿No?

—No —dijo ella—. Podríamos darle el dinero. No es mucho, la verdad.

—Yo no dispongo de…

—No tú. Podría dárselo yo.

—Ni hablar.

—Sí.

Quiso quitarle importancia y hablar como si nada, aunque se había quedado helada como un témpano. Porque ¿y si Howard no aceptaba? No, no puedo consentir que lo hagas. No, es una señal. Es una señal de que debemos dejarlo. Estaba segura de haber percibido algo así en su voz, y en su cara. Los viejos cuentos sobre el pecado. El mal.

—Para mí no es nada —dijo—. Y aunque tú consiguieras el dinero, no podrías dárselo. Sentirías que se lo estás quitando a tu familia, ¿cómo ibas a hacer algo así?

Familia. No debía haberlo dicho. Jamás debía mencionar esa palabra.

Sin embargo, la cara de Howard se despejó. Dijo, no, no, pero con un atisbo de duda en su voz. Y entonces ella supo que no habría problema. Al cabo de un rato, Howard fue capaz de hablar con sentido práctico y recordó otro detalle de la carta. Tenía que ser en billetes, dijo. Lillian no quería cheques.

Hablaba sin levantar la vista, como de una transacción comercial. Corrie también prefería pagar al contado. Los billetes no la implicarían.

—Perfecto —dijo—. De todos modos, tampoco es una suma escandalosa.

—Ya, pero ella no tiene que saber que lo vemos así —le advirtió él.

Había que poner un buzón de correos a nombre de Lillian. Dos veces al año dejarían los billetes en un sobre a su nombre. Las fechas las pondría ella. Ni un día de retraso. O, como había dicho, podía empezar a preocuparse.

Howard se mantuvo distante con Corrie, salvo para una despedida agradecida, casi formal. Este asunto debe quedar completamente al margen de lo que hay entre nosotros, parecía decirle. Empezaremos de nuevo. Seremos capaces de volver a sentir que no hacemos daño a nadie. Que no hacemos nada malo. Así lo expresaba con su lenguaje tácito. En el lenguaje de Corrie se tradujo en una broma a medias, que no cayó bien.

—Ya hemos contribuido a la educación de Lillian. Antes no era tan viva.

—No queremos que siga avivándose y pida más.

—Eso ya lo resolveremos cuando llegue el momento. Siempre podríamos amenazarla con ir a la policía. Incluso ahora.

—Pero entonces lo nuestro se acabaría —dijo Howard. Ya se había despedido y miraba hacia otra parte. Estaban en el porche, soplaba el viento—: No soportaría que lo nuestro acabara.

—Me alegra oírte decir eso —dijo Corrie.

Enseguida llegó un momento en que ni siquiera hablaban del tema. Ella entregaba los billetes ya metidos en el sobre. Al principio Howard dejaba escapar un leve gruñido de disgusto, que con el tiempo pasó a ser un suspiro de asentimiento, como si le recordaran una tarea pendiente.

—Cómo pasa el tiempo.

—¿Verdad?

—Las ganancias ilícitas de Lillian —decía Corrie a veces, y aunque la primera vez a Howard no le gustó mucho la expresión, acabó por decirla también. Al principio Corrie le preguntaba si había vuelto a ver a Lillian, si los habían invitado a otras cenas.

—No son esa clase de amigos —le recordaba Howard. Apenas los veía, no sabía si Lillian seguía trabajando para ellos o no.

Corrie tampoco la había visto. La familia de Lillian vivía en el campo, y cuando ella los visitaba seguramente no bajaban a comprar al pueblo, que se había sumido en una rápida decadencia. En la calle principal solo quedaba un colmado, donde la gente compraba la lotería y los alimentos que les hicieran falta, aparte de una tienda de muebles donde siempre se veían las mismas mesas y sofás en el escaparate, y las puertas nunca parecían abiertas, y quizá no lo estuvieran, hasta que el dueño murió en Florida.

Tras la muerte del padre de Corrie, la fábrica de zapatos quedó en manos de una gran empresa que se comprometió a mantenerla en funcionamiento. Ella creyó que así sería, pero al cabo de un año el edificio estaba vacío, después de que trasladaran la maquinaria a otra ciudad, y no dejaron nada salvo unas pocas herramientas anticuadas, que en otros tiempos servían para la fabricación de botas y zapatos. A Corrie se le metió en la cabeza fundar un pequeño museo donde exhibir aquellas reliquias pintorescas. Ella misma lo pondría en marcha y haría visitas guiadas explicando cómo se hacían las cosas en el pasado. Sorprendentemente acabó por ser una entendida, con la ayuda de unas fotografías que su padre había hecho para ilustrar una charla que quizá él mismo preparó —el texto mecanografiado estaba lleno de erratas— para el Instituto de la Mujer, cuando se interesaron en las industrias locales. A finales de verano Corrie ya había mostrado el lugar a varios visitantes. Estaba convencida de que las cosas despegarían al año siguiente, cuando pusiera un cartel en la autopista y redactara el texto para un folleto turístico.

A principios de primavera miró por la ventana una mañana y vio que unos tipos empezaban a demoler el edificio. Al parecer, el contrato que según creía le daba derecho a disponer del edificio mientras se pagara cierta suma en concepto de alquiler, no le permitía exhibir ni apropiarse de ninguno de los objetos que estuvieran en el interior del edificio, por más tiempo que hiciera que estaban allí olvidados. De ninguna manera podía pensar que aquellos restos de maquinaria antigua le pertenecían y, de hecho, tenía suerte de que los directivos de la empresa, que antes parecían tan amables, no la llevaran a juicio al enterarse de sus tejemanejes.

Si Howard no hubiera llevado a su familia a Europa el verano anterior, cuando Corrie se embarcó en el proyecto, podría haber revisado el acuerdo y le hubiera ahorrado un montón de problemas.

Qué más da, dijo Corrie cuando se calmó, y no tardó en encontrar una nueva afición.

Empezó con la decisión de que estaba harta de su casa enorme y vacía. Quería salir de allí, y le echó el ojo a la biblioteca pública del final de la calle.

Era un hermoso edificio de ladrillo rojo y dimensiones razonables del que no era fácil deshacerse, por tratarse de una biblioteca fundada por el filántropo Andrew Carnegie, aunque apenas ya nadie la usara; ni siquiera se justificaba el sueldo de un bibliotecario.

Corrie la abría dos veces por semana y se sentaba en el escritorio del bibliotecario. Limpiaba el polvo de las estanterías si le apetecía, y llamaba por teléfono a la gente que según los registros habían sacado libros hacía años. A veces localizaba a alguien, que le aseguraba no saber de qué libro hablaba; lo había sacado una tía o una abuela aficionada a leer y que ya había muerto. Entonces Corrie les hablaba del respeto de los bienes públicos, y a veces el libro acababa apareciendo en la taquilla de devoluciones de la biblioteca.

La única pega de estar en la biblioteca era el ruido que hacía Jimmy Cousins al cortar el césped que rodeaba el edificio. Como no tenía nada más que hacer, en cuanto terminaba volvía a empezar. Así que Corrie le pidió que se ocupara de los jardines de su casa, que hasta entonces había cuidado ella para hacer un poco de ejercicio, aunque no lo necesitaba para mantener la figura y con su cojera se hacía eterno.

A Howard lo desconcertó un poco el cambio. Ahora iba con menos frecuencia, pero sin tanta prisa. Estaba viviendo en Toronto, aunque trabajaba para el mismo estudio. Sus hijos eran adolescentes, o ya estaban en la universidad. A las chicas les iba muy bien; a los chicos no tanto como hubiera deseado, pero los chicos eran así. Su mujer se pasaba el día entero trabajando en el despacho de un político provincial, a veces incluso más. Cobraba una miseria, pero estaba contenta. Más contenta de lo que Howard la había visto nunca.

La primavera anterior la había llevado a España, como sorpresa de cumpleaños. Corrie no tuvo noticias durante un tiempo. Habría sido de mal gusto que le escribiera mientras estaba de vacaciones sorpresa con su mujer. Howard jamás haría algo así, y a ella tampoco le hubiera gustado que lo hiciera.

—Ni que pensaras que mi casa es un santuario, por cómo te comportas —dijo Corrie cuando Howard volvió.

—Totalmente cierto —dijo él.

Ahora le encantaban aquellas habitaciones enormes, las molduras de los techos y la madera oscura, lúgubre que revestía las paredes. Eran de una grandiosidad ridícula. Se dio cuenta, sin embargo, de que para ella era distinto, que necesitaba salir de vez en cuando. Empezaron a hacer pequeños viajes, luego viajes un poco más largos, durmiendo en algún motel —aunque siempre una sola noche— y comiendo en restaurantes moderadamente elegantes.

No se encontraron nunca con ningún conocido. En otros tiempos se hubieran encontrado con alguien, seguro. Ahora era distinto, aunque no supieran por qué. ¿Acaso porque ya no corrían tanto peligro, aun en caso de que sucediera? Quizá por el hecho de que esos improbables conocidos no sospecharían que fueran la pareja de pecadores que seguían siendo. Howard podría decir que Corrie era prima suya y nadie se inmutaría: una pariente coja a la que había pasado a ver. De hecho tenía familiares de los que su mujer nunca había querido saber nada. ¿Y quién iba a buscarse una amante madura que renqueaba de un pie? A nadie se le ocurriría guardar ese dato para soltarlo en un momento peligroso.

Nos encontramos a Howard en Bruce Beach con su hermana, era su hermana, ¿no? Se lo veía bien. Ah, pues sería su prima. Una coja, ¿no?

No parecía que mereciera mucho la pena.

Todavía hacían el amor, por supuesto. A veces debían ir con cuidado, evitando un hombro dolorido, una rodilla delicada. En ese sentido siempre habían sido convencionales, y seguían siéndolo, felicitándose por no necesitar estímulos extravagantes. Eso era para la gente casada.

A veces a Corrie se le llenaban los ojos de lágrimas y escondía la cara en el pecho de Howard.

—Somos tan afortunados… —decía emocionada.

Nunca le preguntaba si era feliz, pero indirectamente él le daba a entender que lo era. Decía que había desarrollado ideas más conservadoras en su trabajo, o quizá simplemente se hacía menos ilusiones. (Ella no le decía que siempre le había parecido más bien conservador.) Había empezado a estudiar piano, para sorpresa de su mujer y su familia. Era bueno mantener esa clase de aficiones personales, en un matrimonio.

—No me cabe duda —dijo Corrie.

—No pretendía…

—Lo sé.

Un día, en septiembre, Jimmy Cousins entró en la biblioteca para decirle que no podría cortar el césped. Tenía que ir al cementerio a cavar una fosa. Era para alguien que antes vivía por allí, dijo.

Corrie, con el dedo en *El gran Gatsby*, le preguntó cómo se llamaba. Era interesante ver toda la gente que aparecía, aunque fuera de cuerpo presente, para incordiar a sus familiares con esa última voluntad. Quizá habían vivido toda la vida en ciudades, más cerca o más lejos, supuestamente satisfechos, pero muertos no querían quedarse en esos lugares. A los viejos se les ocurrían esas cosas.

Jimmy dijo que esa mujer no era tan vieja. Se apellidaba Wolfe. Del nombre no se acordaba.

—¿No será Lillian? ¿Lillian Wolfe?

Jimmy creía que sí.

Y resultó que tenía el nombre allí delante, en el ejemplar del periódico local que recibían en la biblioteca y que Corrie nunca leía. Lillian había muerto en Kitchener a la edad de cuarenta y seis años. La enterraban en la iglesia de la Santa Unción, la ceremonia era a las dos.

Bien.

Casualmente era uno de los dos días que la biblioteca abría por semana. Corrie no podía asistir.

La iglesia de la Santa Unción llevaba poco tiempo en el pueblo. Allí no florecía ya nada que no fuera lo que su padre llamaba «religiones estrafalarias». Corrie podía ver el edificio desde una de las ventanas de la biblioteca.

Antes de las dos se acercó a la ventana y vio entrar a un grupo considerable de personas.

Al parecer hoy en día no había que llevar sombrero, ni las mujeres ni los hombres.

¿Cómo se lo diría a Howard? Con una carta al despacho, tendría que ser. Podía llamarlo allí por teléfono, pero reaccionaría con tanta contención, tanta parquedad, que la mitad del prodigio de su liberación se perdería.

Volvió a *Gatsby*, aunque demasiado inquieta para ir más allá de las palabras sueltas que leía. Cerró la biblioteca y se fue a pasear por el pueblo.

La gente siempre decía que el pueblo estaba muerto, pero en realidad cuando había un funeral era cuando más se animaba. Corrie no pudo evitar pensarlo al ver desde la otra manzana que, al salir de la iglesia, la gente se quedaba a charlar en la puerta después del funeral, dejando de lado la solemnidad. Y luego, para su sorpresa, muchos rodearon la iglesia y entraron de nuevo por una puerta lateral.

Claro. Lo había olvidado. Al concluir la ceremonia, con el ataúd ya colocado en el coche fúnebre, todos salvo los allegados que seguirían a la difunta hasta ver cómo le daban sepultura, irían a tomar los aperitivos que se servían tras la misa. Seguramente estaban ya preparados en otra parte de la iglesia, donde había una sala de catequesis y una hospitalaria cocina.

Corrie no vio razón para no unirse a ellos.

Aunque en el último momento hubiera pasado de largo.

Demasiado tarde. Una mujer la llamó con voz apremiante, o por lo menos con una confianza nada fúnebre, desde la puerta por la que había entrado la otra gente.

—La hemos echado de menos en la misa —le dijo la mujer al acercarse.

Corrie no tenía ni idea de quién era. Le dijo que lamentaba no haber ido, pero había tenido que abrir la biblioteca.

—Claro, por supuesto —dijo la mujer, aunque ya se había vuelto a hablar con alguien que llevaba una tarta.

—¿Hay sitio en la nevera para esto?

—No lo sé, cielo, tendrás que ir a ver.

Por el vestido de flores de la mujer que había salido a saludarla, Corrie pensó que dentro todas las mujeres llevarían algo parecido. Vestidas de domingo, cuando no con sus mejores galas de luto. Quizá sus ideas del vestido del domingo se habían quedado anticuadas. Algunas mujeres llevaban pantalón, igual que ella.

Otra mujer le llevó un pedazo de bizcocho de especias en un plato de plástico.

—Debe de tener hambre —dijo—. Aquí todo el mundo está hambriento.

Apareció la que en otros tiempos había sido la peluquera de Corrie.

—Ya les había dicho a todas que seguramente se pasaría —dijo—. Les he dicho que no podría venir hasta que cerrara la biblioteca. Que era una pena que tuviera que perderse la misa. Ya se lo he dicho.

—Ha sido una misa preciosa —dijo otra mujer—. Seguro que va a querer un té cuando se termine el pastel.

Y así sucesivamente. Corrie no conseguía recordar el nombre

de nadie. La iglesia unida y la presbiteriana resistían a duras penas; la iglesia anglicana había cerrado hacía siglos. ¿Era allí adonde había ido a parar todo el mundo?

Solo había otra mujer en la recepción que atrajera tanta atención como Corrie, y ella sí que iba como habría esperado que fuera una mujer a un funeral. Con un bonito vestido gris violáceo y una pamela gris pastel.

Alguien acompañó a la mujer para presentársela. Llevaba un modesto collar de perlas auténticas.

—Ah, sí —dijo en voz baja, tan complacida como lo permitía la ocasión—. Debes de ser Corrie. La Corrie de quien tanto he oído hablar. Aunque nunca nos hemos visto, casi me parece que te conozco. Aunque claro, tú debes de preguntarte quién soy.

A Corrie el nombre no le dijo nada. Negó con la cabeza, riéndose a modo de disculpa.

—Lillian trabajó para nosotros desde que llegó a Kitchener —dijo—. Mis hijos la adoraban. Luego mis nietos. La adoraban de verdad. Por Dios, si en su día libre ni yo era buena sustituta para Lillian. Todos la adorábamos, en realidad.

La mujer lo dijo como si estuviera perpleja, y al mismo tiempo encantada. Con ese menosprecio por sí mismas que tan bien queda en esas mujeres. Al divisar a Corrie debió de pensar que era la única de los presentes que hablaba su mismo idioma y no se tomaría al pie de la letra lo que dijera.

—No sabía que estuviera enferma —dijo Corrie.

—Se apagó como un pajarito —dijo la mujer que llevaba la tetera, ofreciéndole más a la señora de las perlas, que rehusó.

—A su edad va mucho más rápido que con las ancianas de verdad —añadió la señora del té—. ¿Cuánto tiempo estuvo en el hospital? —preguntó con un leve tono de amenaza a la de las perlas.

—A ver si me acuerdo. ¿Diez días?

—Menos, por lo que he oído. Y encima tardaron en decidirse a comunicárselo a la familia.

—Se lo guardó prácticamente para ella. —Eso dijo la que había sido su patrona, que hablaba en voz baja pero sin ceder terreno—. Desde luego no era una persona dada a llamar la atención.

—No, no lo era —dijo Corrie.

En ese momento una joven recia y sonriente se acercó y se presentó: era la pastora de la iglesia.

—Qué, ¿hablando de Lillian? —preguntó. Sacudió la cabeza, maravillada—. Lillian era una bendita. Lillian era una persona excepcional.

Todas le dieron la razón. Incluida Corrie.

«Sospecho de su excelencia la pastora», le decía Corrie a Howard en la larga carta que componía en la cabeza camino de casa.

Esa misma noche se sentó y empezó a escribir esa carta, aunque no podría mandarla todavía: Howard había ido a pasar un par de semanas en la casa de campo de Muskoka, con su familia. Todos habían ido un poco a regañadientes, por lo que le había dicho de antemano —su mujer sin la política, él sin su piano—, pero tampoco querían renunciar al ritual.

«Desde luego es ridículo pensar que las ganancias ilícitas de Lillian sirvieran para construir una iglesia —escribió Corrie—, pero apuesto a que sirvieron para construir el campanario. De todos modos el campanario es un despropósito. Hasta ahora nunca me había planteado el desperdicio que son esos campanarios en forma de cucurucho invertido. La pérdida de la fe está ahí mismo, ¿no? Ellos no lo saben, pero lo delatan.»

Arrugó la carta y volvió a empezar, con un tono más alegre.

«Los días del chantaje han terminado. En la tierra se oye el canto del cuco.»

Nunca se había parado a pensar cuánto le pesaba todo aquello, escribió, pero ahora se daba cuenta. No por el dinero: ya sabía él que el dinero no le importaba, y de todos modos con el paso de los años había acabado por ser una suma menor en términos reales, aunque Lillian por lo visto no se percatara de eso. Era la desazón, el saber que no estaban del todo a salvo, el lastre que suponía para su amor de tantos años, lo que la entristecía. Esa sensación la embargaba cada vez que pasaba junto a un buzón de correos.

Se preguntó si por alguna casualidad Howard se enteraría de la noticia antes de recibir la carta. Imposible. Aún no había llegado a la fase de comprobar las necrológicas.

Todos los años, en febrero, y de nuevo en agosto, Corrie metía los billetes especiales en un sobre y Howard se lo guardaba en el bolsillo. Probablemente luego comprobaba la suma y mecanografiaba las señas de Lillian en el sobre antes de echarlo a su buzón.

La cuestión era si Howard habría revisado el buzón para ver si habían retirado el dinero de la última entrega. Lillian estaba viva cuando Corrie hizo la transferencia, pero seguro que no había podido recogerlo en el buzón. Seguro que no.

Fue poco antes de que Howard se marchara a la casa de campo cuando Corrie lo vio por última vez, así que había entregado el sobre después. Trató de calcular la fecha exacta, para saber si a Howard le había dado tiempo de volver a comprobar el buzón después de entregar el dinero, o se habría ido directamente a la casa de campo. Otras veces había encontrado el momento de escribirle una carta a Corrie desde allí, pero esta vez no.

Corrie se va a la cama con la carta todavía inacabada.

Y se despierta temprano, cuando el cielo clarea pero aún no ha salido el sol.

Siempre hay una mañana en que uno se da cuenta de que todos los pájaros se han ido.

Corrie tiene una certeza. Le ha venido a la mente mientras dormía.

No hay ninguna noticia que dar. Ninguna, porque nunca la hubo.

No hay noticias de Lillian, porque Lillian no importa y nunca ha importado. No hay ningún buzón de correos, porque el dinero va directo a una cuenta, o quizá simplemente se queda en una cartera. Gastos generales. O unos ahorros modestos. Un viaje a España. ¿Qué más da? Gente con familia, casa de verano, hijos a los que educar, facturas que pagar: no hay que devanarse los sesos para gastar una suma como esa. Ni siquiera puede decirse que sea un dinero caído del cielo. No hay necesidad de explicar nada.

Corrie se levanta, se viste rápido y recorre todas las habitaciones de la casa, presentándoles a las paredes y los muebles esta nueva idea. Hay una cavidad en todas partes, sobre todo en su pecho. Prepara café y no se lo toma. Acaba de nuevo en su cuarto, y descubre que para exponer la realidad en ese momento hay que rehacerlo todo.

Tras arrugar la carta, una nota brevísima.

«Lillian ha muerto. La enterraron ayer.»

Se la manda al estudio, no importa. Entrega especial, ¿qué más da?

Desconecta el teléfono, para no sufrir con la espera. El silencio. Puede que nunca vuelva a saber nada.

Sin embargo pronto llega una carta, apenas menos parca que la suya.

«Ahora todo bien, alégrate. Pronto.»

De manera que lo van a dejar así. Demasiado tarde para otra cosa. Cuando podría haber sido peor, mucho peor.

Tren

A pesar de que es un tren lento, aminora todavía un poco antes de tomar la curva. Jackson es el único pasajero, y faltan unas veinte millas para la siguiente parada, Clover. Después vienen Ripley, Kincardine y el lago. Está de suerte y no debe desperdiciarla. Ya ha sacado el resguardo del billete de la ranura del portaequipajes.

Arroja el macuto y ve que aterriza justo entre los raíles. No hay vuelta atrás: el tren no va a ir más despacio de lo que va en este momento.

Se la juega. Es un hombre joven y ágil, en la plenitud de su forma física. Y aun así el salto, la caída, lo decepcionan. Se nota más rígido de lo que pensaba, la inercia lo empuja hacia delante al caer en tierra firme y las palmas de las manos se le clavan en la grava entre las traviesas, levantándole la piel. Los nervios.

El tren ha desaparecido de la vista y empieza a ganar velocidad al dejar atrás la curva. El hombre se escupe en las manos doloridas, sacudiéndose la grava. Luego recoge el macuto y empieza a desandar el camino que acaba de hacer en tren. Si siguiera al tren, llegaría a la estación de Clover bien entrada la noche. Todavía estaba a tiempo, podría lamentarse de haberse dormido y decir que al despertarse, con la cabeza embotada, pensó que se le había pasado la parada. Confundido, había saltado y luego le había tocado caminar.

Nadie se extrañaría. Volviendo a casa desde tan lejos, volviendo de la guerra, era normal que se hubiera hecho un lío. Aún no es demasiado tarde, antes de medianoche llegaría a donde debía estar.

Sin embargo, mientras va pensando estas cosas no deja de caminar en la dirección opuesta.

No conoce el nombre de muchos árboles. Arces, ese lo sabe todo el mundo. Abetos. Y poco más. Al principio creyó que había saltado en medio de unos bosques, pero los árboles solo flanquean la vía, formando una hilera espesa en el terraplén, más allá de la cual se entrevén campos de labranza. Campos verdes u ocres o dorados. Pastos, cultivos, rastrojos. Poco más puede precisar. Aún es agosto.

Y, una vez la oscuridad se traga el ruido del tren, el hombre se da cuenta de que a su alrededor no hay el perfecto silencio que imaginaba. Ruidos aquí y allá rompen la quietud, un temblor de las hojas secas de agosto que no ha provocado el viento, la algarabía de pájaros invisibles que lo reprenden.

Se suponía que saltar del tren era una cancelación. Levantar el cuerpo, preparar las rodillas para entrar en un bloque de aire distinto. Se va en busca del vacío, y en cambio ¿qué encuentra? La inmediatez de una avalancha de paisajes nuevos que exigen una atención que no pedían cuando ibas en el tren mirando por la ventanilla, sin más. ¿Qué haces aquí? ¿Adónde vas? Una sensación de que te observan cosas de las que no sabías nada. De ser un intruso. De que la vida que te rodea llega a conclusiones sobre ti desde ángulos privilegiados que no puedes ver.

La gente a la que había conocido en los últimos años parecía pensar que si no eras de ciudad, eras de campo. Y no era cierto. Había matices que se te podían pasar por alto a menos que vivieras ahí, entre el campo y el pueblo. Jackson, sin ir más lejos, era hijo de un fontanero. Nunca había entrado en un establo, ni arriado vacas, ni apilado las mieses. Ni se había encontrado, como ahora, avanzando a trompicones por una vía de ferrocarril, que parecía apartarse de su función habitual de trasladar carga y pasajeros para convertirse en una provincia de manzanos silvestres y zarzas cargadas de bayas y parras trepadoras y ramas invisibles desde la que los cuervos soltaban sus reprimendas. Por lo menos ese pájaro sí lo conocía. Y justo entonces una serpiente jarretera se desliza entre los raíles, confiada en que a Jackson le falta destreza para matarla de un pisotón. Sabe lo suficiente para intuir que es inofensiva, pero esa confianza lo irrita.

Normalmente la pequeña vaca de raza jersey a la que habían bautizado con el nombre de Margarita aparecía dos veces al día en la puerta del establo para que la ordeñaran, por la mañana y por la noche. Pocas veces Belle tenía que llamarla, pero esa mañana Margarita no se apartaba de la zanja donde terminaba el prado ni apartaba la vista de los árboles que ocultaban las vías del tren, al otro lado de la cerca. Al oír el silbido y la llamada de Belle pareció que acudía de mala gana, pero enseguida optó por volver a echar otra ojeada.

Belle dejó el balde y el taburete y fue campo a través por la hierba húmeda de rocío.

—Vamos, vaquita, vamos.

Medio trataba de convencerla, medio la reñía.

Algo se movió entre los árboles. La voz de un hombre dijo que no pasaba nada.

Pues claro que no pasaba nada. ¿Creía que iba a tenerle miedo? Más le valía a él tener miedo de la vaca, que no estaba descornada.

Después de saltar la cerca, el hombre saludó con un gesto que quería ser tranquilizador.

Aquello fue demasiado para Margarita, tuvo que lucirse. Saltó a un lado, luego al otro. Sacudió los endiablados cuernos. No eran gran cosa, pero las vacas de raza jersey siempre pueden dar una sorpresa desagradable, con su rapidez y sus arranques de genio. Belle pegó un grito, para reñir a la vaca y tranquilizar al hombre.

—No te hará daño. Quédate quieto y ya está. Se ha puesto nerviosa.

Belle reparó en el macuto que llevaba. Esa era la causa del problema. Al principio pensó que el muchacho simplemente iba caminando junto a la vía, pero entonces vio que se dirigía a algún sitio.

—Es tu macuto lo que la asusta. Si pudieras dejarlo un momento en el suelo... Tengo que llevármela al granero para ordeñarla.

El hombre hizo lo que le pedía y se quedó muy quieto, observando.

Belle encaminó a Margarita hasta el granero, donde había dejado el balde y el taburete.

—Ya lo puedes recoger —le dijo al hombre. Y, al verlo acercarse, le habló con cordialidad—. Mientras no vayas zarandeándolo a su alrededor... ¿Eres soldado? Si esperas a que la ordeñe te puedo poner algo de desayunar. Vaya nombre tan ridículo para gritarle a una vaca. Margarita.

Era una mujer recia de corta estatura, con una melena lisa donde las canas salpicaban el pelo que un día fue rubio y un flequillo pueril.

—Fui yo quien lo escogió —dijo, acomodándose—. Soy monárquica. O lo era. Hay gachas, las he apartado del fogón. Ordeñaré en un periquete. Si no te importa, ve a esperar al otro lado del granero, donde Margarita no te vea. Qué pena que no pueda ofrecerte un huevo. Antes teníamos gallinas, pero los zorros siempre nos las robaban y al final nos hartamos.

Teníamos. Antes teníamos gallinas. Eso significaba que debía de haber un hombre por allí, viviendo con ella.

—Las gachas son buenas. Y me gustaría pagarte.

—No hace falta. Vamos, apártate un poco. Está demasiado despistada para que le baje la leche.

Jackson se alejó, rodeando el granero. Se fijó en lo destartalado que estaba. Echó un vistazo por entre los tablones para ver qué clase de coche tenía la mujer, pero dentro solo alcanzó a distinguir una vieja carreta y algunos otros despojos de maquinaria.

A su alrededor se advertía cierto orden, pero no exactamente laboriosidad. La pintura blanca de la casa se estaba desconchando y había cobrado un tono gris. Tablones claveteados en una ventana donde debía de haberse roto un cristal. El gallinero ruinoso donde según la mujer se metían los zorros a robar gallinas. Tejas planas de madera en una pila.

Si había un hombre en la casa, debía de estar inválido, o paralizado por la pereza.

Junto a la casa había un camino. Un pequeño campo vallado delante de la vivienda, un camino sin asfaltar. Y en el campo un caballo pinto de aspecto manso. Podía entender las razones de mantener una vaca, pero ¿un caballo? Ya antes de la guerra los granjeros se deshacían de ellos, los tractores eran la novedad. Y la mujer no parecía una amazona que cabalgara por pura diversión.

Entonces cayó en la cuenta. La carreta del granero. No era ninguna reliquia, sino el único vehículo que tenía.

Hacía un rato que oía un sonido peculiar. El camino subía por la loma, y del otro lado llegaba ruido de cascos. Acompañado de un débil tintineo o un silbido.

Y de pronto apareció en la loma un carro tirado por dos caballos bastante pequeños. Más pequeños que el que pastaba en el campo, pero mucho más briosos. Y en el carro había en torno a media docena de hombrecillos sentados. Todos vestidos de negro, con sus correspondientes sombreros negros de fieltro en la cabeza.

De ahí venía el sonido. Iban cantando, con vocecitas agudas y discretas, tan dulces como quepa imaginar. Al pasar por su lado no le dirigieron ni una mirada.

La estampa lo dejó helado. La carreta del granero y el caballo del prado no eran nada en comparación.

Seguía allí plantado mirando hacia ambos lados, cuando oyó que la mujer decía.

—Todo listo.

La vio junto a la casa.

—Por aquí se entra y se sale —dijo la mujer, refiriéndose a la puerta trasera—. La de delante está atascada desde el invierno pasado, y no hay manera de abrirla, como si siguiera congelada.

Caminaron sobre los tablones que cubrían un suelo de tierra desnivelado, en medio de la oscuridad que propiciaba la ventana entablada. Allí dentro hacía casi tanto frío como en el hoyo donde había pasado la noche. Se había despertado a cada rato, tratando de encogerse en una postura con la que mantener el calor. La mujer no tiritaba; despedía un olor a ejercicio sano y a lo que probablemente era el cuero de la vaca.

Vació la leche fresca en un cuenco, que cubrió con una estopilla que guardaba cerca, antes de conducir a Jackson hacia el corazón de la casa. No había cortinas, así que por las ventanas entraba la luz. Además la cocina había estado encendida. Había un fregadero con una bomba manual para sacar agua, una mesa con un hule raído en algunas zonas y un catre cubierto con un viejo edredón remendado.

También una almohada de la que se habían salido unas cuantas plumas.

De momento no estaba tan mal, a pesar de lo viejo y deteriorado que se veía todo. Había una utilidad para cada cosa. Sin embargo, al levantar la mirada, sobre los estantes había pilas y pilas de periódicos o revistas o papeles de alguna clase que llegaban hasta el techo.

Tuvo que preguntarle, ¿no le daba miedo que se prendiera fuego? Con la cocina de leña, por ejemplo.

—Bah, siempre estoy aquí. Me refiero a que duermo aquí. No tengo otro sitio donde guardar los borradores. Voy con cuidado. Ni siquiera enciendo la chimenea. Un par de veces se calentó más de la cuenta y tuve que echarle levadura. No pasó nada. —Y añadió—: De todos modos mi madre tenía que estar aquí. Era la única habitación donde tenerla cómoda. Le puse aquí la cama. Yo le echaba un ojo a todo. Pensé en trasladar todos los papeles al salón, pero hay tanta humedad que se estropearían.

Entonces dijo que debería haberse explicado.

—Mi madre está muerta. Murió en mayo. Justo cuando el tiempo empezaba a mejorar. Vivió para oír por la radio que la guerra había terminado. Lo entendió perfectamente. Perdió el habla hace mucho, pero lo entendía todo. Me acostumbré a que no hablara, hasta el punto de que a veces creo que está aquí, aunque ya no esté.

Jackson creyó que le correspondía decir que lo sentía.

—Ah, bueno. Tenía que pasar. Al menos tuvimos suerte de que no fuera en invierno.

Le sirvió gachas de avena y té.

—¿No está demasiado fuerte, el té?

Como tenía la boca llena, Jackson negó con la cabeza.

—Nunca escatimo con el té. Para eso, mejor beber agua caliente, ¿no? Se nos acabó cuando el tiempo estuvo tan malo el invierno pasado. Se fue la luz, la radio dejó de funcionar y se acabó el té. Tenía una cuerda atada a la puerta trasera, para cuando me quedaba sin leche. Quería dejar entrar a Margarita a la cocina de atrás, pero pensé que se pondría demasiado nerviosa con la tormenta y no podría sujetarla. De todos modos sobrevivió. Todos sobrevivimos.

Al encontrar un hueco en la conversación, Jackson preguntó si había enanos en el vecindario.

—No, que yo sepa.

—¿En un carro?

—Ah. ¿Iban cantando? Debían de ser los pequeños menonitas. Van en carro a la iglesia y se pasan todo el camino cantando. Las niñas tienen que ir en la calesa con sus padres, pero los niños van en el carro.

—Parecía que no me vieran.

—No ven nada. Yo a mi madre le decía que vivíamos en el camino perfecto, porque éramos como los menonitas. Por el caballo y la carreta, y como bebemos la leche sin pasteurizar... La única diferencia es que ninguno de nosotros sabe cantar.

»Cuando mi madre murió trajeron tanta comida que me duró semanas. Debieron de pensar que habría un velatorio o algo así. Tengo suerte de contar con ellos. Aunque me digo que ellos también tienen suerte. Porque se supone que deben practicar la caridad, y yo, que vivo prácticamente en el umbral de su casa, estoy necesitada como la que más.

Jackson se ofreció a pagarle cuando terminó de comer, pero ella rechazó el dinero con un gesto de la mano.

Aunque había una cosa, dijo. Si antes de marcharse podía arreglar el abrevadero del caballo...

En realidad eso implicó construir un abrevadero nuevo, y para hacerlo tuvo que rebuscar los materiales y herramientas que pudo encontrar. Le llevó el día entero, y ella le sirvió panqueques y jarabe de arce de los menonitas para cenar. Dijo que si hubiera llegado una semana después, habría podido ofrecerle mermelada recién hecha. Recolectaba las moras silvestres que crecían junto a las vías del tren.

Sacaron sillas de la cocina por la puerta de atrás y se quedaron al fresco hasta después de anochecido. La mujer empezó a contarle cómo había ido a parar allí, pero él no la escuchaba con mucha atención, porque mirando a su alrededor se puso a pensar que, aunque la casa se estaba viniendo abajo, tenía remedio si alguien se ponía manos a la obra y la arreglaba. Haría falta invertir algo de dinero, pero sobre todo tiempo y energía. Sería un reto. Casi lamentó tener que seguir su camino.

Otra razón de que no prestara mucha atención a Belle —la mujer se llamaba Belle— era que no acababa de imaginarse la vida de la que le hablaba.

Su padre, a quien ella se refería como su papá, había comprado la casa solo para los veranos, y luego decidió que podían vivir allí todo el año. Podía trabajar en cualquier sitio, porque era articulista del *Toronto Evening Telegram*. El cartero se llevaba lo que hubiera escrito y se despachaba por tren. Su padre escribía sobre toda clase de cosas que pasaran. Incluso metía a Belle en sus artículos, con el sobrenombre de Minina. Y a veces mencionaba a la madre de Belle, aunque la llamaba princesa Casamassima, que salía de un libro cuyo título, según ella, ya no significaba nada. Quizá empezaron a vivir allí todo el año por su madre. Había pasado la terrible gripe de 1918, por culpa de la cual había muerto tanta gente, y no quedó del todo bien. No es que perdiera el habla, porque decía algunas palabras, pero la mayoría las había perdido. O las palabras la habían perdido a ella. Tuvo que aprender de nuevo a comer y a ir al cuarto de baño. Además de las palabras, tuvo que aprender a no quitarse la ropa cuando hacía calor. Así que no era plan que vagara por la calle de una ciudad y se convirtiera en el hazmerreír de la gente.

Belle pasaba los inviernos en un colegio. El colegio se llamaba Obispo Strachan, y a Belle le sorprendió que no hubiera oído hablar de él. Le deletreó el nombre. Era una escuela de Toronto a la que iban muchas chicas ricas, pero también chicas como ella, que podían estudiar gracias al dinero que donaban parientes o legados varios. Dijo que allí aprendió a darse aires de superioridad, y salió sin ninguna idea de cómo ganarse la vida.

Sin embargo, el accidente lo decidió por ella. Caminando junto a la vía, como le gustaba hacer las noches de verano, a su padre lo arrolló un tren. Su madre y ella ya estaban en la cama, y Belle creyó que debía de tratarse de un animal suelto, pero su madre empezó con unos gemidos lastimeros, como si al momento lo hubiera sabido.

A veces una antigua amiga del colegio le escribía preguntándole qué demonios se podía hacer allí perdida, pero qué poca idea tenían. Había que ordeñar, y cocinar, y cuidar de su madre, y en esa época también tenía las gallinas. Aprendió a cortar las patatas para que saliera un brote de cada pedazo, a plantarlas y a desenterrarlas al verano siguiente. No había aprendido a conducir y cuando llegó la guerra vendió el coche de su papá. Los menonitas le cedieron un caballo que ya no servía para el campo, y uno de ellos la enseñó a colocarle los arreos y a manejarlo.

Una de sus viejas amigas, una tal Robin, fue a visitarla y le pareció que aquella manera de vivir era la monda. Trató de convencerla para volver a Toronto, pero ¿y su madre? La pobre estaba mucho más tranquila y ya no se quitaba la ropa, y además disfrutaba escuchando la radio, la ópera que ponían los sábados por la tarde. Eso también se podía hacer en Toronto, desde luego, pero a Belle no le gustaba la idea de desarraigarla. Robin dijo que hablara por ella, que era quien tenía miedo al desarraigo. Robin se marchó y se enroló en el ejército de mujeres, que a saber qué sería.

La primera cosa que Jackson tuvo que hacer fue acondicionar varias habitaciones para que no hiciera falta dormir en la cocina cuando llegara el frío. Hubo que deshacerse de algunos ratones, e incluso algunas ratas, que empezaban a buscar el calor de la casa. Cuando le preguntó a Belle por qué no se había hecho con un gato, ella le contestó con uno de sus peculiares razonamientos. No le apetecía ver un gato matando bichos cada dos por tres y arrastrándolos delante de sus narices. Jackson aguzó el oído a los chasquidos de las trampas y se libró de los roedores antes de que Belle se diera cuenta. Luego la sermoneó sobre los papeles que atestaban la cocina, el peligro que supondrían en caso de incendio, y Belle accedió a trasladarlos al salón si se solucionaban las humedades. Jackson se empleó a fondo. Invirtió en un calefactor, restauró las paredes y convenció a Belle para que se pasara casi un mes entero encaramándose y bajando los papeles, releyéndolos y reorganizándolos y colocándolos en las estanterías que él le hizo.

Belle le contó entonces que los papeles contenían el libro de su padre. A veces decía que era una novela. A Jackson no se le ocurrió ahondar en el tema, pero un día Belle le explicó que trataba de dos personas llamadas Matilda y Stephen. Una novela histórica.

—¿Recuerdas algo de historia?

Jackson había terminado los cinco años de secundaria con notas respetables y haciendo un buen papel en trigonometría y geografía, pero de historia no recordaba gran cosa. De todos modos, el último año de estudios solo podía pensar en que se iba a la guerra.

—No mucho —dijo.

—La recordarías de cabo a rabo si hubieras ido al colegio del Obispo Strachan. Te la habrían metido por las tragaderas. Al menos la historia de los ingleses.

Le explicó que Stephen había sido un héroe. Un hombre de honor, demasiado bueno para los tiempos que le tocó vivir. Pertenecía a esa rara estirpe de personas que no siempre miran por ellas o rompen su palabra cada vez que les conviene. Por consiguiente, no acabó bien.

Y luego estaba Matilda. Era descendiente directa de Guillermo el Conquistador, y tan cruel y altiva como cabría esperar. Aun así, había gente tan estúpida que la defendía por ser mujer.

—Si la hubiera podido acabar, habría sido una magnífica novela.

Desde luego Jackson sabía que los libros existían porque alguien se sentaba a escribirlos, que no salían de la nada. La cuestión era qué les movía a escribirlos, con tantos, tantísimos libros como había en el mundo. Dos de esos libros se los había tenido que leer en el colegio. *Historia de dos ciudades* y *Huckleberry Finn*, ambos con un lenguaje que acababa cansando, aunque por distintos motivos. Y era comprensible. Fueron escritos en el pasado.

Lo que a Jackson le asombraba, aunque no tenía intención de que se le notara, era que alguien quisiera ponerse a escribir otro libro en el momento presente. Ahora.

Una tragedia, dijo Belle enérgicamente, y Jackson no supo si lo decía por su padre o por los personajes del libro que no llegó a terminar.

De todos modos, una vez ese cuarto estuvo habitable se concentró en el tejado. No servía de nada arreglar una habitación para que volviera a quedar inhabitable en uno o dos años por las malas condiciones del tejado. Jackson lo había apañado para que durara un par de inviernos, pero no podía garantizar más que eso. Y aún pensaba que en Navidad ya se habría marchado.

Las familias menonitas de la granja vecina apenas alcanzaban para mantener a las muchachas, y a los chicos más jóvenes que había visto les faltaba vigor para acometer tareas más arduas. Jackson había conseguido trabajar para ellos, durante la cosecha del otoño. Lo llevaban a comer con los demás y, para su sorpresa, descubrió que las chicas se atolondraban cuando le servían y que no eran mudas, como había imaginado. Se dio cuenta de que las madres no les quitaban ojo, mientras que los padres no le quitaban ojo a él. Se alegró de comprobar que contentaba a madres y a padres por igual. Todos vieron que no se inmutaba. No había peligro.

Y por supuesto con Belle no hubo que hablar nada. Jackson había averiguado que era dieciséis años mayor que él. Mencionarlo, incluso bromear con el tema, lo estropearía todo. Ella era un tipo determinado de mujer, él era un tipo determinado de hombre.

Iban a comprar, cuando lo necesitaban, a un pueblo llamado Oriole. Estaba justo en dirección opuesta al pueblo de Jackson. Ataba el caballo en el cobertizo de la iglesia unida, porque evidentemente en la calle principal no había postes para amarrar las monturas. Al principio recelaba de ir a la ferretería y al barbero, pero pronto comprendió una característica de los pueblos pequeños que tendría que haber sabido, por el mero hecho de haberse criado en uno de ellos. No se relacionaban mucho unos con otros, salvo por los partidos que se disputaban en el campo de béisbol o la pista de hockey, donde todo quedaba en una hostilidad fervorosa impostada. Cuando se necesitaba algún artículo que no se conseguía en los comercios locales, la gente iba a la ciudad. Igual que si querían consultar a un médico que no fuera de allí. No se encontró con ningún conocido, y nadie mostró curiosidad por él, aunque a veces se volvieran a mirar su caballo. Y los meses de invierno ni siquiera eso, porque no quitaban la nieve de las carreteras secundarias y los granjeros que llevaban la leche a la mantequería o los huevos a la tienda de comestibles tenían que ir a caballo, lo mismo que Belle y él.

Belle siempre se paraba a ver qué película había en cartel, aunque no tuviera intención de ir a verla. Si bien conocía un montón de películas y estrellas de cine, se notaba que se había quedado anclada unos años atrás, un poco como Matilda y Stephen. Sabía, por ejemplo, con quién se casó Clark Gable en la vida real antes de convertirse en Rhett Butler.

Jackson no tardó en empezar a cortarse el pelo cuando lo necesitaba y a comprar tabaco cuando se le terminaba. Fumaba ya como un granjero, liando a mano los cigarrillos y sin encenderlos nunca dentro de casa.

Durante un tiempo costaba encontrar coches de segunda mano, pero cuando los hubo, cuando finalmente aparecieron los modelos nuevos y los granjeros que habían hecho dinero en la guerra estuvieron dispuestos a cambiar los antiguos, Jackson tuvo una charla con Belle. El caballo, Freckles, tenía ya sabe Dios cuántos años, y ante la menor cuesta porfiaba.

Resultó que el tipo que se dedicaba a la compra venta de coches había reparado en Jackson, aunque no contaba con una visita.

—Pensaba que tu hermana y tú erais menonitas, solo que llevabais otra clase de atuendo —dijo el marchante.

Eso sobresaltó un poco a Jackson, era preferible a que los hubiera tomado por marido y mujer. Le hizo pensar cuánto debía de haber envejecido y cambiado con los años, y hasta qué punto el joven que había saltado del tren, aquel soldado flacucho con los nervios a flor de piel, no se podría reconocer a primera vista en el hombre que ahora era. Belle, en cambio, al menos a sus ojos, se había quedado en un punto de la vida donde seguía siendo una chiquilla crecida. Y cuando hablaba confirmaba esa impresión, saltando sin cesar hacia atrás y hacia delante, al pasado y de vuelta al presente, hasta tal punto que no parecía diferenciar el último viaje al pueblo de la última película que vio con su madre y con su padre, o la cómica ocasión en que Margarita, que a esas alturas había muerto, corneó a un Jackson amedrentado.

Fue el segundo coche que se compraron, por supuesto de segunda mano, el que los llevó a Toronto en el verano de 1962. Era un viaje que no habían previsto y que llegaba en un momento ino- portuno para Jackson. Para empezar estaba construyendo el nuevo establo de los menonitas, ajetreados en plena cosecha, y además se avecinaba el momento de cosechar las hortalizas que ya había apa- labrado vender al almacén de Oriole. Pero por fin consiguió con- vencer a Belle de que se hiciera ver un bulto que le había salido, y ahora tenía cita para operarse en Toronto.

Qué cambio, decía Belle a cada momento. ¿Seguro que esta- mos todavía en Canadá?

Eso fue antes de pasar Kitchener. Una vez entraron en la nue- va autopista se alarmó de verdad, y no paraba de rogarle que bus- caran una carretera secundaria o dieran media vuelta y volvieran a casa. Jackson le contestó con una acritud inesperada: el tráfico también era una sorpresa para él. Después Belle se quedó callada, y Jackson no tuvo manera de saber si cerraba los ojos porque se daba por vencida o porque estaba rezando. Nunca había visto re- zar a Belle.

Esa misma mañana había intentado disuadirlo de ir a Toronto. Dijo que el bulto se estaba haciendo más pequeño, no más grande. Y además, desde que todo el mundo tenía derecho a asistencia sanitaria gratuita, nadie hacía otra cosa que ir corriendo al médico y convertir la vida en un largo drama de hospitales y operaciones, que no hacían más que alargar el suplicio y convertirse en una carga antes de morir.

Se calmó y se animó cuando tomaron el desvío y se adentraron por fin en la ciudad. Aparecieron en Avenue Road y, aunque no dejaba de exclamarse de lo cambiado que estaba todo, en cada manzana parecía reconocer algo. Pasaron el edificio donde vivía uno de sus profesores del colegio Obispo Strachan. En el sótano había una tienda en la que vendían leche, cigarrillos y periódicos. ¿No sería de lo más extraño entrar allí ahora y encontrar el *Telegram*, y que no solo apareciera aún la firma de su padre sino también la fotografía borrosa que le habían hecho cuando todavía conservaba el pelo?, divagó Belle.

Entonces dio un gritito, al ver en una calle lateral la iglesia donde se casaron sus padres. Podía jurar que era la misma. La habían llevado para enseñársela, aunque no acostumbraban a ir allí. Ellos no iban a la iglesia, ni mucho menos. Fue una especie de broma. Su padre dijo que se habían casado en el sótano, pero su madre dijo que en la sacristía.

En aquella época su madre hablaba perfectamente, era tan normal como cualquiera.

Tal vez hubiera una ley en esos tiempos que obligaba a casarse en una iglesia para que el matrimonio fuera válido.

Al pasar por Eglinton, Belle vio el rótulo del metro.

—Imagínate, nunca he ido en un tren subterráneo. —En sus

palabras se advertía una mezcla de dolor y orgullo—. Imagínate, qué ignorante.

En el hospital la atendieron enseguida. Belle siguió animada, hablándoles de los horrores del tráfico y de los cambios, y preguntó si aún se hacía el espectáculo navideño en los grandes almacenes Eaton. ¿Y se seguía leyendo el *Telegram*?

—Deberías haber pasado en coche por el barrio chino —dijo una de las enfermeras—. Eso sí que es digno de ver.

—Espero verlo cuando vuelva a casa. —Belle se rió, y añadió—: Si es que vuelvo.

—Vamos, no seas tonta.

Otra enfermera le preguntó a Jackson dónde había aparcado el coche y le recomendó que lo desplazara a un sitio donde no hubiera que pagar. También lo puso al tanto del alojamiento para los allegados de los pacientes de fuera de la ciudad, mucho más baratos de lo que se pagaba en un hotel.

Dijeron que iban a instalar a Belle en una cama. Un médico pasaría a visitarla, y Jackson podría volver más tarde a darle las buenas noches. Quizá la encontrara un poco atontada.

Belle oyó el comentario y dijo que siempre estaba atontada, así que no lo notaría, y hubo algunas risas.

La enfermera acompañó a Jackson a firmar un papel antes de irse. Titubeó donde preguntaba el parentesco. Al final puso «Amigo».

Aunque al volver por la noche advirtió un cambio, no hubiera dicho que Belle estaba atontada. Le habían puesto una especie de saco de tela verde que le dejaba el cuello y los brazos prácticamente al descubierto. Jackson rara vez la había visto tan destapada, ni se había fijado en los tendones que se le marcaban entre las clavículas y la barbilla.

Se quejaba de que tenía la boca seca.

—No me dejan tomar más que un miserable trago de agua.

Quiso que Jackson fuera a buscarle una Coca-Cola, que por lo que él sabía jamás había probado.

—Hay una máquina en el vestíbulo, tiene que haberla. Veo a la gente pasar con la botella en la mano y me da aún más sed.

Jackson dijo que no podía desobedecer las órdenes.

A Belle se le saltaron las lágrimas y le volvió la cara, enfurruñada.

—Quiero irme a casa.

—Pronto te irás.

—Podrías ayudarme a buscar mi ropa.

—De ninguna manera.

—Si no, la buscaré yo misma. Me iré sola a la estación de tren.

—Ya no pasan trenes de pasajeros por nuestros pagos.

Dio la impresión de que olvidara repentinamente sus planes de fuga. Al cabo de unos momentos empezó a recordar la casa y todas las reformas que habían hecho, o más bien que Jackson había hecho. La pintura blanca reluciente de fuera, e incluso la cocina de atrás, encalada y con un entarimado nuevo. El tejado ya reparado, y las ventanas de nuevo restauradas a su simplicidad original, y, el mayor orgullo de todos, la instalación del agua, que era una delicia en invierno.

—Si no hubieras aparecido, pronto habría estado viviendo en la más absoluta miseria.

Jackson no expresó en voz alta que ya lo estaba cuando llegó.

—Cuando salga de esta haré testamento —dijo Belle—. Todo para ti. Tus esfuerzos no habrán sido en balde.

Desde luego que a él se le había pasado por la cabeza, y como es natural la idea de que la casa acabara siendo suya le hubiera procurado una sobria satisfacción, aunque habría expresado un deseo sincero y cordial de que nada ocurriera antes de tiempo. Ahora, sin embargo, no. Parecía que apenas le concerniera, algo muy distante.

Belle empezó de nuevo con la pejiguera.

—Ay, ojalá estuviera allí y no aquí.

—Te encontrarás mucho mejor cuando despiertes de la operación.

Aunque, por todo lo que había oído, era una mentira como una casa.

De pronto se sentía tan cansado…

Acertó más de lo que hubiera imaginado. Dos días después de que le extirparan el bulto, Belle estaba sentada en una habitación distinta, impaciente por recibirlo y sin ninguna intención de que la importunaran los gemidos de la mujer que salían de detrás de la cortina que separaba la cama de al lado. Más o menos igual de lastimeros sonaban los gemidos de Belle el día anterior, cuando Jackson no consiguió que abriera los ojos o se percatara de su presencia.

—No le hagas ni caso —dijo Belle—. Está completamente ida. Seguro que ni se entera. Mañana se levantará como unas castañuelas. O no.

Se advertía una autoridad un tanto ufana, institucional, la crueldad de una veterana. Sentada en la cama, sorbía un líquido de color naranja vivo por una pajita que se doblaba a su conveniencia. Parecía mucho más joven que la mujer a la que había llevado al hospital, hacía apenas unos días.

Belle quiso saber si dormía bien, si había encontrado algún sitio donde se comiera bien, si no hacía demasiado calor para pasear, si había tenido tiempo para visitar el Museo Real de Ontario, como creía haberle recomendado.

Sin embargo, no se concentraba en sus respuestas. Parecía sumida en el asombro. Un asombro contenido.

—Ah, tengo que contártelo —dijo, interrumpiéndolo mientras le explicaba por qué no había ido al museo—. Vamos, no pongas esa cara de susto. Me vas a hacer reír y me dolerán los puntos. Aunque ¿de qué demonios iba a reírme? La verdad es que se trata de algo triste y espantoso, una tragedia. Ya sabes lo de mi padre, a veces te he hablado de mi padre…

A Jackson no le pasó por alto que dijera padre en lugar de papá.

—Mi padre y mi madre…

Dio la impresión de que tuviera que buscar a su alrededor para poder empezar de nuevo.

—La casa no estaba tan mal como cuando la viste por primera vez. Bueno, es lógico. Usábamos la habitación del final de la escalera como aseo. Había que subir el agua, y luego bajarla, claro. Más tarde, cuando viniste, ya usaba el cuarto de baño de abajo. El de las estanterías, que había sido una despensa, ¿sabes cuál?

¿Cómo podía no recordar que fue Jackson quien sacó las estanterías e instaló allí el cuarto de baño?

—Bueno, da igual —dijo Belle, como si siguiera el hilo de sus pensamientos—. La cuestión es que calenté el agua y la llevé arriba para darme un baño de esponja. Y me quité la ropa. Claro, cómo no. Había un espejo grande encima del lavamanos, porque verás, había lavamanos como en un cuarto de baño de verdad, solo que al quitar el tapón, cuando terminabas, el agua volvía a caer en el balde. El inodoro estaba en otro sitio. Supongo que te haces una idea. Así que iba a lavarme y, naturalmente, estaba desnuda. Debían de ser las nueve de la noche, pero había mucha luz. Era verano, ¿te lo he dicho? Y estaba en ese cuartito que da al oeste.

»Entonces oí pasos y pensé que era papá. Mi padre, quién si no. Debía de haber acostado a mi madre. Oí pasos en las escaleras y me llamó la atención lo fuertes que sonaban. No sé por qué, pero me parecieron distintos. Muy deliberados. O quizá esa fue la impresión que me quedó después. Tendemos a dramatizar las cosas después. Los pasos se detuvieron justo delante de la puerta del cuarto de baño y, si pensé algo, pensé, ah, debe de estar cansado. No había echado el pestillo, porque no lo había. Se daba por hecho que había alguien dentro si la puerta estaba cerrada.

»Así que mi padre estaba al otro lado de la puerta, yo no pensé nada, y entonces abrió la puerta y se quedó allí quieto, mirándome. Y tengo que explicar qué quiero decir. Mirándome toda, no solo mi cara. Mi cara miraba al espejo y él me miró en el espejo y también lo que había detrás de mí y yo no veía. En modo alguno era una mirada normal.

»Te diré lo que pensé. Pensé, está sonámbulo. No supe qué hacer, porque se supone que no hay que sobresaltar a alguien que va sonámbulo.

»Pero entonces dijo: "Perdón", y supe que no estaba dormido.

Aunque sí hablaba con una voz rara, un tono extraño, como si se hubiera disgustado conmigo. O enfadado, no supe precisarlo. Y entonces se alejó por el pasillo, sin cerrar la puerta. Me sequé, me puse el camisón y me fui a dormir enseguida. Cuando me levanté por la mañana el agua seguía en el lavamanos, y yo no quería acercarme por allí, pero lo hice.

»Aun así todo parecía normal y mi padre ya estaba levantado y escribiendo a máquina. Me gritó buenos días y luego me pidió que le deletreara una palabra. Solía hacerlo, porque mi ortografía era mejor que la suya. Así que se la deletreé y le dije que si pensaba ser escritor debía aprender a escribir sin faltas, porque era un desastre. Sin embargo, aquel mismo día vino por detrás y se puso muy pegado a mí mientras yo lavaba los platos, me quedé helada. Tan solo dijo: "Belle, lo siento". Y yo deseé que no lo hubiera dicho. Me asustó. Sabía que era verdad que lo sentía, pero al decirlo así, en voz alta, no pude ignorarlo. "No pasa nada", fue todo lo que dije, aunque no conseguí que sonara natural o como si de verdad no pasara nada.

»No fui capaz. Quise que se diera cuenta de que por su culpa las cosas habían cambiado. Salí a tirar el agua de los platos y volví a mis quehaceres sin decir una palabra más. Luego levanté a mi madre de la siesta y cené pronto y lo llamé, pero no vino. Le dije a mi madre que estaría dando un paseo. Era lo que solía hacer cuando se encallaba al escribir. Ayudé a mi madre a cortarse la comida, pero solo pensaba en cosas desagradables. Sobre todo en los ruidos que a veces salían del cuarto de mis padres, y que yo procuraba no oír tapándome los oídos. En ese momento pensé en mi madre, cenando a mi lado, y me pregunté qué pensaba de eso, o hasta qué punto se daba cuenta de algo.

»No sabía dónde se habría metido mi padre. Preparé a mi madre para acostarse, aunque solía hacerlo él. Oí que se acercaba el tren y de pronto el jaleo y el chirrido de los frenos, y debí de saber lo que había pasado, aunque no sé en qué momento exactamente.

»Ya te lo había contado. Te conté que lo arrolló el tren.

»Si te cuento esto ahora no es solo para aliviar el peso de mi angustia. Al principio no podía soportarlo y durante mucho tiempo me obligué a creer que mi padre iba caminando por las vías pensando en sus cosas y no oyó el tren. Y fin de la historia. No iba a pensar que el tema era yo, ni siquiera cuál era el meollo del asunto.

»El sexo.

»Ahora lo veo. Ahora lo entiendo de verdad y creo que no fue culpa de nadie. Fue culpa del sexo de los seres humanos en una situación trágica. Yo, que había crecido allí, y mi madre, por cómo estaba, y papá, claro está, por ser como era. No fue culpa mía ni culpa suya.

»Solo intento decir que estas cosas deberían saberse, tendría que haber lugares adonde la gente acuda en una situación así. Y no andar todos avergonzados y culpándose por ello. Si crees que me refiero a los burdeles, aciertas. Si crees que hablo de prostitutas, aciertas otra vez. ¿Entiendes?

Jackson, sin mirarla a los ojos, dijo que sí.

—Me siento tan liberada… No es que no me parezca una tragedia, pero he conseguido salir, a eso me refiero. En el fondo se trata de los errores de la humanidad. No pienses que porque sonrío no me mueve la compasión. Me tomo la compasión muy en serio. Y aun así no puedo negar que me siento aliviada. Tengo que decir que de alguna manera estoy contenta. No te incomoda escuchar estas cosas, ¿verdad?

—No.

—Ya ves que no estoy como siempre, lo sé. Lo veo todo muy claro. Y no sabes cuánto lo agradezco.

La mujer de la cama de al lado no había interrumpido sus gemidos rítmicos mientras Belle hablaba. Jackson creyó que la cantinela se le había metido en la cabeza.

Oyó el chirrido de los zapatos de la enfermera en el pasillo y deseó que entraran en la habitación. Y entraron.

La enfermera dijo que era la hora de la pastilla de la modorra. Jackson temió que le reclamaran un beso de buenas noches para Belle. Se había fijado en que en el hospital había mucho besuqueo. Se alegró de que al ponerse en pie nadie lo mencionara.

—Hasta mañana.

Se despertó temprano y decidió dar un paseo antes de desayunar. Había dormido bien, pero se dijo que le convenía airearse un poco del ambiente del hospital. No era que estuviera demasiado preocupado por el cambio de Belle. Pensó que era posible, e incluso probable, que volviera a la normalidad ese mismo día, o al siguiente. Quizá ni se acordara de la historia que le había contado. Ojalá.

El sol estaba bien alto, como correspondía a la época del año, y los autobuses y los tranvías iban ya bastante llenos. Caminó hacia el sur antes de girar hacia el oeste por Dundas Street, y al cabo de un rato se encontró en el barrio chino, del que había oído hablar. Los tenderos trajinaban con carretillas cargadas de verduras, unas reconocibles y muchas que no lo eran tanto, y de los escaparates colgaban animales pequeños despellejados, al parecer comestibles. Camiones mal aparcados y gritos apremiantes en chino invadían la calle. Chino. Por el clamor estridente de sus voces daba la impresión de que estuvieran en medio de una guerra, aunque para ellos seguramente fuera algo cotidiano. Aun así Jackson sintió necesidad de apartarse y se metió en un restaurante, regentado por chinos pero donde servían el desayuno clásico de huevos con beicon. Al salir, su intención era volver al hospital desandando el camino.

Y, sin embargo, cuando se dio cuenta había echado a andar de nuevo hacia el sur. Iba por una calle residencial de casas de ladrillo altas y un tanto estrechas, probablemente construidas antes de que la gente de la zona sintiera la necesidad de aparcar el coche en la puerta, o antes incluso de que tuviera coche. Antes de que existieran los coches y demás. Siguió andando hasta una señal que indicaba Queen Street, una calle de la que había oído hablar. Giró hacia el oeste y caminó hasta que, unas manzanas más allá, se encontró con un obstáculo. Delante de una bollería había un pequeño corro de gente.

Una ambulancia montada en la misma acera bloqueaba el paso. Algunos se quejaban del retraso y preguntaban en voz alta si les parecía correcto aparcar así una ambulancia, mientras que a otros se los veía bastante tranquilos y comentaban los posibles motivos de aquella irregularidad. Llegó a mencionarse la muerte, y algunos de los curiosos nombraron a varios candidatos mientras otros decían que era la única excusa legal para que el vehículo estuviera donde estaba.

Al final sacaron a un hombre sujeto con correas a la camilla, que no debía de estar muerto, porque de lo contrario le hubieran tapado la cara, pero sí inconsciente y con la piel gris como el cemento. No lo sacaron por la puerta de la bollería, como algún guasón había anunciado, en una especie de indirecta a la calidad de los bollos, sino por la puerta de entrada a la casa de vecinos. Era un respetable edificio de ladrillo de cinco plantas, con una lavandería automática y la bollería en el bajo. El nombre tallado en la puerta principal sugería un pasado orgulloso, con un punto de locura.

Bonnie Dundee. Una casa de huéspedes con el nombre de la marcha oficial del ejército canadiense.

Un hombre sin el uniforme del personal de emergencias salió el último. Miró con exasperación al corro de espectadores, que ya hacían amago de dispersarse. Solo faltaba oír el aullido solemne de la ambulancia al arrancar y alejarse a toda velocidad por la calle.

Jackson fue uno de los que no se molestaron en apartarse. No hubiera dicho que todo aquello le despertara curiosidad, sino más bien que esperaba el inevitable momento de dar media vuelta. El hombre que había salido del edificio se acercó a preguntarle si tenía prisa.

No. No especialmente.

Era el propietario del edificio. El hombre al que se habían llevado en la ambulancia era el portero.

—He de ir al hospital a ver qué le pasa. Ayer estaba como una rosa. Ni una queja. No puedo recurrir a nadie de por aquí cerca, me temo. Y lo peor es que no encuentro las llaves. Él no las lleva encima y no están donde suele guardarlas. Y como tengo que ir a mi casa a buscar una copia, me preguntaba si podría usted vigilar un poco todo esto hasta que yo vuelva. Tengo que ir a mi casa y al hospital. Podría pedírselo a alguno de los inquilinos, pero prefiero no hacerlo, no sé si me explico. No quiero que me den la lata, cuando yo mismo aún no sé qué pasa.

Volvió a preguntarle a Jackson si no le importaba, y Jackson dijo que no, que no se preocupara.

—Esté al tanto de quién entra y sale, pida que le enseñen las llaves. Dígales que hay una emergencia, pronto se arreglará.

A punto ya de irse, se volvió.

—Si quiere, puede sentarse.

Había una silla en la que Jackson no se había fijado. La habían dejado plegada a un lado para que no estorbara a la ambulancia. Era una de esas sillas de lona sencillas, pero bastante cómoda y recia. Jackson le dio las gracias y la colocó en un sitio donde no molestara a los transeúntes o a los residentes del edificio. Nadie le prestó atención. Jackson había estado a punto de comentarle al propietario que también debía volver al hospital en breve, pero el hombre iba con prisas y bastantes cosas tenía ya en la cabeza. Además le había asegurado que volvería en cuanto pudiera.

Al sentarse Jackson se dio cuenta de cuánto rato llevaba de pie, caminando de aquí para allá.

El hombre le había ofrecido que se pidiera un café o algo de comer en la bollería.

—Basta con que les diga mi nombre.

Sin embargo Jackson ni siquiera sabía cómo se llamaba.

Al volver, el propietario se disculpó por el retraso. El hombre al que se habían llevado en ambulancia había muerto. Había tenido que ocuparse de todos los trámites. Y de hacer otro juego de llaves. Tome, aquí están. Se celebraría algún tipo de funeral para los inquilinos más antiguos del edificio. Una esquela en el periódico quizá trajera a algunas personas más. Iban a ser unos días engorrosos, hasta que todo se solucionara.

Resolvería el problema. Si Jackson podía. Temporalmente. Solo temporalmente.

Jackson se oyó decir, sí, por él perfecto.

Si necesitaba un poco de tiempo, se podría organizar. Oyó decir al hombre, su nuevo jefe. Hasta después del funeral y de que se deshiciera de algunas posesiones personales. O sea que, si quería, disponía de unos días para arreglar sus asuntos y hacer el traslado como es debido.

No sería necesario, dijo Jackson. Sus asuntos estaban arreglados y todas sus pertenencias las llevaba encima.

Eso despertó cierto recelo, como es natural. A Jackson no le sorprendió enterarse un par de días más tarde de que su nuevo patrón había hecho una visita a la policía, aunque al parecer fue bien. Simplemente lo tomaron por uno de esos solitarios que se meten hasta el cuello en algún asunto, pero que a fin de cuentas no infringen ninguna ley.

Al menos parecía que nadie andaba en su busca.

Por norma Jackson prefería a los inquilinos mayores. Por norma, solteros. No de esos que podrían llamarse muertos vivientes, sino gente con intereses. A veces incluso talento. Esa clase de talento que, tras revelarse una vez y permitir que alguien se ganara un tiempo la vida, no duraba siempre. Un comentarista de radio que había sido popular en los años de la guerra, pero que ahora tenía las cuerdas vocales destrozadas. Aunque la mayoría de la gente quizá pensara que había muerto, vivía en un cuarto amueblado de soltero, al tanto de las noticias y suscrito al *Globe and Mail*, que le pasaba luego a Jackson por si había algo de interés para él.

Una vez lo hubo.

Marjorie Isabella Treece, hija del antiguo columnista del *Toronto Evening Telegram*, Willard Treece, y de Helena Treece (de soltera, Abbott), además de antigua amiga de Robin Ford (de soltera, Shillingham), ha fallecido tras una valiente lucha contra el cáncer. Tenga la bondad de notificarse en el periódico de Oriole. 18 de julio, 1965.

No se mencionaba dónde había vivido hasta su muerte. Probablemente en Toronto, teniendo en cuenta la relevancia de Robin en la nota. Quizá había durado más de lo esperado, y puede que incluso con holgura y ánimos razonables, hasta que se acercó el final, claro. Belle siempre había demostrado tener un don para adaptarse a las circunstancias. Más, tal vez, que el que tenía el propio Jackson.

No es que se dedicara a pensar mucho en las habitaciones que había compartido con ella o en el trabajo que había hecho en su casa. No hacía falta: esas cosas normalmente afloraban en sueños, y su sensación entonces era más de exasperación que de añoranza, como si tuviera que ponerse a trabajar enseguida para terminar algo.

A los huéspedes de la pensión Bonnie Dundee por costumbre los incordiaba cualquier clase de mejoras, pensando que repercutirían en su alquiler. Jackson los convencía, con modales respetuosos y buen sentido de la economía. El edificio mejoró y empezó a haber lista de espera. El dueño se quejaba de que acabaría convirtiéndose en un refugio de viejos chiflados, pero Jackson decía que por lo general eran más limpios que la media y ya no estaban en edad de cometer fechorías. Había una mujer que había tocado en la Sinfónica de Toronto, y un inventor que aún no había dado en el clavo con sus inventos pero mantenía la esperanza, y un actor húngaro refugiado cuyo acento le perjudicaba pero que aún salía en un anuncio en algún lugar del mundo. Todos eran muy correctos, y de algún lado sacaban el dinero para ir al restaurante Epicuro y pasar la tarde contándose historias. Además tenían algunos amigos que sí eran famosos de verdad y que de vez en cuando se pasaban de visita. Y no desmerecía contar en la pensión Bonnie Dundee con un predicador a domicilio, que a pesar de mantener una relación delicada con su iglesia, cualquiera que fuese, siempre estaba disponible para oficiar cuando se lo requería.

Cierto que la gente tenía la costumbre de apurar hasta la última moratoria de pago, pero al menos no se largaban corriendo.

Una excepción fue una pareja joven, una tal Candace y un tal Quincy, que se fugaron en plena noche sin zanjar el alquiler. Resultó que había sido el dueño quien estaba al cargo el día en que llegaron buscando habitación, y luego se disculpó por su mala elección con la excusa de que hacía falta una cara nueva en el edificio. La cara de Candace, no la del novio. El novio era un capullo.

Un día de verano de mucho calor, Jackson abrió de par en par la puerta trasera, la del servicio, para que entrara el poco aire que corría mientras barnizaba una mesa. Era una mesa preciosa que había conseguido por menos de nada, porque tenía el barniz desconchado. Pensó que iría bien en la entrada, para dejar el correo.

Pudo salir de la oficina porque el dueño estaba dentro, repasando unos alquileres.

El timbre de la puerta principal apenas se oía al fondo del pasillo. Jackson limpió el pincel para ir a atender, porque pensó que el dueño, enfrascado en los números, no querría interrupciones, pero al parecer no le importó, porque oyó que la puerta se abría y la voz de una mujer. Una voz al borde de la extenuación, y aun así capaz de mantener cierto encanto, la confianza absoluta de que lo que dijera conquistaría a quien la escuchara.

Seguramente había heredado aquel aplomo de su padre, el pastor, pensó Jackson, justo antes de que el impacto lo alcanzara de lleno.

Era la última dirección que tenía de su hija, dijo la mujer. Estaba buscando a su hija. Candace, su hija. Que quizá viajara con un amigo. Ella, la madre, había venido a buscarla desde la Columbia Británica. Desde Kelowna, donde vivían ella y el padre de la chica.

Ileane. Jackson reconoció su voz sin asomo de duda. Aquella mujer era Ileane.

Oyó que preguntaba si podía sentarse un momento. Entonces el dueño le acercó su silla, la silla de Jackson.

En Toronto hacía más calor del que se esperaba; aunque conocía Ontario, se había criado allí.

Se preguntaba si sería mucha molestia que le pidiera un vaso de agua.

Debía de haber recostado la cabeza entre las manos, porque la voz sonó un tanto apagada. El dueño salió al pasillo y echó unas monedas en la máquina para sacar un 7UP. Quizá le pareció un refresco más propio de damas que la Coca-Cola.

Vio a Jackson asomado escuchando, y con un gesto le indicó que se ocupara de la mujer, quizá porque lo creía más acostumbrado a tratar con inquilinos afligidos, pero Jackson negó rotundamente con la cabeza.

No.

La aflicción de la mujer no duró mucho.

Le pidió disculpas al propietario, y él le dijo que el calor hoy en día podía jugar malas pasadas.

Y a propósito de Candace. Se habían marchado ese mismo mes, hacía unas tres semanas. No habían dejado ninguna dirección.

—En casos como estos, suele pasar.

La mujer captó la insinuación.

—Por supuesto yo puedo saldar…

Tras algunos murmullos y susurros, la cuestión quedó zanjada.

—Supongo que no me puede dejar ver dónde vivían… —dijo luego la mujer.

—Ahora mismo el inquilino no está en casa, pero aunque estuviera no creo que le pareciera bien.

—Claro, qué tontería.

—¿Hay algo en lo que tenga un particular interés?

—Oh, no. No. Qué amable ha sido. Le estoy entreteniendo.

La mujer se había levantado para irse. Salieron de la oficina, bajaron el par de escalones hasta la puerta principal. Entonces la puerta se abrió y los ruidos de la calle se tragaron los saludos de despedida de la mujer, si los hubo.

Aunque se hubiera llevado una desilusión, saldría adelante con entereza.

Jackson salió de su escondite cuando el propietario volvió a la oficina.

—Sorpresa. Hemos recuperado el dinero —fue todo lo que dijo el dueño.

Era un hombre en esencia indolente, cuando menos respecto a los asuntos personales. Un rasgo que Jackson apreciaba de él.

Desde luego le habría gustado verla. Ahora que se había ido, Jackson casi lamentaba haber desperdiciado la ocasión. Jamás caería en la bajeza de preguntarle al propietario si la mujer seguía teniendo el mismo pelo oscuro, casi negro, y aquella figura alta y esbelta, con muy poco pecho. No recordaba bien a la hija. Era rubia, pero seguramente teñida. No tendría más de veinte años, aunque hoy en día era difícil saberlo. Se veía que el novio la ataba muy corto. Huir de casa, huir de las facturas, romper el corazón de unos padres, todo por un tipejo como aquel.

¿Dónde estaba Kelowna? En algún sitio hacia el oeste. Alberta, la Columbia Británica. Un largo viaje para lanzarse en busca de una hija. Sin duda aquella madre era una mujer tenaz. Una optimista. Probablemente seguía siéndolo. Se había casado. A menos que fuera madre soltera, aunque Jackson no lo creía. Se habría asegurado, la próxima vez se habría cerciorado de no ser de las que acaban en tragedia. La hija tampoco sería de esas. Volvería a casa cuando se cansara. Quizá llevara un bebé a cuestas, pero eso ahora estaba a la orden del día.

Poco antes de Navidad, en el año 1940, hubo un alboroto en el instituto. El jaleo llegó al tercer piso, donde el clamor de las máquinas de escribir y las calculadoras solía mantener a raya los ruidos de abajo. Allí arriba estaban las chicas más mayores de la escuela, las que el año anterior habían estudiado latín y biología e historia europea, y que ahora aprendían mecanografía.

Una de ellas se llamaba Ileane Bishop, que curiosamente era hija de un reverendo, aunque en la iglesia unida de su padre no hubiera obispos. Ileane había llegado al pueblo con su familia al comienzo del bachillerato, y durante cinco años, por la costumbre de distribuir los asientos siguiendo el orden alfabético, se sentó detrás de Jackson Adams. A esas alturas el resto de la clase había aceptado la extraordinaria timidez y el silencio de Jackson, pero, por ser nuevos para Ileane, en aquellos cinco años consiguió irlos venciendo poco a poco. Pedía que le prestara gomas, plumillas e instrumentos de geometría, no tanto para romper el hielo, como porque era atolondrada por naturaleza. Intercambiaban las respuestas de los problemas y se puntuaban las pruebas. Cuando se encontraban por la calle se saludaban, y a ella le parecía que el saludo de Jackson era más que un murmullo, e incluso advertía cierto énfasis. No iban mucho más allá, salvo porque compartían ciertas bromas. Ileane no era tímida, pero sí inteligente y distante, y no especialmente popular, y eso debía de encajar bien con el temperamento de Jackson.

Desde lo alto de la escalera, cuando todo el mundo salió a ver qué pasaba, Ileane se sorprendió al ver que Jackson era uno de los dos chicos que armaban el jaleo. El otro era Billy Watts. Chicos que apenas el año anterior se encorvaban sobre los libros e iban obedientemente de una clase a la otra con andar cansino, de pronto parecían transformados. Con los uniformes del ejército se los veía el doble de corpulentos, y hacían mucho barullo al trotar de un lado a otro con las botas militares. Iban anunciando a gritos que aquel día se suspendían las clases, porque todo el mundo debía participar en la guerra. Repartían cigarrillos a diestro y siniestro, tirándolos al suelo, de donde los recogían críos que todavía ni se afeitaban.

Guerreros despreocupados, invasores bullangueros. Borrachos hasta las cejas.

—No soy ningún tacaño —repetían a gritos.

El director trataba de echarlos, pero como eran los primeros tiempos de la guerra y aún se miraba con cierto respeto reverencial a los muchachos que se habían alistado, no fue capaz de mostrarse tan tajante como lo habría hecho un año más tarde.

—Vamos, vamos —decía.

—No soy ningún tacaño —le dijo Billy Watts.

Jackson probablemente había abierto la boca para decir lo mismo, pero en ese momento sus ojos se encontraron con los de Ileane Bishop y al mirarse hubo cierto intercambio de información.

Ileane Bishop se dio cuenta de que Jackson estaba borracho de verdad, pero solo hasta el punto de poder hacerse el borracho y ser capaz de controlar la embriaguez que exteriorizaba. (Billy Watts estaba borracho como una cuba, sin más.) Al percatarse de la situación, Ileane bajó las escaleras sonriendo y aceptó un cigarrillo, que sostuvo apagado entre los dedos. Luego salió de la escuela flanqueada por los dos héroes, con uno de cada brazo.

Una vez fuera encendieron los cigarrillos.

Más tarde hubo opiniones encontradas en la congregación del padre de Ileane. Algunos decían que Ileane en realidad no había fumado, solo lo había fingido para calmar a los chicos, mientras que otros decían que desde luego que sí. Que había fumado. La hija de su pastor. Fumando.

Billy rodeó a Ileane con los brazos e intentó besarla, pero tropezó, y al caer y quedar sentado en la escalinata de la escuela, se puso a cacarear como un gallo.

Dos años después estaría muerto.

Entretanto había que llevarlo a casa a rastras, así que Jackson lo levantó y se lo echó a la espalda. Por suerte no vivía lejos de la escuela. Allí lo dejaron, inconsciente, en las escaleras. Luego se pusieron a hablar.

Jackson no quería irse a casa. ¿Por qué no? Porque estaba su madrastra, dijo. Odiaba a su madrastra. ¿Por qué? Por nada.

Ileane sabía que su madre había muerto en un accidente de coche cuando era muy pequeño; a veces era la excusa que se daba para explicar su timidez. Ileane creyó que seguramente el alcohol lo hacía exagerar, pero no intentó tirarle de la lengua.

—Vale —dijo—. Entonces puedes quedarte en mi casa.

Daba la casualidad de que la madre de Ileane estaba fuera, cuidando de una abuela enferma. Mientras tanto Ileane se ocupaba de las tareas domésticas y atendía sin orden ni concierto a su padre y sus dos hermanos menores. Fue una pena, en opinión de algunos. No es que su madre hubiera puesto el grito en el cielo, pero habría querido conocer los pormenores, ¿quién era este muchacho? Por lo menos habría hecho que Ileane fuera a la escuela como de costumbre.

Un soldado y una chica, en tratos tan íntimos de repente. Y sin que hasta el momento hubiera habido más que logaritmos y declinaciones entre ellos.

El padre de Ileane no les hizo mucho caso. La guerra le interesaba más de lo que algunos de sus feligreses creían conveniente para un pastor, así que era un motivo de orgullo tener a un soldado en casa. Además se apenaba de no poder mandar a su hija a la universidad. Ahorraba para poder mandar algún día a sus hijos, que tendrían que ganarse el sustento. Por eso era más indulgente con Ileane.

Jackson e Ileane no iban al cine. No iban al salón de baile. Iban a pasear, hiciera el tiempo que hiciera, y a menudo después del anochecer. A veces iban al restaurante a tomar café, pero no se esforzaban por ser amables con nadie. ¿Qué les pasaba?, ¿se estaban enamorando? Al caminar a veces se rozaban las manos, y Jackson se obligó a acostumbrarse. Y cuando Ileane pasó de lo accidental a lo deliberado, Jackson se dio cuenta de que también podía acostumbrarse a eso, si superaba una ligera aprensión.

Se fue tranquilizando, e incluso estaba preparado para besarse.

Ileane fue sola a casa de Jackson a buscar su macuto. La madrastra le mostró su brillante dentadura postiza y quiso aparentar que estaba dispuesta a divertirse un poco.

Preguntó qué tramaban.

—Más te vale andarte con ojo —dijo.

Tenía fama de escandalosa. De malhablada, más bien.

—Pregúntale si se acuerda de que en otros tiempos era yo quien le lavaba el culo —dijo.

Ileane, al contárselo, le dijo que ella en cambio había sido especialmente fina, incluso pretenciosa, porque no soportaba a la mujer.

Sin embargo Jackson se sonrojó, acorralado y muerto de vergüenza, igual que cuando le hacían una pregunta en la escuela.

—No debería haberla mencionado —dijo Ileane—. Viviendo en la casa parroquial, te acostumbras a caricaturizar a la gente.

Jackson dijo que no pasaba nada.

Aunque entonces no lo supieran, fue el último permiso de Jackson. Luego se escribieron. Ileane le contó que había acabado mecanografía y taquigrafía y que había encontrado trabajo en el registro municipal. Era decididamente irónica con todo, más que cuando estudiaban. A lo mejor pensaba que estando en la guerra le iría bien un poco de humor. Y se empeñaba en estar enterada de todos los rumores. Cuando había que arreglar matrimonios apresurados a través del registro municipal, aludía a la novia virgen.

Y cuando mencionaba a algún cura que visitaba la casa parroquial y dormía en el cuarto de invitados, se preguntaba si el colchón induciría sueños raros.

Jackson le escribió acerca de las multitudes hacinadas en el *Île de France* y los rodeos para esquivar a los submarinos alemanes. Cuando llegó a Inglaterra se compró una bicicleta y le hablaba de los lugares a los que iba pedaleando, si no estaban fuera de los límites.

Sus cartas, a pesar de ser más prosaicas que las de Ileane, siempre iban firmadas «Con amor». Cuando llegó el día D hubo un silencio que a ella le pareció agónico, aunque entendía perfectamente que fuera inevitable, hasta que Jackson pudo volver a escribirle diciéndole que todo estaba en orden, aunque no le permitían dar detalles.

En esa carta habló, igual que lo había hecho ella, de matrimonio.

Y por fin llegó el día de la victoria de los Aliados en Europa y el viaje de vuelta a casa. Jackson le describió el cielo estival, lleno de estrellas fugaces.

Ileane había aprendido a coser. Se estaba haciendo un vestido de verano nuevo para celebrar su regreso, un vestido de rayón verde lima con falda de vuelo y manga ranglan, que se ceñiría con un cinturón fino de cuero sintético dorado. Pensaba ponerse una cinta de la misma tela verde en la pamela.

«Toda esta descripción es para que me reconozcas y no vayas corriendo al encuentro de alguna otra mujer bonita que ande por la estación.»

Jackson le mandó una carta desde Halifax, diciéndole que llegaría en el tren de la noche, el sábado siguiente. Dijo que la recordaba a la perfección y no había riesgo de que la confundiera, aunque aquella noche hubiera todo un enjambre de mujeres en la estación.

La última noche antes de que Jackson partiera al frente, se habían quedado hasta tarde en la cocina de la casa parroquial, donde colgaba el retrato del rey Jorge VI que aquel año se veía en todas partes. Al pie, había una cita.

Y al hombre que custodiaba las puertas del año le dije: «Dame una luz con la que adentrarme sin peligro en lo desconocido».
Y él contestó: «Adéntrate en las tinieblas y pon tu mano en la mano de Dios. Así irás mejor que con cualquier luz y caminarás más tranquilo que por cualquier camino conocido».

Luego subieron en silencio y Jackson se fue a la cama del cuarto de invitados. Debieron de acordar que ella acudiría después, pero quizá él no había entendido muy bien para qué.

Fue un desastre. Pero, a juzgar por cómo se comportó Ileane, puede que ni siquiera se diera cuenta. Cuanto más desastroso era, más frenesí le ponía ella. Jackson no vio el modo de detenerla, ni de explicárselo. ¿Era posible que una chica supiera tan poco? Al final se separaron como si todo hubiera ido bien. Y a la mañana siguiente se despidieron en presencia del padre y los hermanos. Al cabo de poco empezaron las cartas.

Jackson se emborrachó y lo intentó una vez más, en Southampton, pero la mujer no se anduvo con rodeos.

—Ya basta, nene, lo tuyo no tiene arreglo.

Una cosa que no le gustaba era que las mujeres o las chicas se emperifollaran. Guantes, sombreros, frufrú de faldas, le parecían exigencias y molestias innecesarias, pero ¿cómo iba a saberlo Ileane? Verde lima. Jackson no estaba seguro de conocer el color. Sonaba ácido.

Entonces se le ocurrió, sin proponérselo, que bastaba con no aparecer.

Ileane quizá se dijera que debía de haber confundido la fecha, o puede que se lo dijera a alguien. Jackson se convenció de que se le ocurriría alguna mentira. Era una chica con recursos, después de todo.

En cuanto la oye salir a la calle, a Jackson lo acomete el deseo de verla. Sería incapaz de preguntarle al propietario qué aspecto tenía la mujer, si su pelo era oscuro o canoso, si aún era delgada o había echado carnes. Le parecía un prodigio que su voz, a pesar de la aflicción del momento, siguiera idéntica. Atrayendo todo el peso hacia sí misma, a sus modulaciones musicales, a la vez que se deshacía en excusas.

Había venido de muy lejos, pero era una mujer tenaz. Era evidente.

Y la hija volvería. Demasiado consentida para desligarse. Cualquier hija de Ileane estaría consentida, amoldaría el mundo y la verdad a su antojo, como si nada pudiera frustrarla demasiado tiempo.

Si hubiera visto a Jackson, ¿lo habría reconocido? Creía que sí. A pesar de los cambios. Y lo habría perdonado, allí mismo. Para mantener viva la idea que tenía de sí misma, siempre.

Al día siguiente no quedaba ni rastro del alivio que Jackson sintió al pensar que Ileane había pasado de largo por su vida. Ahora que conocía el lugar, podría volver. Quizá se instalara un tiempo en la ciudad y se dedicara a recorrer las calles en busca de un rastro reciente. Indagando sobre tal o cual persona, con una humildad que en realidad no era humildad, con aquella voz suplicante pero también antojadiza. Se la podía encontrar de frente cualquier día al ir a abrir la puerta. Sorprendida solo un momento, como si lo esperara desde siempre. Barajando ante él las posibilidades de la vida, convencida de poder hacerlo.

La cuestión se podía zanjar, solo hacía falta un poco de determinación. De pequeño, con seis o siete años, zanjó las bromas de su madrastra, lo que ella llamaba bromas o travesuras. Salió corriendo a la calle en medio de la oscuridad y, aunque su madrastra consiguió hacerlo entrar de nuevo, se dio cuenta de que se escaparía de verdad si no paraba de una vez, de manera que paró. Y se quejaba de que fuera tan soso, porque ya no podría decir que alguien la odiaba.

Jackson pasó tres noches más en el edificio llamado Bonnie Dundee. Preparó una cuenta para el dueño de cada vivienda y anotó cuándo vencían los gastos de mantenimiento, y en qué consistirían. Comentó que debía ausentarse un tiempo, sin indicar por qué ni adónde. Vació la cuenta corriente del banco y reunió sus pocas pertenencias. Por la tarde, a última hora, subió al tren.

Durmió a ratos durante la noche, y en uno de esos retazos vio a los chiquillos menonitas pasar en su carreta. Oyó sus vocecitas cantando.

A la mañana siguiente se bajó en Kapuskasing. Le llegó el olor de los aserraderos, y el aire frío le dio ánimos. Trabajo habría, seguro que habría trabajo en un pueblo maderero.

A la vista del lago

Una mujer va a su médico para que le haga una nueva receta, pero la doctora no está. Es su día libre. De hecho la mujer se ha equivocado de día, ha confundido el lunes con el martes.

Eso es precisamente lo que quería comentarle a la doctora, además de pedirle la receta. Ha empezado a preguntarse si se le está yendo un poco la cabeza.

—No me hagas reír —confía que dirá la doctora—. La cabeza. A ti, nada menos.

(No es que la doctora la conozca tanto, pero tienen amistades en común.)

En lugar de eso, la ayudante de la doctora llama al día siguiente para decirle que la receta está lista y que le han concertado una cita para que un especialista examine a la mujer, que se llama Nancy, por el problema de su cabeza.

No es la cabeza. Solo la memoria.

Bueno, lo que sea. El especialista trata sobre todo a ancianos.

Claro. A viejos chiflados.

La chica se ríe. Por fin alguien se ríe.

Le explica que la consulta del especialista está en un pueblecito llamado Hymen, a unas veinte millas de donde vive Nancy.

—Ay, querida, un especialista matrimonial —dice Nancy.

La chica no lo capta. ¿Cómo dice?, pregunta.

—No importa, allí estaré.

Desde hace unos años hay especialistas diseminados por toda
la región. El TAC se hace en un pueblo, el cáncer se trata en otro,
los problemas pulmonares en un tercero, y así. La idea es que no
haya que viajar hasta el hospital de la ciudad, pero al final se tarda
casi lo mismo, porque no en todos los pueblos hay un hospital, y
al llegar hay que averiguar dónde está el médico.

Por esa razón Nancy decide irse en coche al pueblecito del especialista en viejos chiflados, como se le ocurre llamarlo, el día
antes de la cita, por la tarde. Debería darle tiempo de sobras para
buscar la consulta, y no correrá el riesgo de ir con nervios o incluso llegar un poco tarde al día siguiente, causando de entrada una
mala impresión.

Su marido podría acompañarla, pero Nancy sabe que quiere
ver un partido de fútbol por televisión. Es un economista que se
pasa la mitad de la noche viendo deportes y la otra mitad trabajando en su libro, aunque a Nancy le pide que diga que está jubi-
lado.

Quiere apañárselas sola para encontrar el sitio. La chica de
la consulta de su médico le ha dado indicaciones para llegar al
pueblo.

Hace una tarde preciosa. Cuando sale de la autopista y sigue
hacia el oeste, se da cuenta de que el sol le da de cara y la encan-
dila, pero si se pone bien erguida y levanta la barbilla consigue
que la visera le dé sombra en los ojos. Además tiene unas buenas

gafas de sol. Alcanza a leer el indicador que le anuncia que aún faltan ocho millas hasta Highman.

Highman. Así que ese era el nombre del pueblo. Población: 1.553 habitantes.

¿Por qué ponen el 3?

Todas las almas cuentan.

Tiene la costumbre de visitar pueblos pequeños por gusto, para ver si sería capaz de vivir en ellos. Highman parece reunir las condiciones. Un mercado decente donde conseguir verdura más o menos fresca, aunque lo más probable es que no proceda de los campos aledaños, café pasable. También una lavandería de autoservicio, y una farmacia donde conseguir todos los medicamentos, aunque las revistas dejaran mucho que desear.

Se ve a primera vista que el pueblo ha conocido tiempos mejores. Un reloj que ya no da la hora preside un escaparate que promete joyería fina pero parece atestado de toda clase de porcelana vieja, vasijas y baldes y guirnaldas hechas con cables retorcidos.

Se detiene a echar un vistazo a la quincalla porque ha decidido aparcar delante de la tienda donde está expuesta. Cree que puede buscar la consulta de ese médico dando un paseo. Y enseguida, antes de que pueda darle una verdadera satisfacción, ve un edificio de ladrillo oscuro de una planta que sigue el estilo utilitario del siglo pasado y Nancy cree que ha encontrado lo que anda buscando. Los médicos de los pueblos pequeños solían atender en consultas integradas en las casas donde vivían, pero con el tiempo hubo que habilitar espacio para que aparcaran los coches, y montaban consultorios como este. Ladrillos ocres rojizos, y desde luego el cartel Médico/Dentista. Un aparcamiento detrás del edificio.

En el bolsillo lleva anotado el nombre del médico y saca el papel para comprobarlo. Sobre el cristal esmerilado se leen los nombres del Dr. H. W. Forsyth, Dentista, y el Dr. Donald McMillen, Generalista.

Ninguno de esos nombres figura en el pedazo de papel de Nancy. Y no es de extrañar, porque allí no hay nada escrito salvo un número. El del pie que calza la hermana de su marido, que está muerta. En el papel se lee O 7½. Tarda un rato en descifrar que la O garabateada es de Olivia. Solo recuerda vagamente algo relacionado con que había que comprarle unas zapatillas a Olivia cuando estaba en el hospital.

De todos modos eso no le sirve de nada.

Una solución podría ser que el médico que la visitará se acabe de mudar a ese edificio y aún no haya puesto su nombre en la puerta. Debería preguntar a alguien. Primero debería llamar al timbre, por la posibilidad remota de que quedara alguien trabajando hasta tarde. Cuando se decide, en cierto modo se alegra de que no acuda nadie, porque el nombre del médico al que busca por un momento se ha deslizado bajo la superficie de su mente.

Otra idea. ¿No sería lógico que el loquero, como ha decidido llamarlo dentro de su cabeza, no sería lógico que el doctor (o doctora: al igual que la mayoría de gente de su edad, de entrada no contempla esa posibilidad), que el doctor o doctora atienda en casa? Tendría sentido y sería más barato. No se necesitan muchos aparatos para atender a los locos.

Así que Nancy echa a andar, alejándose de la calle principal. Ha recordado el nombre del médico al que busca, como suele ocurrir cuando el momento crítico queda atrás. Las casas por las que pasa son en su mayoría del siglo XIX. Algunas de madera, otras de ladrillo. Las de ladrillo, normalmente, de dos pisos; las de madera, un poco más modestas, de una planta con buhardilla. Algunas tienen la puerta de entrada apenas a unos pasos de la acera. Otras dan a galerías amplias, a veces acristaladas. Hace un siglo, en una tarde como esta, la gente estaría tomando el fresco en las galerías de sus casas, o en los escalones del porche. Las amas de casa habrían terminado de lavar los platos y barrer la cocina por última vez ese día, los hombres habrían recogido la manguera después de regar el césped. Nada de muebles de jardín como los que ahora se veían vacíos, en un alarde absurdo. Bastaban los escalones de madera, o unas sillas de la cocina que se sacaban fuera. Conversaciones sobre el tiempo o un caballo fugitivo o alguien que ha caído enfermo y no se espera que mejore. Especulaciones al verla pasar, una vez se aleja y no los oye.

Aunque seguramente a esas alturas ya los habría tranquilizado, parándose a preguntar: ¿Por favor, pueden decirme dónde está la casa del médico?

Nuevo tema de conversación. ¿Para qué querrá al médico?

(Una vez se ha alejado y no puede oírlos.)

Ahora no hay nadie que no esté dentro con los ventiladores o el aire acondicionado en marcha. Aparecen los números de las casas, igual que en una ciudad. Ningún indicio de un médico.

Donde acaba la acera hay un edificio de ladrillo grande con tejado a dos aguas y una torre con un reloj. Quizá fuera una escuela, antes de que llevaran a los niños en autocar a un centro de aprendizaje más grande y gris. Las manecillas paradas en las doce, mediodía o medianoche, que por supuesto no es la hora correcta. Abundancia de flores de verano que parecen arregladas por manos profesionales: algunas se derraman de una carretilla, y otras de una cántara de leche tumbada de costado. Un cartel que no alcanza a leer porque el sol da de pleno. Sube por el césped para verlo desde otro ángulo.

Funeraria. Ve entonces el garaje anexo, donde seguramente se guarda el coche fúnebre.

Bah. Mejor será que siga a lo suyo.

Continúa caminando por una calle lateral donde hay casas muy bien cuidadas, lo que demuestra que incluso un pueblo de este tamaño puede tener su zona residencial. Aunque las casas son ligeramente distintas, en cierto modo todas parecen la misma. Piedra de colores discretos o ladrillo pálido, ventanas puntiagudas o redondeadas, un rechazo de la apariencia utilitaria, del estilo ranchero de décadas pasadas.

Ahí hay gente. No todos han podido encerrarse con sus aparatos de aire acondicionado. Un niño va en bicicleta, trazando diagonales por la calzada. Hay algo en su manera de llevar la bicicleta que resulta raro, y al principio Nancy no consigue distinguirlo.

Está pedaleando hacia atrás. Eso es lo que pasa. La chaqueta del niño ondea al viento de tal manera que no se veía (o por lo menos ella no veía) qué andaba mal.

Una mujer que parece mayor para ser la madre del crío, aunque se la ve muy estilizada y vivaracha, lo observa plantada en mitad de la calle. Sujeta una comba entre las manos mientras habla con un hombre que no puede ser su marido: se tratan con demasiada cordialidad.

La calle muere en esa curva. No va más allá.

Nancy, disculpándose, interrumpe a los adultos. Les dice que está buscando a un médico.

—No, no —dice—. No se alarmen. Solo busco su dirección. He pensado que quizá ustedes la sepan.

El problema viene cuando se da cuenta de que sigue sin recordar el nombre del médico. Así que, aunque tienen la delicadeza de disimular su sorpresa, tampoco pueden ayudarla.

El niño, en una de sus perversas incursiones, se acerca dando bandazos y por poco los atropella.

Risas. No hay reprimendas. Un perfecto salvajillo y se diría que casi lo aplauden. Comentan entre ellos que hace una tarde preciosa, y luego Nancy da media vuelta y se va por donde ha venido.

Solo que no desanda todo el camino, ni siquiera llega a la funeraria. A un lado hay un callejón en el que antes no ha reparado, tal vez porque al verlo sin pavimentar no ha pensado que un médico viva en esas condiciones.

No hay acera, y las casas están rodeadas de porquería. Un par de hombres parecen atareados bajo el capó de un camión, y a Nancy le da la impresión de que no debe interrumpirlos. Además acaba de atisbar algo interesante un poco más allá.

Hay un seto que llega hasta la calle misma. Aunque el seto es alto y difícilmente podrá asomarse por arriba, cree que a lo mejor puede echar un vistazo a través.

No es necesario. Al pasar el seto se da cuenta de que el terreno, más o menos del tamaño de cuatro solares corrientes, queda abierto a la calle por la que va. Parece una especie de parque, con senderos de losas que cruzan en diagonal el césped floreciente y recién segado. Hay flores entre los senderos y salpicando el césped. Nancy reconoce algunas, como las margaritas doradas y de pétalos amarillo pálido, o las rosas de musgo blancas de corazón rosa, fucsia y rojo, pero no es una gran aficionada a la jardinería y hay macizos o caminitos de todos los colores que no sería capaz de nombrar. Algunas trepan por los enrejados, otras se extienden a su antojo. Todo con mucho arte, sin que nada resulte forzado, ni siquiera la fuente donde mana un chorro de un par de metros que cae en un estanque revestido de piedra. Nancy se ha acercado desde la calle para refrescarse con el rocío de la fuente, y encuentra un banco de forja donde sentarse.

Por uno de los senderos se acerca un hombre con unas tijeras de podar. No es de extrañar que los jardineros trabajen hasta tarde en un sitio como este. Aunque a decir verdad el hombre no tiene pinta de empleado. Es alto y enjuto de carnes, y viste camisa negra y pantalones entallados al cuerpo.

A Nancy no se le había ocurrido pensar que esto pudiera no ser un parque público.

—Qué lugar tan hermoso —le grita al hombre con un tono de aprobación cargado de confianza—. Qué bien cuidado lo tiene.

—Gracias —dice él—. Siéntese a descansar, no hay problema.

Cierta sequedad en el tono la informa de que no se trata de un parque sino de una propiedad privada, y de que el hombre no es un empleado del pueblo, sino el dueño de la finca.

—Debería haberle pedido permiso.

—No se preocupe.

Se agacha, absorto, a cortar de un tijeretazo una planta que invade el sendero.

—Esto es suyo, ¿verdad? ¿Todo?

Tras mantenerse ocupado un momento, el hombre contesta.

—Todo.

—Debería haberlo sabido. Un lugar demasiado imaginativo para ser público. Demasiado atípico.

No hay respuesta. Nancy tiene intención de preguntarle si disfruta sentándose allí por las tardes, pero al final decide que no vale la pena. No parece una persona de trato fácil. Más bien puede tratarse de uno de esos hombres que se enorgullecen precisamente de no serlo. Nancy le dará las gracias y se marchará enseguida.

Sin embargo, al cabo de un momento, el hombre se acerca y se sienta a su lado. Habla como si le hubieran hecho una pregunta.

—En realidad solo estoy a gusto cuando hago algo que requiere atención —dice—. Si me siento, tengo que apartar la vista de todo, o de lo contrario siempre veo algo por hacer.

Nancy debería haber sabido de inmediato que era un hombre poco amigo del sarcasmo. Aun así siente curiosidad.

¿Qué había antes allí?

¿Antes de que creara el jardín?

—Una tejeduría. Estos pueblecitos tenían esa clase de cosas, se las apañaban con los sueldos de hambre de la época, pero con el tiempo se fue a pique y a un constructor se le ocurrió convertir la fábrica en una residencia de ancianos. Entonces no sé qué problema hubo, el ayuntamiento no le dio la licencia, pensaron que habría mucha gente mayor y que el pueblo sería deprimente. Así que el constructor le prendió fuego o la derribó, no estoy seguro.

No es de por allí. Hasta ella se da cuenta de que si lo fuera no hablaría tan abiertamente.

—Yo no soy de por aquí —dice el hombre—. Aunque tenía un amigo que sí, y cuando murió vine a vender la propiedad. Mi intención era marcharme enseguida, pero entonces conseguí este terreno barato, porque el constructor no había dejado más que un agujero en el suelo y era una monstruosidad.

—Lamento si le he parecido indiscreta.

—No se preocupe. Si no me apetece contar algo, no lo hago.

—Nunca había estado aquí —dice Nancy—. Seguro que no, o habría visto este lugar. Estaba paseando en busca de algo. Pensaba que lo encontraría mejor si aparcaba el coche e iba andando. De hecho estoy buscando un consultorio médico.

No es que se encuentre mal, le explica, sino que tiene una cita al día siguiente y no quiere ir con prisas por la mañana. Le cuenta que ha aparcado el coche y que, para su sorpresa, el nombre del médico no figura en ningún lado.

—Tampoco he podido mirar en el listín telefónico, porque ya sabe que a estas alturas todos los listines y cabinas han desaparecido. O los que quedaban los han arrancado de cuajo. Temo empezar a parecerle boba.

Le dice el nombre del médico, pero el hombre dice que no le suena.

—Aunque la verdad es que yo no voy al médico.

—Sin duda es lo más inteligente.

—Bah, yo no diría tanto.

—Bueno, creo que es hora de que vuelva al coche.

El hombre, poniéndose también en pie, se ofrece a acompañarla.

—¿Para que no me pierda?

—No solo por eso. Siempre procuro estirar un poco las piernas a esta hora. Trabajando en el jardín, uno acaba agarrotado.

—Estoy segura de que tiene que haber una explicación lógica para este asunto del médico. ¿Usted nunca piensa que antes había explicaciones más lógicas de las cosas que ahora?

El hombre no contesta. Tal vez pensando en ese amigo que murió. Quizá el jardín sea un monumento al amigo muerto.

El silencio del hombre, en lugar de incomodarla, hace evocar a Nancy la frescura, la paz de la conversación.

Caminan sin encontrarse a un alma.

Pronto llegan a la calle principal, apenas a una manzana del edificio de los consultorios médicos. Al verlo la embarga cierta desazón y, aunque al principio no sabe por qué, enseguida se da cuenta. Se le ocurre una idea absurda pero inquietante al ver el edificio. ¿Y si el nombre correcto, el nombre con el que no consigue dar, aguarda allí desde el principio? Aprieta el paso, se nota temblorosa, y entonces, como tiene bastante buena vista, lee de lejos los dos nombres, tan inútiles como antes.

Finge que se ha dado prisa para mirar los cachivaches del escaparate, las muñecas con cabeza de porcelana y patines y orinales y edredones antiguos hechos jirones.

—Triste —dice.

El hombre no le presta atención. Dice que se le acaba de ocurrir algo.

—Ese médico —dice.

—¿Sí?

—Me pregunto si tendrá algo que ver con la residencia.

Han echado a andar de nuevo y pasan junto a un par de muchachos sentados en la acera, uno con las piernas estiradas al que deben sortear. El hombre no parece reparar en ellos, pero ha bajado la voz.

—¿La residencia? —pregunta ella.

—No la habrá visto si ha venido desde la autopista, pero si sale del pueblo hacia el lago, queda a un lado. No está a más de

una milla de aquí. Se pasa un montón de grava que hay en la orilla sur de la carretera, y está un poco más adelante, al otro lado.
No sé si tienen a un médico interno, pero por lógica deberían.

—Deberían —dice ella—. Por lógica.

Nancy espera que el hombre no crea que repite sus palabras
como un loro, por hacer una broma tonta. Aunque es verdad que
quiere seguir hablando con él, sean bromas tontas o lo que sea.

Pero entonces se le presenta otro de sus típicos problemas: ha
de pensar dónde ha puesto las llaves, algo que le ocurre a menudo
antes de montarse en el coche. Con frecuencia le preocupa habérselas dejado puestas o que se le hayan caído por ahí. Siente el
acecho familiar, tedioso, del pánico, pero entonces encuentra las
llaves, en el bolsillo.

—Merece la pena intentarlo —dice el hombre, y ella asiente—. Hay espacio de sobras para girar con el coche y echar un
vistazo. Si un doctor atiende allí con regularidad, su nombre no
tendría por qué figurar en el pueblo. O doctora, según sea el
caso.

Como si tampoco él tuviera mucha prisa por despedirse.

—Debo darle las gracias.

—No es más que una corazonada.

El hombre sujeta la puerta mientras Nancy se monta en el
coche, luego la cierra y espera a que tome la dirección correcta
antes de despedirse con la mano.

Conduciendo hacia la salida del pueblo, ve al hombre por el
retrovisor. Se ha inclinado a decirles algo al par de chicos u hombres jóvenes sentados en la acera con la espalda apoyada en la pared de la tienda. Por cómo los había ignorado antes, la sorprende
verlo hablando con ellos.

Quizá les haga un comentario, alguna broma sobre lo distraída o lo atontada que está. O simplemente sobre su edad. Un punto en su contra, siendo un hombre tan encantador.

Había pensado pasar a la vuelta por el pueblo para darle las gracias de nuevo y decirle si ha encontrado al doctor. Nada más pararía un momento para cambiar unas palabras por la ventanilla.

Sin embargo ahora decide que cogerá la carretera que bordea el lago y se mantendrá alejada de él.

Olvídalo. Ve que se acerca a la pila de grava, debe fijarse por dónde va.

Tal y como le ha dicho el hombre. Un indicador. Un letrero del Hogar de Reposo Vistas del Lago. Y es cierto, desde allí hay una vista del lago, una franja azul pálido en la línea del horizonte.

Un aparcamiento espacioso. El edificio consta de una única ala horizontal de lo que parecen compartimentos independientes, o por lo menos habitaciones amplias, con sus respectivos jardincitos o lugares donde tomar el fresco. Cada uno de ellos delimitado con una valla de celosía, por privacidad, o por seguridad. Aunque en ese momento no ve a nadie sentado fuera.

Claro que no. En esa clase de instituciones la gente se acuesta temprano.

Le gusta el toque de fantasía que da la celosía. Los edificios públicos han cambiado en los últimos años, al igual que las casas particulares. La apariencia severa, desangelada, la única que se permitía en su juventud, ha desaparecido. Aparca delante de una cúpula reluciente que da un aire de exceso acogedor, alegre. Imagina que habrá quien la encuentre postiza, pero ¿no es precisamente el efecto deseado? Seguro que todo ese cristal levanta el ánimo a los ancianos, o puede que incluso a gente no tan mayor, sino simplemente un poco tocada.

Al acercarse a la puerta busca un botón, un timbre al que llamar, pero no es necesario: la puerta se abre sola. Y una vez dentro percibe una expresión aún mayor de espacio, de amplitud, un tono azulado en el cristal. El suelo es todo de baldosas plateadas, de esas donde a los niños les encanta deslizarse, y por un instante imagina a los pacientes patinando y resbalando gustosamente por ese suelo, y la idea le alegra el corazón. Seguro que no es tan resbaladizo como parece, solo faltaría que la gente se desnucara.

«Yo no me atreví a intentarlo —dice con una voz encantadora a alguien dentro de su cabeza; a su marido, tal vez—. No hubiera sido de recibo, ¿no crees? Imagínate si me hubiera encontrado de frente con el médico que iba a examinar mi estabilidad mental, ¿qué me diría entonces?»

Ahora mismo no hay ningún médico a la vista.

Bueno, ¿cómo va a haberlo? Los médicos no se quedan sentados tras un mostrador esperando a que aparezcan pacientes.

Y ella ni siquiera ha ido a que la visiten. Tendrá que volver a explicar que solo quiere confirmar la hora y el lugar de la cita para el día siguiente. En realidad de pronto se siente bastante cansada.

Hay un mostrador curvado, que le llega a la cintura, revestido con madera oscura que parece caoba, aunque probablemente no lo sea. En ese momento no hay nadie atendiendo. Llega fuera de horas, claro está. Busca un timbre, pero no hay ninguno a la vista. Trata de encontrar una lista con los nombres de los doctores o el del médico de turno. Tampoco la ve por ningún lado. Sería de esperar que hubiera un modo de dar con alguien, sea la hora que sea. En estos sitios siempre hay alguien de guardia.

Tampoco se ve gran cosa detrás del mostrador. Ni ordenador, ni teléfono, ni papeles o botones de colores. Claro que no puede acceder al otro lado del mostrador, donde quizá haya una cerradura, o compartimentos que no alcanza a ver. Botones a los que una recepcionista pudiera alcanzar y ella no.

Opta por olvidarse del mostrador para mirar más detenidamente el espacio en el que se encuentra. Es un hexágono, con puertas colocadas a intervalos regulares. Cuatro puertas: una es la puerta grande por la que entran la luz y las visitas, otra es una puerta de aspecto oficial y restringido detrás del mostrador, de acceso no tan fácil, y las otras dos puertas, idénticas y situadas una enfrente de la otra, sin duda conducen a las alas alargadas, a los pasillos y habitaciones donde se alojan los internos. En ambas hay una abertura superior con un cristal por el que parece que se pueda ver el interior.

Se acerca a una de esas puertas de posible acceso y llama, antes de intentar girar el pomo sin conseguir moverlo. Está cerrado con llave. Tampoco distingue nada claramente a través del cristal, que de cerca es ondulado y distorsiona la visión.

En la puerta de enfrente el problema es el mismo, con el cristal y con el pomo.

El taconeo de sus zapatos en el suelo, la trampa del cristal, la inutilidad de los pomos bruñidos la desalientan más de lo que quisiera reconocer.

Aun así no se rinde. Vuelve a intentar abrir las puertas en el mismo orden, aunque ahora forcejeando con los pomos y gritando

«¿Hola?», con una voz que al principio suena trivial, tonta, y luego ofendida, aunque no más esperanzada.

Se mete como puede detrás del mostrador y aporrea esa puerta, sin apenas esperanza. Ni siquiera tiene pomo, solo el ojo de una cerradura.

No puede hacer otra cosa que salir de allí e irse a casa.

Todo muy alegre y elegante, piensa, pero aquí ni siquiera fingen estar al servicio del público. Sin duda acuestan temprano a los residentes o los pacientes o como quieran llamarlos, es la misma historia en todas partes, por sofisticado que sea el envoltorio.

Mientras va pensando estas cosas, empuja la puerta de entrada. Pesa demasiado. Empuja otra vez.

Otra vez. No se mueve.

Alcanza a ver las macetas de flores afuera, al aire libre. Un coche pasa por la carretera. La tenue luz del atardecer.

Debe pararse a pensar.

Allí dentro no hay luces artificiales. Pronto se quedará a oscuras. A pesar de la poca luz que entra de fuera, parece que ya esté oscureciendo. No vendrá nadie, todo el mundo ha cumplido con sus obligaciones, o al menos las obligaciones que los traían a esa parte del edificio. Adondequiera que se hayan retirado, allí se van a quedar.

Abre la boca para gritar pero parece que el grito no acude. Le tiembla todo el cuerpo y, por más que se esfuerce, no consigue que el aire le llegue a los pulmones. Es como si tuviera papel secante en la garganta. Asfixia. Sabe que debe cambiar de actitud. Calma. Calma. Respira. Respira.

No sabe si el pánico ha durado mucho o poco. Aunque el corazón le late con fuerza, ya se siente casi fuera de peligro.

Hay una mujer allí con ella que se llama Sandy. Eso pone en el broche que lleva prendido, y de todos modos Nancy la conoce.

—¿Qué vamos a hacer contigo? —dice Sandy—. Solo queremos ponerte el camisón. Y tú te empeñas en comportarte como una gallina temerosa de acabar en la cazuela. —Luego dice—: Debías de estar soñando. ¿Qué soñabas?

—Nada —dice Nancy—. Eran los tiempos en que mi marido estaba vivo y yo todavía conducía.

—¿Tienes un coche bonito?

—Un Volvo.

—¿Ves? No se te escapa una.

Dolly

Aquel otoño se habló de la muerte. De nuestra muerte. Franklin tenía entonces ochenta y tres años, y yo setenta y uno, así que naturalmente habíamos hecho planes del funeral (ninguno) y el entierro (inmediato) en una parcela ya comprada. Habíamos descartado la incineración, una opción extendida entre nuestros amigos. La muerte misma era la única cuestión que quedaba pendiente o librada al azar.

Un día que dábamos una vuelta en coche por el campo, no muy lejos de donde vivimos, encontramos un camino que no conocíamos. A pesar del tamaño imponente de los arces y los robles y demás árboles que había, eran tierras reforestadas. En otros tiempos hubo allí granjas, pastos, casas y graneros de los que no quedaba ni rastro. Era un camino sin asfaltar, pero no intransitado. Posiblemente pasaran varios vehículos al día. Quizá los camiones lo usaran como atajo.

Franklin dijo que eso era importante. De ninguna manera queríamos que pasaran uno o dos días, o incluso una semana, hasta que nos descubrieran. Tampoco queríamos dejar el coche abandonado y que la policía tuviera que abrirse paso entre los árboles en busca de unos restos que quizá fueran ya entretenimiento de los coyotes.

Además no debíamos elegir un día demasiado melancólico. Nada de lluvia ni de primeras nieves. Que las hojas hubieran cambiado de color, pero que resistieran aún en los árboles. Bañadas de oro, igual que ese día. Aunque quizá mejor que no luciera el sol, porque nos daría la sensación de que estropeábamos el dorado, el resplandor del día.

Discrepamos acerca de la nota. O sea, sobre si dejar una nota o no. A mí me parecía que debíamos una explicación. La gente tendría que saber que no era cuestión de que hubiera aparecido una enfermedad mortal, ni un dolor que ofuscara la perspectiva de una vida digna. Debían saber que se trataba de una decisión lúcida, casi alegre, podría decirse.

Irse cuando la cosa todavía va bien.

No. Me desdije. Qué frivolidad. Eso sería un insulto.

Para Franklin cualquier explicación era un insulto. No a los demás, sino a nosotros mismos. A nosotros mismos. Nos pertenecíamos a nosotros mismos y al otro, y cualquier explicación se le antojaba un lloriqueo.

Aunque lo entendía, yo seguía sin estar de acuerdo.

Y ese hecho concreto, que no nos pusiéramos de acuerdo, al parecer le quitó la idea de la cabeza.

Era una estupidez, dijo Franklin. A él quizá le valiera, pero yo era demasiado joven. Podíamos volver a hablarlo cuando tuviera setenta y cinco años.

Le dije que lo único que me preocupaba un poco era que se diera por hecho que en nuestras vidas no iba a pasar nada más. Nada que nos importara de verdad, nada por decidir.

Franklin dijo que acabábamos de tener una discusión, ¿qué más quería?

Ni siquiera hemos perdido las formas, le dije.

Nunca me he sentido más joven que Franklin, salvo quizá cuando la guerra surge en una conversación —me refiero a la Segunda Guerra Mundial—, cosa que hoy en día apenas se da. Para empezar, Franklin hace más ejercicio que yo. En una época fue el capataz de una de esas caballerizas donde alojan caballos de equitación, no de carreras. Aún va por allí dos o tres días por semana, monta su caballo y habla con el encargado, que de vez en cuando le pide consejo, pero Franklin dice que trata mantenerse al margen.

En realidad es poeta. Es un verdadero poeta y un verdadero domador de caballos. A veces ha trabajado un semestre en tal o cual universidad, pero nunca tan lejos que no pudiera mantenerse en contacto con los establos. Acepta invitaciones a recitales, aunque solo accidentalmente, como dice él. No hace hincapié en su faceta poética. A veces me molesta su actitud, me parece falso pudor, aunque en el fondo lo entiendo. Cuando uno cuida caballos, la gente puede ver que está ocupado; en cambio, cuando se compone un poema, uno parece en un estado de ociosidad que hace que se sienta un poco raro o avergonzado de tener que explicarse.

Otro problema tal vez sea que, aunque Franklin es un hombre reservado, el poema por el que mejor se le conoce es de los que la gente de por aquí —la región donde él se crió— suele tachar de obsceno. Bastante obsceno, le he oído decir al propio Franklin, no justificándose, sino quizá tratando de prevenir a alguien. Procura no herir las susceptibilidades de personas a las que conoce, aunque sea un gran defensor de la libertad de expresión en general.

No es que aquí no hayan cambiado las cosas en cuanto a lo que se puede decir en voz alta o leerse en letra impresa. Los premios ayudan, y aparecer en los periódicos también.

En mis años de profesora en el instituto no di clases de literatura, como cabría esperar, sino de matemáticas. Fue después, al estar de nuevo en casa, cuando la inquietud me movió a hacer otra cosa: empecé a escribir biografías prolijas, y espero que entretenidas, de novelistas canadienses que habían caído inmerecidamente en el olvido o nunca habían recibido la debida atención. Creo que no hubiera conseguido el trabajo de no ser por Franklin, y la reputación literaria de la que no hablamos: nací en Escocia y la verdad es que no conocía escritores canadienses.

Nunca habría concedido a Franklin ni a ningún otro poeta la compasión que me merecen los novelistas, es decir, al hecho de que se vayan extinguiendo hasta incluso desaparecer. No sé exactamente por qué. Tal vez porque considero la poesía más bien un fin en sí mismo.

El trabajo me gustaba, pensaba que merecía la pena y, después de años en las aulas, era un gusto recuperar el control y el silencio. Sin embargo llegaba un momento, digamos que hacia las cuatro de la tarde, cuando simplemente quería relajarme y disfrutar de un poco de compañía.

Y fue alrededor de esa hora un día lóbrego de encierro cuando una mujer llegó a mi puerta con un cargamento de cosméticos.

En cualquier otro momento no me habría hecho ninguna gracia, pero entonces me alegré de verla. Se llamaba Gwen, y dijo que no había pasado a verme antes porque le habían dicho que yo no era ese tipo de mujer.

—A saber a qué se referían —dijo—. Pero de todos modos pensé: deja que hable por sí misma, lo único que tiene que hacer es decir que no.

Le pregunté si le apetecía una taza del café que acababa de preparar y dijo que desde luego.

Igualmente ya había hecho bastante por hoy, dijo. Con un gemido dejó las cargas en el suelo.

—No llevas maquillaje. Yo tampoco lo haría si no estuviera en el negocio de los cosméticos.

Si no me lo hubiera dicho, habría pensado que en su cara había tan poco maquillaje como en la mía. Desnuda, cetrina, con un formidable nido de arrugas alrededor de la boca. Gafas que le agrandaban los ojos, que eran de un azul clarísimo. El único rasgo estridente era su pelo ralo teñido de rubio, con un flequillo recto que le tapaba la frente.

Quizá la había incomodado que la invitara a pasar. No dejaba de pasear su mirada inquieta por todas partes.

—Qué frío de perros hace hoy —dijo. Y acto seguido preguntó atropelladamente—: No veo ceniceros por aquí, ¿verdad?

Encontré uno en un armario. Sacó sus cigarrillos y se dejó caer en la silla con alivio.

—¿Tú no fumas?

—Fumaba.

—Claro, como todos.

Le serví el café.

—Lo tomo solo —dijo—. Ay, esto sí que es vida… Espero no haberte interrumpido. Qué hacías, ¿escribir cartas?

Y casi sin darme cuenta empecé a hablarle de los escritores a los que nadie recordaba, nombrando incluso a la autora sobre la que trabajaba en esos momentos. Martha Ostenso, que escribió un libro titulado *Wild Geese*, e infinidad de otros olvidados ya.

—¿Quieres decir que todo esto se publicará? ¿Que aparecerá impreso, como en el periódico?

En un libro, le dije. Exhaló el humo con cierto recelo, y me di cuenta de que quería hablarle de algo más interesante.

—Se supone que hay partes de la novela escritas por el marido, pero lo extraño es que su nombre no aparece en ninguna parte.

—Igual no quería que se burlaran de él —dijo Gwen—. Ya sabes, por miedo a lo que pudieran pensar de un hombre que escribe libros.

—No se me había ocurrido.

—Pero seguro que al dinero no le hacía ascos —dijo—. Ya conoces a los hombres.

De pronto sonrió y empezó a menear la cabeza.

—Debes de ser muy inteligente —dijo—. Espera a que vaya a casa y les cuente que he visto un libro que se está escribiendo.

Como me empezaba a incomodar el tema, le pregunté a quién tenía en casa.

No acabé de entender a cuántas personas nombraba, quizá ni siquiera lo intenté. No estoy segura del orden en que las mencionó, salvo que su marido fue el último y había muerto.

—El año pasado. Aunque oficialmente no era mi marido, ya me entiendes.

—El mío tampoco lo era —le dije—. Lo es, vaya.

—¿No me digas? Ahora se casan menos, ¿verdad? Antes te ponían verde, y ahora en cambio la gente solo dice, ¿y qué más da? Y luego están los que viven juntos un montón años y al final van y se casan. Y a esas alturas ¿para qué?, me pregunto yo. Pues será por los regalos, o será para emperifollarse y ponerse de blanco. Es de risa.

Dijo que tenía una hija que hizo toda la parafernalia y le fue tan bien que ahora estaba en la cárcel, por traficar. Por estúpida. Fue a casarse con uno que la metió en eso. Así que ahora había que vender cosméticos, además de cuidar de los dos hijos pequeños de su hija, que no tenían a nadie más.

Mientras me contaba esas cosas parecía de excelente humor. Fue cuando pasó al tema de otra hija con bastante mejor suerte, una enfermera colegiada que no ejercía y vivía en Vancouver, cuando pareció más recelosa y un poco inquieta.

Esa hija quería que su madre los dejara a todos tirados y se fuera a vivir con ella.

—Pero a mí Vancouver no me gusta. A todo el mundo le encanta, ya lo sé, pero a mí no.

No. El problema en realidad era que si se iba a vivir con esa hija, tendría que dejar de fumar. No era por Vancouver, era por tener que dejar de fumar.

Le compré una loción que me devolvería la juventud, y prometió que me la traería la próxima vez que pasara por allí.

A Franklin le hablé de ella. Gwen, se llamaba.

—Es otro mundo. La verdad es que he pasado un rato agradable —le dije, aunque luego no me gustó haberlo dicho.

Franklin me dijo que tal vez necesitaba salir más, y que debía apuntarme para hacer suplencias en la escuela.

Cuando al poco Gwen vino a traerme la loción, me llevé una sorpresa. Después de todo, ya se la había pagado. Ni siquiera intentó venderme algo más, aunque casi pareció un alivio para ella, más que una táctica. Volví a preparar café y nos pusimos a hablar con soltura, incluso un poco atropelladamente, igual que la otra vez. Le di el ejemplar de *Wild Geese* que había usado para escribir sobre Martha Ostenso. Le dije que podía quedárselo, porque a mí me darían otro cuando se publicara la serie.

Me aseguró que lo leería. Sin falta. No sabía cuándo había leído un libro de principio a fin porque iba siempre ajetreada, pero ese prometía leérselo.

Dijo que nunca había conocido a alguien como yo, una persona tan culta y tan llana. Aunque me sentí un poco halagada, mantuve la guardia, igual que cuando notas que un alumno te idolatra. Luego me avergoncé al darme cuenta de que no tenía ningún derecho a sentirme superior.

Había oscurecido cuando nos despedimos. Se montó en el coche, pero no pudo arrancarlo. Aunque lo intentó una y otra vez, cuando parecía que el motor se ponía en marcha, enseguida se paraba. Al ver que Franklin entraba con su camioneta y no podía pasar, me apresuré a explicarle lo que pasaba. Gwen se bajó del asiento del conductor y empezó a contarle que últimamente aquel cacharro se las hacía pasar moradas.

Franklin trató de arrancarlo mientras nosotras nos quedábamos a un lado, junto a su camioneta. Tampoco pudo. Fue adentro para llamar al taller del pueblo. Gwen no quiso volver a entrar, aunque fuera hacía frío. Por lo visto la presencia del hombre de la casa la violentaba. Me quedé con ella. Franklin salió a decirnos que el taller estaba cerrado.

No había más remedio que decirle que se quedara a cenar y a pasar la noche en casa. Aunque al principio no paraba de disculparse, se sintió más cómoda en cuanto pudo sentarse con un nuevo cigarrillo. Me puse a sacar las cosas para la cena. Franklin había ido a cambiarse de ropa. Le pregunté a Gwen si quería avisar por teléfono a su familia.

Sí, debería, dijo.

Pensé que quizá le podría pedir a alguien que viniera a buscarla. No me apetecía la idea de pasarme la noche hablando sin parar mientras mi marido escuchaba. Aunque Franklin se podía ir a su cuarto —no le gustaba llamarlo «estudio»—, de todos modos me sentiría culpable del destierro. Además querríamos ver las noticias, y seguro que Gwen no dejaría de hablar. Incluso mis amigas más inteligentes lo hacían, y Franklin lo detestaba.

O quizá se quedara en silencio, extrañamente abrumada. Tanto peor.

Al parecer nadie atendió el teléfono, así que llamó a los vecinos de la casa de al lado, que era donde estaban los niños, y se deshizo en risas de disculpa antes de hablar con sus nietos rogándoles que fueran buenos, y luego volvió a tranquilizar a los vecinos y a agradecerles que se quedaran con ellos, aunque por lo visto esos amigos tenían que ir a algún sitio por la mañana, de manera que los niños tendrían que ir con ellos, así que al final resultó que tampoco le solucionaba tanto.

Franklin entraba en la cocina justo cuando ella colgó el teléfono. Gwen se volvió para decirme que quizá se habían inventado la excusa de que tenían que salir, porque eran así. No importaba todos los favores que ella les hacía cuando lo necesitaban.

De pronto Franklin y Gwen se quedaron sin habla.

—Ay, Dios —dijo Gwen.

—No, solo soy yo —dijo Franklin.

Seguían paralizados por la sorpresa. Cómo no se habían dado cuenta. Supongo que no les parecía bien lanzarse uno en brazos del otro, así que empezaron a hacer una serie de extraños movimientos inconexos, como si tuvieran que mirar bien a su alrededor para cerciorarse de que todo era real. Y mientras tanto no dejaban de repetir el nombre del otro, con una mezcla de sarcasmo y asombro. No eran los nombres que yo esperaba oír.

—Frank.

—Dolly.

Al cabo de un momento me di cuenta de que Dolly era un diminutivo de Gwen, Gwendolyn.

Y de que cualquier hombre joven preferiría que lo llamaran Frank en lugar de Franklin.

No se olvidaron de mí, o por lo menos Franklin, salvo por ese momento.

—¿Me has oído mencionar alguna vez a Dolly?

Su voz insistía en que volviéramos a la normalidad, mientras que la voz de Dolly o Gwen insistía en la ironía tremenda, incluso sobrenatural, de haberse reencontrado.

—Ni sé cuándo fue la última vez que me llamaron así. Nadie más en este mundo me conoce por Dolly.

Lo curioso entonces fue que empecé a participar del júbilo general. Porque el asombro debía convertirse en alegría ante mis ojos, y justamente era lo que estaba sucediendo. La coincidencia debía dar aquel giro rápido. Y al parecer yo tenía tanto afán en poner de mi parte que saqué una botella de vino.

Franklin ya no bebe. Nunca bebió demasiado, pero poco a poco lo dejó del todo. Así que nos tocó a nosotras charlar y entrar en explicaciones con aquella euforia desatada, y no dejar de comentar la asombrosa coincidencia.

Gwen me contó que cuando conoció a Franklin era niñera. Trabajaba en Toronto, cuidando de dos niñitos ingleses a quienes sus padres habían mandado a Canadá para evitarles la guerra. En la casa había más personal, así que tenía la mayoría de las noches libres y salía a pasar un buen rato, ¿qué chica joven no lo haría? Conoció a Franklin en el último permiso que le dieron antes de cruzar el charco, y lo pasaron de locura. Puede que luego recibiera una o dos cartas suyas, pero ella no tenía tiempo para cartas. Cuando terminó la guerra, ella cogió un barco en cuanto pudo para llevar de vuelta a los niños ingleses con sus padres, y en ese barco conoció a un hombre con el que se casó.

De todos modos no duró mucho. Inglaterra era tan deprimente después de la guerra que pensó que se moriría, así que volvió a casa.

Esa era una parte de su vida que yo no conocía; en cambio, sí sabía de sus dos semanas con Franklin. Y no era la única, como ya he dicho. Quien hubiera leído los poemas sabría lo generosa que era en el amor, aunque no supieran, como yo, que creía que no se podía quedar embarazada, porque había nacido gemela y llevaba un mechón de pelo de la hermana muerta en un relicario. Tenía un montón de ideas como esa, y le regaló a Franklin un amuleto con un diente, cuya procedencia nunca averiguó, que lo protegería cuando se marchara al extranjero. Franklin se las arregló para perderlo enseguida, pero salvó la vida.

Otra de sus leyes era que si bajaba una acera con el pie equivocado el día se torcería, así que tenían que retroceder y bajarla de nuevo. Sus leyes lo fascinaban.

A decir verdad, en el fondo a mí esas cosas me dejaban totalmente impasible. Recuerdo haber pensado que a los hombres les encantan las rarezas y manías cuando la chica es lo bastante bonita. Menos mal que está pasado de moda. O eso espero. Las delicias infantiles del cerebro femenino. (Cuando empecé a dar clases me dijeron que hubo un tiempo, no hace mucho, en que las mujeres nunca enseñaban matemáticas. La falta de inteligencia lo impedía.)

Esa chica encantadora, de la que Franklin me había hablado apenas después de insistirle mucho, bien podía ser una invención. Cualquiera podría haberla creado. Sin embargo, intuía que no lo era. Ella misma había elegido ser aquella chica descarada y peculiar. Se adoraba hasta los tuétanos.

Naturalmente mantuve la boca cerrada sobre las cosas que Franklin me había contado y que habían acabado en un poema. Y Franklin tampoco dijo nada, salvo por algún comentario sobre el Toronto de aquellos tiempos saciados de guerra, sobre las estúpidas leyes contra el alcohol o la farsa del desfile de la iglesia. Si había imaginado que en ese momento podía obsequiarla con alguno de sus poemas, al parecer me equivocaba.

Franklin se cansó y se fue a la cama. Gwen o Dolly y yo preparamos el sofá para ella. Se sentó en una punta con su último cigarrillo y dijo que no me preocupara porque pudiera quemar la casa: nunca se acostaba hasta que acababa de fumar.

En nuestra habitación, con las ventanas mucho más abiertas que de costumbre, hacía frío. Franklin estaba dormido. Dormido de verdad; siempre me daba cuenta si fingía.

Detesto irme a dormir sabiendo que se quedan los platos sucios en la mesa, pero de pronto me sentí demasiado cansada para lavarlos, porque sabía que Gwen me hubiera ayudado. Decidí que me levantaría temprano para recoger.

Sin embargo me desperté a pleno día, con ruido de cacharros en la cocina y el olor del desayuno mezclado con el del tabaco. También rumor de conversación, y era Franklin quien hablaba, cuando hubiera esperado que fuera Gwen. La oí reírse con cada cosa que Franklin decía. Me levanté enseguida y me apresuré a vestirme y a arreglarme el pelo, algo que por norma no me tomo la molestia de hacer tan temprano.

La certeza y la alegría de la noche anterior me abandonaron completamente. Bajé las escaleras haciendo mucho ruido.

Gwen estaba delante del fregadero, con una hilera de vasos limpios relucientes colocados sobre el escurridero.

—He fregado a mano porque me daba miedo no pillarle el tranquillo al lavaplatos —dijo—. Luego he bajado esos tarros de ahí arriba y, ya que estaba, me he puesto con ellos también.

—No se lavaban desde hacía un siglo —le dije.

—Ya me lo parecía.

Franklin fue a ver si el coche arrancaba, pero no hubo manera. De todos modos ya había hablado con el taller y le habían dicho que mandarían a alguien a echar un vistazo por la tarde, pero pensaba que en lugar de esperar remolcaría el coche hasta allí para que pudieran mirarlo por la mañana.

—Estupendo, así Gwen puede ponerse con el resto de la cocina —dije, pero a ninguno de los dos les interesó mi broma. Franklin dijo que no, mejor que Gwen fuera con él, porque el coche era suyo y querrían hablar directamente con ella.

Noté que le costaba un poco llamarla Gwen, dejar a Dolly de lado.

Solo bromeaba, dije.

Franklin se ofreció a prepararme algo para desayunar y le dije que no.

—Cómo cuida su figura —dijo Gwen. Y, por alguna razón, incluso ese cumplido se convirtió en algo de lo que pudieron reírse juntos.

Ninguno de los dos parecía hacerse cargo de cómo me sentía, aunque me dio la impresión de que me comportaba de un modo raro, de que cada uno de mis comentarios salía como una especie de pulla crispada. No ven más allá de su ombligo, pensé. No sé de dónde salió aquella expresión. Cuando Franklin fue a preparar el coche para remolcarlo, ella fue detrás, como si no quisiera perderle de vista ni un momento.

Al irse me gritó que nunca podría agradecérmelo bastante.

Franklin tocó el claxon para decirme adiós, algo que por norma no hacía.

Quise echar a correr tras ellos, hacerlos pedazos. Anduve de un lado a otro a medida que se apoderaba de mí un frenesí atroz. No me cupo duda de lo que había que hacer.

Al poco salí y me monté en el coche, después de deslizar mi llave de casa por debajo de la puerta. Llevaba una maleta, aunque casi ni sabía lo que había metido. Dejé una escueta nota diciendo que debía comprobar unos datos sobre Martha Ostenso, y luego me puse a escribir una carta más larga para Franklin que de ninguna manera quería que viera Gwen cuando volviera con él a casa, como seguro que haría. En esa carta le decía que era libre de hacer lo que quisiera, y que lo único que para mí sería intolerable era el engaño, o más bien el autoengaño. No le quedaba más remedio que afrontar su decisión. Era ridículo y cruel obligarme a ser su espectadora, así que prefería quitarme de en medio.

A continuación le decía que, después de todo, no había mentiras más tenaces que las que nos decimos a nosotros mismos, y que por desgracia hay que seguir diciendo para contener el vómito en el estómago, devorándonos vivos, como él mismo descubriría muy pronto. Y así se sucedían los reproches, que incluso en tan poco espacio acabaron por ser un tanto repetitivos y laberínticos, hasta que poco a poco perdieron cualquier asomo de dignidad o elegancia. Comprendí que no podía dejarle aquella carta a Franklin sin reescribirla, así que me la tendría que llevar y mandarla por correo.

Al llegar al cruce giré en la dirección contraria al pueblo y el taller, y enseguida me encontré conduciendo hacia el este por una carretera principal. ¿Adónde iba? Si no me decidía pronto acabaría en Toronto, y allí, lejos de encontrar un escondite, no podría evitar toparme con lugares o personas vinculados a mi antigua felicidad, y a Franklin.

A fin de evitarlo abandoné la carretera y me dirigí a Cobourg. Un pueblo donde no habíamos estado nunca juntos.

Aún no era ni mediodía. Cogí una habitación en un motel del centro. Pasé de largo a las mujeres que limpiaban las habitaciones ocupadas de la noche anterior. En mi habitación no se había alojado nadie y estaba helada. Encendí la calefacción y decidí ir a dar un paseo, pero cuando quise abrir la puerta, no pude. Empecé a temblar, sacudida por los escalofríos. Cerré con llave y me metí en la cama sin desvestirme y, como seguía temblando, me tapé con la colcha hasta la barbilla.

Me desperté bien entrada la radiante tarde, con la ropa pegada al cuerpo por el sudor. Apagué la calefacción, encontré en la maleta algo para cambiarme y salí. Caminaba muy deprisa. Tenía hambre, pero me parecía que nunca podría ir más despacio, ni sentarme, para comer.

Lo que me había pasado no era nada del otro mundo, pensé. Ni en los libros ni en la vida. Debería haber, debía haber maneras recurrentes de encararlo. Caminar era una, desde luego, pero en algún momento habría que parar, incluso en un pueblo de ese tamaño había que parar por los coches o los semáforos en rojo. Además había mucho pasmarote suelto moviéndose a trompicones, y hordas de colegiales como los que ella en otros tiempos mantenía a raya. Por qué habría tantos y harían tantas idioteces, con sus aullidos y sus gritos, qué redundancia, qué superflua su existencia. Todo era un insulto en plena cara.

Igual que las tiendas y sus letreros eran un insulto, y el ruido de los coches y sus frenazos y sus arranques. Por todas partes se proclamaba, así es la vida. Maldita la falta que hacía, más vida.

Donde las tiendas por fin se acababan había varias cabañas. Deshabitadas, con tablones clavados en las ventanas, a la espera del derribo. Donde en otros tiempos, cuando no había moteles, la gente modesta iba de vacaciones. Y entonces recordé que yo también había estado allí. Sí, había estado en uno de esos sitios, cuando los rebajaban, quizá fuera de temporada, para aceptar a pecadores de media tarde. A mí entre ellos. Aún estudiaba magisterio, y ni habría reconocido el pueblo de no ser por esas cabañas con las ventanas entabladas. El hombre era un profesor mayor que yo. Una mujer en casa, sin duda hijos. Vidas con las que chantajear.

Ella no debía enterarse, le partiría el corazón. A mí me traía sin cuidado. Que se le partiera.

Si me lo proponía podía recordar más, pero no valía la pena. Salvo porque me sirvió para aflojar un poco el paso y dar media vuelta hacia el hotel. Y allí, sobre la cómoda, estaba la carta que había escrito. Cerrada pero sin sello. Salí de nuevo, encontré la oficina de correos, compré un sello y eché el sobre donde correspondía. Sin apenas pensarlo y sin titubeos. Podría haberla dejado en la mesa, ¿qué importaba? Todo ha terminado.

Mientras caminaba me había fijado en un restaurante, bajando unos escalones. Volví a encontrarlo y miré la carta en la entrada.

A Franklin no le gustaba comer fuera. A mí sí. Caminé un rato más, ya a paso normal, para hacer tiempo hasta que abrieran. En un escaparate vi un pañuelo que me gustaba y pensé que debía entrar y comprármelo, que me sentaría bien, pero nada más tocarlo lo tuve que soltar. Su tacto sedoso me dio náuseas.

En el restaurante tomé vino y esperé mucho rato a que me trajeran la comida. No había casi nadie, solo servían al grupo de música que iba a tocar por la noche. Fui al cuarto de baño y me sorprendió ver que parecía la misma. Me pregunté si a algún hombre, a algún viejo, se le ocurriría ligar conmigo. La idea me pareció grotesca; no por la edad que pudiera tener, sino porque en mi cabeza no había más hombre que Franklin, ni lo habría.

Apenas probé bocado cuando por fin me sirvieron. No por culpa de la comida. Sencillamente era raro estar sola en una mesa, comer sola, la soledad abismal, la irrealidad.

Se me había ocurrido llevarme pastillas para dormir, aunque prácticamente nunca tomaba. Las tenía hacía tanto tiempo que no sabía si me harían efecto, pero funcionaron: caí dormida y no me desperté ni una vez, hasta cerca de las seis de la mañana.

Varios camiones grandes empezaban a abandonar el aparcamiento del motel.

Supe dónde estaba, supe lo que había hecho. Y supe que había cometido una gran equivocación. Me vestí y salí del motel en cuanto pude. Apenas pude soportar la cháchara amable de la recepcionista. Dijo que más tarde nevaría. Vaya con cuidado, me recomendó.

La autopista iba bastante congestionada, y encima hubo un accidente que entorpeció aún más el tráfico.

Imaginé que Franklin podía salir a buscarme. A él también le podía pasar algo. Quizá no nos volveríamos a ver.

Ya no pensaba en Gwen más que como una intrusa que había creado problemas absurdos. Sus piernas cortas y recias, su pelo de loca, su nido de arrugas. Casi era una caricatura, alguien a quien no se podía culpar y a quien tampoco había que tomar en serio.

Y por fin llegué. La casa no había cambiado. Subí por el camino y vi el coche de Franklin. Menos mal que estaba allí.

Me fijé en que el coche no estaba aparcado en el lugar de costumbre.

Porque en ese sitio había otro coche, el coche de Gwen.

No podía creerlo. Aunque apenas había pensado en ella, en todo momento la había considerado ya al margen de todo, como un personaje que no podía seguir en nuestras vidas después de aquella primera irrupción. Aún sentía el alivio de estar en casa y de que Franklin estuviera en casa, a salvo. Con la confianza que me recorría el cuerpo aún podría salir del coche de un salto y correr hasta la puerta. Incluso había empezado a palparme los bolsillos buscando mi llave, sin recordar dónde la había puesto.

De todas formas no la hubiera necesitado. Franklin estaba abriendo la puerta. No se exclamó con sorpresa o alivio, ni siquiera cuando salí del coche y fui hacia él. Se limitó a bajar los escalones con andar acompasado, y cuando llegué a su lado sus palabras me contuvieron.

—Espera —dijo.

Espera. Por supuesto. Ella estaba allí.

—Vamos al coche —sugirió—. No podemos hablar aquí fuera, hace demasiado frío.

Ya en el coche, me dijo:

—La vida es completamente impredecible.

En su voz había una ternura y una tristeza inusuales. No me miraba, sino que tenía la vista fija en el parabrisas, en nuestra casa.

—No sirve de nada decir que lo siento —me dijo. Luego añadió—: Mira, ni siquiera se trata de la persona. Más bien es una especie de aura. Un hechizo. Bueno, claro que en el fondo es la persona, pero se trata de lo que la envuelve y la encarna. O es la persona la que encarna esa magia, no lo sé. ¿Entiendes? Sucede sin más, como una especie de eclipse.

Meneó la cabeza, encorvado. Todo abatimiento.

Estaba deseando hablar de ella, se notaba; pero aquel rollo, que en circunstancias normales lo hubiera asqueado, fue lo que de verdad me hizo perder la esperanza.

Sentí que me quedaba completamente fría. Iba a preguntarle si había alertado a la otra parte de esa transformación, pero supe que lo habría hecho y que ella estaba con nosotros, sacando brillo a las cosas en la cocina.

Qué fascinación tan patética. Como todas. Patética.

—No sigas —le pedí—. No digas nada más.

Se volvió a mirarme por primera vez y de pronto habló sin especial sobrecogimiento, como si saliera del hechizo.

—Por Dios, estoy bromeando —dijo—. Pensé que te darías cuenta. Vale. Ya vale. Calla de una vez, por el amor de Dios. Escucha.

Porque yo me había puesto a aullar de rabia y alivio.

—De acuerdo, estaba un poco enfadado contigo. Quería hacerte pasar un mal rato. ¿Qué esperabas que pensara cuando volví a casa y vi que te habías ido? Soy un cretino, ya lo sé. Basta, basta.

No quería parar. Aunque sabía que todo había pasado, aullar era una liberación. Y además encontré un motivo de queja.

—Entonces, ¿qué hace aquí su coche?

—No tiene arreglo, es chatarra.

—Pero ¿por qué está aquí?

Franklin dijo que estaba ahí porque las pocas partes que no eran chatarra ahora eran suyas. Nuestras.

Porque le había comprado un coche a Gwen.

—¿Un coche? ¿Nuevo?

Lo bastante nuevo para funcionar mejor que lo que tenía.

—La cuestión es que quiere ir a North Bay. Allí tiene parientes o no sé qué, y es adonde quiere ir cuando consiga un coche que pueda llevarla.

—No sé dónde vive, pero es aquí donde tiene parientes. Tiene críos de tres años a su cargo.

—Bueno, por lo visto los de North Bay le convienen más. No sé nada de críos de tres años. O puede que se los lleve con ella.

—¿Te pidió que le compraras un coche?

—No me pidió nada.

—Así que ahora forma parte de nuestra vida —dije.

—Está en North Bay. Va, vamos adentro. No llevo ni una chaqueta.

Mientras caminábamos le pregunté si le había hablado de su poema. O quizá se lo había leído.

—No, por Dios. ¿Por qué iba a hacerlo?

Nada más entrar en la cocina vi el destello de los tarros de vidrio. Me subí a una silla y empecé a colocarlos en lo alto del armario.

—¿Me ayudas? —dije, y Franklin me los fue pasando.

Me pregunté si me habría mentido con lo del poema. ¿Era posible que se lo hubiera leído a Gwen, o que se lo hubiera dado para que ella lo leyera a solas?

En tal caso, seguro que la reacción no habría sido satisfactoria.

Supongamos que Gwen le hubiera dicho que era precioso. Franklin lo habría detestado.

O que se hubiera preguntado en voz alta cómo se atrevía a escribir semejante indecencia. Eso habría sido mejor, aunque tampoco para echar las campanas al vuelo.

¿Quién es capaz de hacerle al poeta el comentario perfecto sobre su poesía? Sin pasarse ni quedarse corto, simplemente lo justo.

Me abrazó para bajarme de la silla.

—Ya no estamos para peleas —dijo.

Desde luego que no. Había olvidado lo viejos que éramos. Lo había olvidado todo. Pensando que había todo el tiempo del mundo para sufrir y lamentarse.

Entonces vi la llave que había deslizado bajo la puerta, en una grieta entre el felpudo marrón y el umbral.

Recordé la carta que había escrito.

¿Y si me moría antes de poder interceptarla? Uno puede pensar que está relativamente en buena forma y morirse de repente. ¿Debía dejar una nota para Franklin, por si acaso?

Si llega una carta mía dirigida a ti, rómpela.

La cuestión es que Franklin haría lo que le pidiera. En su lugar, yo no lo haría. La abriría de un rasgón, por más promesas que hubiera hecho.

Él obedecería.

Que estuviera dispuesto a hacerlo hizo que sintiera una mezcla de rabia y admiración. Venía de muy atrás, de toda nuestra vida juntos.

Finale

Las cuatro últimas piezas de este libro no son exacta-
mente cuentos. Forman una unidad distinta, que es au-
tobiográfica de sentimiento aunque a veces no llegue a
serlo del todo. Creo que es lo primero y lo último —y lo
más íntimo— de cuanto tengo que decir sobre mi propia
vida.

El ojo

Cuando tenía cinco años, mis padres de repente tuvieron un hijo varón, que según mi madre era lo que yo siempre había querido. De dónde sacó esa idea, no lo sé. Se empeñaba en adornarla con detalles, todos ficticios pero difíciles de rebatir.

Un año más tarde apareció una hijita, y se volvió a armar un alboroto, aunque más contenido que el anterior.

Hasta que nació el primer bebé, yo nunca había tenido conciencia de sentir algo distinto de lo que mi madre decía que sentía. Y hasta ese momento mi madre había colmado la casa entera, con sus pasos, su voz, su olor pulverulento y aun así amenazador invadiendo todas las habitaciones, incluso cuando ella no estaba.

¿Por qué amenazador? No me inspiraba miedo. No era que mi madre me impusiera realmente lo que tenía que sentir. Era una autoridad sin necesidad de cuestionar nada. No solo con el hermanito, sino también en el caso de los cereales Red River, que eran sanos y debían gustarme. O en cómo interpretar la imagen que colgaba al pie de mi cama, donde se veía a un sufrido Jesús dejando que los niños se acercaran a él. Ser sufrido significaba algo distinto en aquellos tiempos, pero no era en eso en lo que

nos concentrábamos. Mi madre señalaba a la chiquilla medio escondida en un rincón porque quería acercarse a Jesús pero le podía la timidez. Esa era yo, decía mi madre, y me convencí de que
sí, a pesar de que no lo habría imaginado si no me lo hubiera dicho y de que en el fondo no quería serlo.

Algo que me ponía triste de verdad era imaginar a la gigantes-
ca Alicia en el País de las Maravillas atrapada en la madriguera,
pero me reía, porque veía a mi madre de lo más contenta.

Sin embargo, con la llegada de mi hermano y el sinfín de tri-
quiñuelas con las que quiso convencerme de que era una especie
de regalo para mí, empecé a aceptar hasta qué punto las ideas que
mi madre se hacía de mí podían distar de las mías.

Supongo que todo me estaba preparando para cuando Sadie
empezó a trabajar en nuestra casa. Mi madre se había replegado
en el territorio al que la acotaban los bebés. Al no tenerla tan encima, pude detenerme a pensar lo que era verdad y lo que no.
Aunque desde luego me cuidé mucho de hablarlo con nadie.

Curiosamente, aunque en mi casa no se le diera mucha importancia al asunto, Sadie era toda una celebridad. En el pueblo
había una emisora de radio donde Sadie tocaba la guitarra y cantaba la cortina musical, que ella misma había compuesto.

«Hola, hola, hola a todos...»

Y que media hora después era un «Adiós, adiós, adiós a todos». Entre medias cantaba peticiones de los oyentes, y temas que
elegía ella. La gente más sofisticada del pueblo tendía a bromear
sobre sus canciones y sobre la emisora que, según se decía, era la
más pequeña de Canadá. Esa gente escuchaba una radio de Toronto en la que ponían canciones populares de la época —*Three
little fishes and a momma fishy too...*— y retransmitían las terribles

noticias de la guerra en la voz atronadora de Jim Hunter. Los granjeros, en cambio, preferían la emisora local y canciones como las que cantaba Sadie. Tenía una voz fuerte y triste y cantaba acerca de la soledad y el dolor.

> *Leanin' on the old top rail,*
> *in a big corral.*
> *Lookin' down the twilight trail*
> *For my long lost pal...*

Hacía unos ciento cincuenta años que los colonos habían deforestado la tierra y levantado la mayoría de las granjas de nuestra región, así que era raro que desde una granja no hubiera otra a la vista, apenas a unos campos de distancia. Y sin embargo a los granjeros les gustaban las canciones que hablaban de vaqueros solitarios, del reclamo y la decepción de lugares lejanos, los amargos crímenes que empujaban a los criminales a morir con el nombre de sus madres, o el de Dios, en los labios.

A pesar de que Sadie cantara con hondura y a pleno pulmón sobre esas cosas, en mi casa trabajaba rebosante de energía y confianza, hablando de buena gana, sobre todo de sí misma. Normalmente no había nadie con quien hablar más que yo. Las tareas de Sadie y las de mi madre las mantenían casi siempre apartadas, y en cierto modo tampoco creo que hubieran disfrutado mucho hablando juntas. Ya he mencionado que mi madre era una mujer seria, que antes de darme lecciones a mí daba clases en un colegio. Quizá le habría gustado poder ayudar a Sadie, enseñarla a pulir el habla, pero Sadie no daba muestras de querer ayuda de nadie ni de hablar de un modo distinto al que había hablado siempre.

Después del almuerzo, que era la comida de mediodía, Sadie y yo nos quedábamos solas en la cocina. Mi madre se echaba un rato, y con suerte los bebés también dormían una siesta. Al levantarse se cambiaba de vestido, como si esperara una tarde apacible, aunque desde luego habría más pañales que cambiar y también aquella escena de mal gusto que yo procuraba no ver, cuando el más pequeño mamaba de un pecho.

Mi padre también dormía la siesta, apenas quince minutos en el porche, con el *Saturday Evening Post* tapándole la cara, antes de volver al granero.

Sadie calentaba agua en la cocina y yo la ayudaba a fregar los platos, con las cortinas echadas para mantener el fresco. Cuando acabábamos fregaba el suelo, y yo lo secaba con un método que me había inventado: patinar dando vueltas y más vueltas sobre unos trapos viejos. Luego descolgábamos las pegajosas tiras amarillas de atrapar moscas que se ponían después del desayuno y ya estaban llenas de moscas negras muertas o que zumbaban agonizantes, y colgábamos tiras nuevas, que para la hora de la cena volverían a llenarse de nuevos cadáveres. Y entretanto Sadie me hablaba de su vida.

Entonces no me resultaba fácil juzgar la edad de la gente. Para mí había niños o adultos, y a ella la consideraba una adulta. Puede que tuviera dieciséis años, puede que dieciocho o veinte. Fuera cual fuera su edad, más de una vez me aseguró que no tenía ninguna prisa por casarse.

Todos los fines de semana iba a bailar, pero iba sola. Sola y a lo suyo, decía.

Me hablaba de las salas de baile. Había una en el pueblo, en la calle principal, donde en invierno ponían la pista de curling. Pagabas diez centavos por baile y entonces subías a bailar a una plataforma donde la gente se ponía en corro a mirar embobada, aunque eso a ella la traía sin cuidado. Sadie prefería pagarse sus diez centavos, no deber nada a nadie, pero a veces algún tipo se adelantaba. Le preguntaba si quería bailar y ella lo primero que le preguntaba sin rodeos era, ¿sabes? ¿Sabes bailar? Él la miraría extrañado y contestaría, sí, como diciendo, ¿a qué crees que he venido, si no? Y normalmente por bailar entendía ir arrastrando los pies por la pista mientras la agarraba con unas manos sudorosas como dos enormes pedazos de carne. A veces ella se soltaba sin más y lo dejaba plantado en la pista para seguir bailando sola, que era lo que le gustaba. Acababa el baile que se había pagado, y si el cobrador quería hacerla pagar por dos cuando ella era solo una, le paraba los pies. Que se rieran todos de que bailara sola, si querían.

La otra sala de baile estaba a las afueras del pueblo, en la carretera. Allí se pagaba en la puerta, y no por un baile, sino por la noche entera. El sitio se llamaba Royal-T. Allí Sadie también se pagaba la entrada. Solía haber mejores bailarines, pero siempre procuraba hacerse una idea de cómo se las apañaban antes de dejar que la llevaran a la pista. Normalmente eran chicos del pueblo, mientras que en el otro sitio eran del campo. Los chicos del pueblo movían mejor los pies, aunque no siempre eran los pies lo que tenías que vigilarles, sino dónde te plantaban las manos. A veces tenía que leerles la cartilla y decirles lo que les haría si no paraban inmediatamente. Les dejaba claro que ella iba allí a bailar y que para eso había pagado su entrada. Además sabía dónde darles un buen pellizco. Con eso los enderezaba. A veces eran buenos bailarines y se divertía. Cuando tocaban el último baile, Sadie daba media vuelta y se iba a casa.

Ella no era como otras, decía. Ella no iba a dejarse atrapar.

Atrapar. Cuando decía eso, yo veía caer una gran red de alambre con las que unas criaturas malvadas te envolvían hasta asfixiarte para que no pudieras salir nunca. Sadie debió de verme la cara de susto, porque dijo que no había que tener miedo.

—No hay nada en este mundo que deba darte miedo, solo hay que saber cuidarse.

—Sadie y tú habláis mucho —dijo mi madre.

Supe que se avecinaba algo y que debía ir con cautela, aunque no sabía de qué se trataba.

—Te cae bien, ¿verdad?

Dije que sí.

—Claro, cómo no. A mí también me cae bien.

Confié en que la cosa no fuera más allá, y por un momento pensé que se quedaba ahí.

Entonces siguió hablando.

—Ahora, con los críos, no tenemos mucho tiempo para ti y para mí. No nos dejan parar demasiado, ¿eh?

»Pero los queremos igual, ¿a que sí?

Rápidamente contesté que sí.

—¿De verdad? —dijo ella.

No iba a parar hasta que dijera que de verdad, así que lo dije.

Mi madre vivía con una gran desazón. ¿Echaba en falta tener amigas distinguidas? ¿Mujeres que jugaran a bridge, casadas con hombres que fueran a trabajar en traje y chaleco? No exactamente, aunque eso estaba descartado de todos modos. ¿Quería que yo volviera a ser como antes, que no me importara quedarme quieta mientras me hacía los tirabuzones, y recitara de memoria los textos de catequesis? Mi madre ya no tenía tiempo para esas cosas. Y dentro de mí empezaba a germinar una semilla traicionera, sin que ella supiera por qué, ni yo tampoco. En catequesis no había hecho amistad con nadie del pueblo; en cambio, adoraba a Sadie. Oí que mi madre se lo comentaba a mi padre.

—Adora a Sadie.

Mi padre dijo que Sadie era una bendición del cielo. ¿A qué se refería? Sonaba jovial. A lo mejor significaba que no pensaba ponerse de parte de nadie.

—Ojalá tuviéramos aceras como es debido —dijo mi madre—. Si tuviéramos aceras como es debido, la niña podría aprender a patinar sobre ruedas y hacer amigas.

Por más que deseara unos patines de ruedas, en ese momento supe, sin preguntarme por qué, que jamás iba a reconocerlo.

Mi madre dijo algo de que mejoraría cuando empezara el colegio. Que a mí me iría mejor, o que algo con Sadie iría mejor. No quise oírlo.

Sadie me estaba enseñando algunas de sus canciones, y yo sabía que no era muy buena cantando. Esperé que no fuera eso lo que tuviera que mejorar, o de lo contrario acabarse. Por nada del mundo quería que se acabara.

Mi padre no tenía mucho que decir. Era mi madre la que se ocupaba de mí, salvo cuando más adelante me volví respondona de verdad y había que castigarme. Mi padre estaba esperando a que mi hermano creciera y hacérselo suyo. Un chico no sería tan complicado.

Y en efecto mi hermano no dio problemas. Al hacerse mayor fue un chico excelente.

La escuela ya ha empezado. Empezó hace unas semanas, antes de que las hojas se pusieran rojas y amarillas. Ahora ya casi todas se han caído. No llevo el abrigo de la escuela sino el bueno, el que tiene puños y cuello de terciopelo oscuro. Mi madre se ha puesto el abrigo que lleva a la iglesia, y un turbante que le cubre casi todo el pelo.

Vamos a algún sitio. Mi madre conduce el coche. No lo hace a menudo, y siempre tiene un porte majestuoso, aunque conduce con menos seguridad que mi padre. Al tomar cualquier curva toca el claxon.

—Bueno, ya estamos —dice, a pesar de que tarda un rato en aparcar el coche. Noto que su voz trata de ser alentadora. Me toca la mano para ofrecerme la oportunidad de dársela, pero hago ver que no me doy cuenta y la aparta.

En la casa no hay entrada para los coches, ni siquiera una acera. Se ve decente, pero bastante anodina. Mi madre ha levantado una mano enguantada para llamar, pero resulta que no es necesario. Nos abren la puerta. Mi madre ha empezado a decirme unas palabras de ánimo, algo así como, será más rápido de lo que crees, que no alcanza a terminar. Me ha parecido detectar en su voz un deje de severidad, aunque levemente reconfortante. Cuando la puerta se abre las palabras se apagan un poco, atenuadas como si hubiera agachado la cabeza.

De la casa salen varias personas, no es que hayan abierto la puerta por nosotras. Al marcharse, una de las mujeres se vuelve y habla por encima del hombro, sin asomo de amabilidad.

—Es esa para la que trabajaba, y la chiquilla.

Entonces una mujer bastante arreglada se acerca a hablar con mi madre y la ayuda a quitarse el abrigo. Hecho esto, mi madre me quita el mío y le dice a la mujer que yo le tenía especial cariño a Sadie. Espera que no sea una molestia haberme traído.

—Ay, la pobrecita —dice la mujer, y mi madre me da un pequeño empujón para que salude—. Sadie adoraba a los niños —dijo la mujer—. Le encantaban.

Advierto que hay otros dos niños en la casa. Chicos. Los conozco de la escuela, uno va a primero conmigo, y el otro es más mayor. Se asoman de lo que probablemente sea la cocina. El más pequeño se ha metido una galleta entera en la boca y pone una cara muy cómica, mientras que el otro, el mayor, hace una mueca de asco. No al que engulle la galleta, sino a mí. Me odian, evidentemente. Los chicos o te ignoraban cuando te los encontrabas en algún sitio que no era la escuela (allí te ignoraban igual), o ponían caras de esas y te soltaban insultos horribles. Cuando no tenía más remedio que acercarme a uno de ellos, me quedaba tiesa como un palo, sin saber qué hacer. Si había adultos cerca era distinto, claro está. Aquellos chicos no dijeron nada, pero seguí allí plantada y compungida hasta que alguien tiró de ellos y los metió en la cocina. Entonces reparé en la voz de mi madre, especialmente dulce y compasiva, más refinada incluso que la voz de la mujer con la que hablaba, y pensé que tal vez la mueca era por ella. A veces, cuando iba a buscarme a la escuela, los otros niños imitaban los gritos con que me llamaba.

La mujer con la que hablaba y que parecía estar al mando nos condujo hasta el salón. Sentados en un sofá, había un señor y una señora con cara de no entender muy bien dónde estaban. Mi madre se inclinó y les habló con profundo respeto.

—Ella quería mucho a Sadie —oí que les comentaba, señalándome.

Supe que me correspondía decir algo pero, antes de tener la oportunidad de hacerlo, la mujer del sofá dejó escapar un gemido. No nos miraba a ninguna de las dos, y gimió con tanto desgarro que parecía que un animal estuviera mordiéndola a dentelladas o royéndole las carnes. Dio unos manotazos al aire, como para desembarazarse de lo que la atormentaba, pero fuera lo que fuera no se marchó. La señora miraba a mi madre como rogándole que hiciera algo.

El señor a su lado le dijo que se calmara.

—Ha sido un duro golpe para ella —dijo la mujer que nos guiaba—. No sabe lo que hace. —Se agachó un poco más y dijo—: Vamos, vamos. A ver si asusta a la chiquilla.

—Asusta a la chiquilla —repitió el hombre obedientemente.

En cuanto lo dijo, la mujer dejó de gemir y se palpó los brazos arañados, como si no supiera lo que les había pasado.

—Pobre mujer —dijo mi madre.

—Y además era hija única —dijo la que nos guiaba, curtida en esas lides, antes de dirigirse a mí y añadir—: No te preocupes.

Estaba preocupada, pero no por los aullidos.

Sabía que Sadie estaba en alguna parte y no quería verla. Aunque mi madre no me había dicho que tendría que verla, tampoco me había dicho que no.

Sadie había muerto una noche al volver a casa andando desde la sala de baile Royal-T. Un coche la había atropellado justo en el pequeño tramo de grava que unía el aparcamiento del local con el principio de la acera del pueblo. Seguramente quiso cruzar deprisa, como hacía siempre, convencida de que los coches la verían, o de que tenía el mismo derecho a pasar primero, y puede que el coche pegara un volantazo, o que ella no estuviera exactamente donde creía estar. La embistieron por detrás. El coche que la atropelló se había apartado para dejar pasar a otro, que quería girar por la primera calle que llevara al pueblo. Había corrido la bebida en el baile, aunque allí no sirvieran alcohol. Y al acabar siempre había bocinazos y gritos y salidas encabritadas. Sadie, correteando en la oscuridad sin una linterna siquiera, seguramente se comportaba como si todo el mundo tuviera que apartarse de su camino.

—Mira que una chica sin novio yendo a los bailes a pie… —dijo la mujer, que seguía congraciándose con mi madre. Hablaba bastante bajo, y mi madre murmuró algo apesadumbrada.

Se lo estaba buscando, dijo la mujer en tono cómplice, aún más bajo.

En casa había oído comentarios que no alcancé a entender. Mi madre quería que se hiciera algo que quizá tuviera que ver con Sadie y el coche que la atropelló, pero mi padre le dijo que lo olvidara. No nos incumben las cosas del pueblo, dijo. Ni siquiera traté de averiguar de qué hablaban, porque intentaba no pensar en Sadie, menos aún en que estaba muerta. Cuando me di cuenta de que íbamos a la casa de Sadie deseé librarme de aquella obligación, pero no vi otra salida que comportarme como si me pareciera una afrenta.

Ahora, después de que la señora perdiera los estribos, me pareció que daríamos media vuelta y nos iríamos a casa. Así nunca tendría que reconocer la verdad: que me aterraba ver a un muerto.

Justo cuando creí ver el cielo abierto, oí que mi madre y la mujer con la que parecía conspirar hablaban de la peor de las posibilidades.

Ver a Sadie.

Sí, decía mi madre. Desde luego tenemos que ver a Sadie.

A Sadie, muerta.

Hasta ese momento casi no me había atrevido a apartar la vista del suelo más que para mirar a aquellos chicos apenas más altos que yo y a la pareja de ancianos del sofá, pero de pronto mi madre me llevaba en otra dirección.

Aunque el ataúd había estado en la habitación en todo momento, yo no me había dado cuenta. Por falta de experiencia, no sabía el aspecto que tenían esas cosas. El objeto al que nos acercábamos podría haber sido una repisa para poner flores, o un piano cerrado.

Quizá la gente que había alrededor disimulaba el verdadero tamaño, la forma y el fin del objeto, pero de pronto esa misma gente nos abría paso respetuosamente, y mi madre habló entonces con un hilo de voz, apenas audible.

—Vamos —me dijo. Su delicadeza me sonó odiosa, triunfal.

Se agachó para mirarme a la cara, y tuve la certeza de que quería impedir que hiciera lo que se me acababa de ocurrir en ese momento: cerrar los ojos con todas mis fuerzas. Mi madre dejó de mirarme pero siguió agarrándome muy fuerte de la mano. Conseguí bajar los párpados en cuanto apartó la vista de mí, aunque sin cerrarlos del todo, para no tropezarme o que alguien me empujara justo hacia donde no quería acercarme. Alcancé a ver borrosamente las flores rígidas y el brillo de la madera lustrada.

Entonces oí a mi madre sorbiéndose la nariz y sentí que me soltaba. Su bolso se abrió con un chasquido. Al ir a coger algo, dejó de agarrarme la mano y quedé libre. Oí sus sollozos. Me había soltado para atender sus lágrimas y sus moqueos.

Miré directamente hacia el ataúd y vi a Sadie.

El accidente había dejado intactos el cuello y la cara, aunque no reparé en eso de inmediato. Al verla solo tuve la vaga impresión de que no era tan malo como había temido. Cerré los ojos enseguida, pero fui incapaz de no volver a mirar. Primero el pequeño cojín amarillo debajo de su cuello, colocado de manera que también le tapaba la garganta y la barbilla y la única mejilla que alcanzaba a verle. El truco consistía en mirarla fugazmente, volver a fijar la vista en el cojín, y luego mirar un poquito más algo que no diera miedo. Y al final era Sadie, toda ella, o al menos todo lo que se veía de ella desde el ángulo donde yo estaba.

Algo se movió. Lo vi, el párpado de mi lado se movió. No es que se abriera, ni que quedara entornado, ni nada de eso. Se levantó imperceptiblemente, como para que, si hubiera alguien dentro de ella, pudiera ver a través de las pestañas. Apenas lo justo para distinguir la claridad de la oscuridad de afuera.

No me sobresalté ni me asusté lo más mínimo. Esa imagen se fundió en ese mismo momento con todo lo que sabía de Sadie y también, en cierto modo, con la experiencia extraordinaria que se me ofrecía. Y no se me ocurrió llamar la atención de nadie ante lo que veía, porque no iba destinado a ellos: era exclusivamente para mí.

Mi madre me había vuelto a coger de la mano y dijo que nos marchábamos. Hubo un nuevo intercambio de saludos, pero en lo que me pareció un instante estábamos fuera.

—Bien hecho —dijo mi madre. Me apretó la mano y añadió—: Bueno, ahora ya está.

Tuvo que pararse a hablar con alguien más que iba hacia la casa, antes de que nos montáramos en el coche y emprendiéramos el regreso. Se me ocurrió que le hubiera gustado que rompiera el silencio, o incluso que le contara algo, pero no lo hice.

No experimenté nunca otra aparición de esa naturaleza, y de hecho Sadie se desvaneció de mi mente bastante rápido, entre otras cosas por el impacto de la escuela, donde de algún modo aprendí a desenvolverme con una curiosa mezcla de terror mortal y fanfarronería. De hecho la importancia de Sadie había empezado a desvanecerse aquella primera semana de septiembre, cuando dijo que tenía que quedarse en casa a cuidar de su padre y de su madre, y que no podría seguir trabajando para nosotros.

Y luego mi madre se enteró de que estaba trabajando en la lechería.

Aun así, cuando pensaba en ella, nunca me cuestionaba aquello que había visto y que creía destinado a mí. Mucho, mucho después, cuando ya había abandonado todo interés por lo sobrenatural, seguía teniendo la certeza de que había ocurrido. Lo creía con la misma naturalidad con la que crees, y de hecho recuerdas, que tuviste dientes de leche, que ahora no están pero existieron de verdad. Hasta el día que, ya en la adolescencia, supe con una vaga sensación de vacío en mis entrañas que había dejado de creerlo.

Noche

En mi juventud parecía no haber nunca un parto, o un apéndice reventado, o cualquier otro incidente drástico de salud que no ocurriera mientras arreciaba una tormenta de nieve. Las carreteras estarían cortadas, así que de todos modos no se podría pensar en sacar un coche, y habría que enganchar varios caballos para llegar al pueblo e ir al hospital. Por suerte aún había caballos: en circunstancias normales la gente se habría deshecho de ellos, pero con la guerra y el racionamiento de combustible las cosas habían cambiado, al menos por el momento.

Por eso cuando me empezó el dolor en el costado tenían que ser las once de la noche, y soplaba una ventisca y, como en ese momento en nuestro establo no había caballos, tuvimos que pedir el tiro de los vecinos para llevarme al hospital. Un trayecto de apenas una milla y media, pero aun así una aventura. El médico estaba esperando, y nadie se sorprendió cuando se preparó para extirparme el apéndice.

¿Se extirpaban más apéndices entonces? Sé que todavía se hace, y que es necesario, incluso sé de alguien que murió por no intervenirlo a tiempo, pero en mi memoria ha quedado como una especie de rito al que pocas personas de mi edad debían someterse, o por lo menos no muchas, y no todas tan de improviso, o quizá sin tanta pena, porque significaba unas vacaciones de la escuela y daba cierta categoría: haber sido tocado por el ala de la mortalidad distinguía, aun fugazmente, del resto, en una época de la vida en que tal cosa podía llegar a ser grata.

Así que, ya sin apéndice, pasé varios días viendo por la ventana del hospital la nieve cernirse lóbregamente a través de unos árboles de hoja perenne. No creo que se me pasara por la cabeza pensar cómo iba a pagar mi padre esta distinción. (Creo que tuvo que desprenderse de una parcela de bosque que había conservado al vender la granja de su padre. Quizá esperaba utilizarla para poner trampas, o elaborar jarabe de arce. O quizá sentía una nostalgia innombrable.)

Luego volví a la escuela, y disfruté de que me dispensaran de educación física más tiempo del necesario, y un sábado por la mañana que mi madre y yo estábamos solas en la cocina, me contó que en el hospital me habían extirpado el apéndice, tal y como yo pensaba, pero no fue lo único que me quitaron. Al médico le había parecido conveniente extirparlo, ya que estaba metido en faena, pero lo que más le preocupó fue un tumor. Un tumor, dijo mi madre, del tamaño de un huevo de pava.

Pero no te preocupes, dijo, ahora ya ha pasado todo.

La idea del cáncer en ningún momento se me ocurrió, y mi madre tampoco la mencionó nunca. No creo que hoy en día pueda hacerse una revelación como esa sin alguna clase de pregunta, alguna tentativa de esclarecer si lo era o no lo era. Maligno o benigno, querríamos saber inmediatamente. La única razón que se me ocurre para que no hablásemos de ello es que la palabra debía de estar envuelta en un halo de misterio, similar al que envolvía la mención del sexo. O incluso peor. El sexo era vergonzoso, pero sin duda encerraba algunas satisfacciones; desde luego nosotros las conocíamos, aunque nuestras madres no estuvieran al corriente. En cambio, la mera palabra cáncer evocaba una criatura oscura, putrefacta y hedionda, a la que no se miraba ni siquiera al quitarla de en medio de una patada.

De modo que no pregunté, ni nadie me dijo nada, y solo puedo suponer que era benigno o que lo extirparon con mucha destreza, porque aquí estoy. Y tan poco pienso en ello que toda la vida, cuando me piden que enumere las intervenciones quirúrgicas que me han hecho, automáticamente digo o escribo solo «Apendicitis».

Esta conversación con mi madre probablemente tuvo lugar en las vacaciones de Semana Santa, cuando las ventiscas y la nieve de las montañas habían desaparecido y los arroyos se desbordaban agarrándose a todo lo que encontraran a su paso, y el broncíneo verano estaba ya a la vuelta de la esquina. Nuestro clima no se andaba con devaneos, nada de clemencias.

En los primeros días calurosos de junio terminé la escuela, después de librarme de los exámenes finales con notas bastante buenas. Tenía un aspecto saludable, hacía las tareas de la casa, leía libros como de costumbre, nadie creía que me pasara nada raro.

Ahora tengo que describir el dormitorio que ocupábamos mi hermana y yo. Era un cuarto pequeño en el que no cabían dos camas individuales, una al lado de la otra, de manera que la solución fue poner literas y colocar una escalerilla por la que trepaba la que dormía en la cama de arriba. Que era yo. Cuando estaba en la edad de las tomaduras de pelo, levantaba una de las esquinas del fino colchón y amenazaba con escupirle a mi hermana pequeña, indefensa en la litera de abajo. Claro que mi hermana, que se llamaba Catherine, no estaba indefensa del todo. Podía esconderse bajo las mantas; pero mi juego consistía en acecharla hasta que la asfixia o la curiosidad la hacían salir de nuevo, y en ese momento escupirle en plena cara, o fingir que lo hacía y conseguir el efecto deseado, enfurecerla.

A esas alturas ya era mayor para esas tonterías; demasiado mayor, desde luego. Mi hermana tenía nueve años y yo catorce. La relación entre nosotras siempre fue desigual. Cuando no estaba atormentándola, fastidiándola con alguna necedad, adoptaba el papel de sofisticada consejera o le contaba historias espeluznantes. La disfrazaba con la ropa vieja que se guardaba en el arcón del ajuar de mi madre, prendas demasiado buenas para cortarlas y hacer edredones, y demasiado anticuadas para que nadie las usara. Le ponía el carmín endurecido de mi madre en los labios, le empolvaba la cara y le decía que estaba preciosa. Era preciosa, sin asomo de duda, pero cuando terminaba de maquillarla parecía una muñeca extranjera estrafalaria.

No pretendo decir que ejercía sobre ella un control total, ni siquiera que nuestras vidas se entrelazaran constantemente. Ella tenía sus propios amigos, sus propios juegos. Juegos que tendían más a la domesticidad que al glamour. Sacar de paseo a las muñecas en sus carricoches, o a veces, en lugar de las muñecas, a algún gatito disfrazado que siempre desesperaba por escapar. Además había sesiones de juego en las que alguien era la maestra y podía pegar al resto en los antebrazos con una vara y hacerlos llorar de mentirijillas, por infracciones y estupideces varias.

En el mes de junio, como he dicho, quedé libre de ir a la escuela y me dejaron a mi aire, como no recuerdo haberlo estado en ninguna otra época de mi juventud. Hacía algunas tareas de la casa, pero mi madre aún debía de encontrarse con las fuerzas necesarias para ocuparse de la mayor parte de ellas. O quizá entonces teníamos dinero para contratar a alguna mujer a quien mi madre llamaría sirvienta, aunque todo el mundo las llamara empleadas. En cualquier caso no recuerdo haberme enfrentado a ninguno de los trabajos que se me amontonaron los veranos siguientes, cuando luché de buena gana por mantener la dignidad de nuestra casa. Por lo visto el misterioso huevo de pava me concedía cierta condición de inválida, así que a ratos podía pasearme por ahí como alguien de visita.

Aunque sin darme aires de ser especial. Nadie en nuestra familia se hubiera salido con la suya en eso. Iban por dentro, la inutilidad y la extrañeza que sentía. Y tampoco era una inutilidad constante. Recuerdo haberme agachado a entresacar los brotes de zanahorias, igual que todas las primaveras, para que las raíces alcanzaran un tamaño decente.

Debió de ser simplemente que no había cosas por hacer a todas horas, como ocurrió los veranos de antes y después.

Así que quizá por eso me empezó a costar conciliar el sueño. Al principio creo que simplemente me quedaba despierta en la cama hasta alrededor de medianoche, extrañada de notarme tan despabilada, mientras el resto de la casa dormía. Había leído, me cansaba como de costumbre, apagaba la luz y esperaba. Nadie había venido a decirme que apagara la luz y me durmiera. Por primera vez en la vida (y eso también debió de marcar un estatus especial) dejaban que yo decidiera cuándo hacerlo.

La casa mudaba paulatinamente de la luz del día hasta que las luces de la casa se encendían a última hora de la tarde. Al dejar atrás el trajín general de las cosas por hacer, por tender y por terminar, se convertía en un lugar más extraño, en el que las personas y el trabajo que gobernaba sus vidas languidecían, las necesidades de cuanto les rodeaba languidecían, y los muebles se retraían, al no depender de que nadie les prestara atención.

Podría pensarse que era un alivio. Al principio tal vez lo fuera. La libertad. La novedad. Sin embargo, a medida que mi dificultad para conciliar el sueño se prolongaba y finalmente se apoderaba completamente de mí hasta el amanecer, se convirtió en una creciente preocupación. Empecé a recitar rimas, luego poesía de verdad, primero para obligarme a perder la conciencia, y ya después al margen de mi voluntad. La actividad me frustraba. O era yo quien me frustraba a medida que las palabras terminaban en el absurdo, en un discurso tonto sin pies ni cabeza.

No era yo.

Toda la vida había oído ese comentario sobre otra gente, sin pensar qué podía significar.

Entonces, ¿quién te crees que eres?

También había oído decir eso, sin atribuirle una verdadera amenaza al comentario, tomándolo simplemente como una especie de mofa rutinaria.

Piénsalo de nuevo.

A esas alturas ya no era dormir lo que quería. Sabía que de todos modos lo más probable era que no me durmiera. Quizá dormir ni siquiera era deseable. Algo se estaba apoderando de mí y tenía la obligación, la esperanza, de vencerlo. No me faltaba sentido común para lograrlo, aunque al parecer tampoco me sobraba. Fuera lo que fuera, algo quería obligarme a hacer cosas, no por una razón concreta sino solo por ver si tales actos eran posibles. Algo me estaba informando de que no hacían falta motivos.

Solo hacía falta ceder. Qué extraño. No por venganza ni por cualquier razón normal, sino solo por haber acariciado una idea.

Y desde luego lo había hecho. Cuanto más me esforzaba por desterrar esa idea, más acudía. Sin deseo de venganza, sin odio, ya digo, sin ninguna razón, salvo que una especie de pensamiento profundo y absolutamente frío, no tanto un impulso como una contemplación, pudiera apoderarse de mí. Algo impensable, pero en lo que no podía evitar pensar.

La idea estaba allí, rondando en mi cabeza.

La idea de que yo pudiera estrangular a mi hermana pequeña, que dormía en la litera de abajo y a la que quería más que a nadie en el mundo.

No lo haría por celos de ninguna clase, ni por malevolencia o rabia, sino en un acceso de locura, la locura que acaso de noche yaciera junto a mí. Y tampoco un arrebato salvaje, sino algo más próximo a una travesura. Una insinuación traviesa, perezosa, medio indolente, que parecía llevar al acecho mucho tiempo.

Sería decir por qué no. ¿Por qué no probar lo peor?

Lo peor. Ahí, en el lugar más familiar de todos, la habitación en la que habíamos dormido toda la vida y donde nos creíamos más a salvo que en ningún otro. Y lo haría sin una razón que ni yo ni nadie fuese capaz de entender, salvo por no haber podido evitarlo.

La solución era levantarse, alejarme de aquella habitación y salir de la casa. Me deslizaba por los travesaños de la escalerilla sin mirar en ningún momento hacia donde mi hermana dormía. Luego bajaba con sigilo las escaleras, sin despertar a nadie, hasta la cocina, que conocía perfectamente y donde podía orientarme a oscuras. La puerta de la cocina no estaba cerrada con llave, ni siquiera estoy segura de que la hubiera. Encajábamos una silla bajo el pomo de la puerta, para que si alguien intentaba entrar se armara mucho alboroto. Se podía quitar la silla, despacio y con cuidado, sin el menor ruido.

Tras la primera noche logré encadenar mis movimientos sin interrupción, y me parecía que en un abrir y cerrar de ojos ya estaba fuera.

Por supuesto no había alumbrado público, vivíamos demasiado lejos del pueblo.

Todo era más grande. A los árboles de alrededor de la casa siempre los llamábamos por su nombre: la haya, el olmo, el roble, los álamos, en plural y sin distinciones, porque crecían muy juntos. De noche se veían negrísimos. Igual que el lilo blanco y el lilo violeta, a los que también considerábamos árboles, no arbustos, de tan enormes que se habían hecho.

El terreno que rodeaba la casa por los cuatro costados no presentaba complicaciones, porque yo misma había segado la hierba con la idea de que nos diera cierta respetabilidad urbana.

La cara este y la cara oeste de nuestra casa miraban a dos mundos distintos, o a mí me lo parecían. La cara este daba al pueblo, aunque desde allí no se viera. A dos millas escasas se alineaban casas, con farolas y agua corriente, y a pesar de que he dicho que desde allí no se veía nada de eso, no estoy segura de que no se apreciara un débil resplandor si uno se detenía a mirar.

Hacia el oeste, nada interrumpía jamás la vista del largo meandro del río y los campos y los árboles y las puestas de sol. Un paisaje que para mí nunca tuvo nada que ver con la gente o con la vida cotidiana.

Caminaba de un lado a otro, primero cerca de la casa, y luego aventurándome aquí o allá, a medida que me acostumbraba a confiar en mi vista para no tropezar con la bomba de agua o la plataforma que sostenía la cuerda de tender la ropa. Los pájaros empezaban a agitarse y a cantar, como si a todos se les hubiera ocurrido lo mismo por separado, en las copas de los árboles. Despertaban mucho más temprano de lo que hubiera imaginado, aunque poco después de aquellos primeros trinos madrugadores el cielo empezaba a clarear. Y de pronto el sueño se apoderaba de mí. Entonces volvía a entrar en la casa, donde la oscuridad lo envolvía todo de repente, y con cuidado, en silencio, atrancaba el pomo de la puerta con la silla inclinada y subía las escaleras sin un solo ruido, manipulando puertas y escalones con la necesaria cautela, aunque ya medio dormida. Me hundía en mi almohada y me levantaba tarde. Tarde en nuestra casa eran las ocho.

Al despertar lo recordaba todo, pero era tan absurdo —la parte mala, desde luego, era tan absurda— que me desembarazaba de ella sin muchas complicaciones. Mi hermano y mi hermana ya se habrían ido a la escuela, aunque en la mesa siguieran sus platos con granos de arroz inflado flotando en la leche sobrante.

Qué absurdo.

Cuando mi hermana volvía a casa de la escuela, nos mecíamos juntas en la hamaca, una en cada punta.

En esa hamaca me pasaba casi todo el día a la bartola, y posiblemente esa fuera la razón de que por la noche no lograra conciliar el sueño. Y, como no hablaba de mis problemas nocturnos, a nadie se le ocurrió darme el sencillo consejo de que me convenía tener un poco más de actividad durante el día.

Mis problemas regresaban con la noche, por supuesto. Los demonios volvían a apoderarse de mí. Pronto comprendí perfectamente que debía levantarme y salir de la litera sin fingir que las cosas se arreglarían y me quedaría dormida si ponía el empeño suficiente. Hacía el recorrido hasta la puerta y salía con el mismo sigilo. Me orientaba cada vez mejor; incluso el interior de las habitaciones se me hizo más visible y aun así más extraño. Distinguía el machihembrado del techo de la cocina que colocaron al construir la casa hacía cosa de un siglo, y el marco de la ventana que daba al norte, roído en algunas partes por un perro que una noche se quedó encerrado dentro, mucho antes de que yo naciera. Rescaté un recuerdo completamente olvidado: de pequeña me ponían a jugar en un cajón de arena en un lugar donde mi madre pudiera vigilarme por la ventana que daba al norte. Frente a esa ventana crecía ahora una desmañada mata de margaritas que apenas dejaba ver el exterior.

La pared de la cocina encarada al este no tenía ventana, sino una puerta que daba a un porche, donde tendíamos la colada más gruesa y la recogíamos cuando estaba seca y todo olía fresco y próspero, desde las sábanas blancas a los bastos petos oscuros de trabajo.

En ese porche me detenía a veces en mis paseos nocturnos. Nunca me sentaba, pero me tranquilizaba mirar hacia el pueblo, quizá simplemente por la sensación de cordura que me daba. La gente no tardaría en levantarse, y saldrían a hacer la compra, abrirían las puertas de sus casas para recoger las botellas de leche: el trajín cotidiano.

Una noche —no sé si hacía doce o veinte, o apenas ocho o nueve que me levantaba y me ponía a caminar— noté, demasiado tarde para cambiar el paso, que había alguien a la vuelta de la esquina. Alguien estaba esperando allí y no pude hacer otra cosa que seguir adelante. Si daba media vuelta me pillarían, y sería peor que dar la cara.

No era otro que mi padre. También él sentado en la escalinata, mirando hacia el pueblo y su tenue e improbable resplandor. Llevaba ropa de calle, pantalones de trabajo oscuros, lo más parecido a un peto sin llegar a serlo, una camisa oscura de tela basta y botas. Estaba fumando un cigarrillo. De liar, por supuesto. Tal vez el humo del cigarrillo me había alertado de otra presencia, aunque es posible que en aquellos tiempos el olor a humo de tabaco estuviese por todas partes, tanto dentro como fuera de los edificios, de modo que pasaba desapercibido.

Buenos días, me dijo, de un modo que podría parecer natural pero que de natural no tenía nada. No teníamos costumbre de saludarnos así en mi familia. No por hostilidad, supongo que sencillamente se consideraba superfluo, cuando nos íbamos viendo a cada rato a lo largo del día.

Buenos días, le contesté. Y debía de estar acercándose la mañana, o mi padre no hubiera estado vestido ya para trabajar. Quizá el cielo clareaba, pero los tupidos árboles lo ocultaran aún. También cantaban los pájaros. Cada vez me quedaba fuera de la cama hasta más tarde, aunque ya no me reconfortaba como al principio. Las posibilidades que una vez habían habitado solo el dormitorio, las literas, iban conquistando poco a poco todos los rincones.

Ahora que lo pienso, ¿por qué mi padre no llevaba el peto de trabajo? Iba vestido como si tuviera que ir al pueblo a hacer algún recado a primera hora de la mañana.

No pude seguir caminando, el ritmo se había roto completamente.

—Qué, ¿te cuesta dormir? —me dijo.

Mi primer impulso fue decir que no, pero entonces pensé en el apuro de explicar que solo estaba dando una vuelta, así que dije que sí.

Me dijo que eso solía pasar las noches de verano.

—Te vas a la cama rendida y entonces, justo cuando crees que te estás quedando dormida, te desvelas. ¿No es así?

Dije que sí.

En ese momento supe que no era la primera noche que me oía levantarme y dar vueltas por ahí. La persona que tenía el ganado en la finca y velaba de cerca por lo poco que le procuraba el sustento, la persona que guardaba un revólver en el cajón del escritorio, sin duda se despertaba con el menor crujido en las escaleras o el más sigiloso giro de un pomo.

No estoy segura de hacia dónde pensaba encaminar mi padre la conversación acerca de mis desvelos. Parecía haber dado a entender que desvelarse era un fastidio, pero ¿eso sería todo? Desde luego yo no pensaba contarle nada. Si él hubiera dejado entrever que sabía que había algo más, incluso si hubiese insinuado que estaba allí con el propósito de oírlo, no creo que me hubiera sonsacado nada. Tuve que ser yo la que rompiera el silencio por voluntad propia, diciendo que no podía dormir. Que tenía que levantarme y dar un paseo.

¿Y eso por qué?

No lo sabía.

¿No serán pesadillas?

No.

—Qué pregunta tan tonta —dijo—. No saldrías escopeteada de la cama si fueran sueños bonitos.

Dejó que me tomara tiempo para continuar, no preguntó nada. Aunque intenté echarme atrás, seguí hablando. La verdad afloró, apenas alterada.

Mencioné a mi hermana pequeña y dije que me daba miedo hacerle daño. Creí que con eso bastaría, que entendería a qué me refería.

—Estrangularla —dije de pronto. No pude contenerme, después de todo.

Así ya no podría desdecirme, no podría volver a ser la persona que había sido hasta entonces.

Mi padre lo había oído. Había oído que me creía capaz, sin ningún motivo, de estrangular a mi hermana pequeña mientras dormía.

—Bueno —dijo. Luego dijo que no me preocupara. Y añadió—: A veces a la gente se le ocurren esas cosas.

Hablaba en serio y sin dar muestras de alarma o sobresalto. A la gente se le ocurren esas cosas, o los asaltan esos temores, si prefieres llamarlo así, pero no hay por qué preocuparse de verdad, no más que si fuera un sueño.

No dijo explícitamente que no existía ningún peligro de que hiciera algo así. Más bien parecía dar por hecho que semejante cosa no podía suceder. Un efecto del éter, dijo. Del éter que te dieron en el hospital. No tiene más trascendencia que un sueño. Era algo que no podía suceder, del mismo modo que un meteorito no podía caer encima de nuestra casa. (Podía, desde luego, pero era tan improbable que caía en la categoría de las cosas que no podían suceder.)

Aun así, no me culpó por pensarlo. No le parecía nada del otro mundo, fue lo que me dijo.

Podría haber dicho otras cosas. Podría haber cuestionado mi actitud hacia mi hermana pequeña o mi descontento con la vida que llevaba. Si esto ocurriese hoy, me habría pedido una cita con un psiquiatra. (Creo que es lo que yo habría hecho por un hijo, una generación después, y con otros ingresos.)

'La verdad es que lo que hizo funcionó la mar de bien. Me puso, aunque sin burla ni alarma, en el mundo en que vivíamos.

A la gente se le ocurren ideas que preferirían no tener. Es algo que pasa en la vida.

Si hoy en día vives lo suficiente, descubres que con tus hijos has cometido errores que no te molestaste en ver, además de los que viste perfectamente. Te pesa cierta humillación en el fondo, a veces te indignas contigo mismo. No creo que mi padre sintiera nada parecido, pero sé que si alguna vez lo hubiera acusado por pegarme con el cinturón o la correa con que afilaba las cuchillas, me habría dicho que no me quedaba otra que tragar y punto. Aquellos correazos no serían en su memoria, si es que quedaba rastro de ellos, más que el correctivo necesario para una cría respondona que imaginaba que podía llevar la voz cantante.

«Te las dabas de lista», sería su justificación del castigo, un comentario que por lo demás se oía mucho en aquellos tiempos, en que la viveza se encarnaba en un diablillo detestable al que había que quitarle el descaro a palos. O de lo contrario se corría el riesgo de que llegara a mayor creyéndose listo. O lista, según el caso.

Aquel día al romper el alba, sin embargo, mi padre me dijo justamente lo que necesitaba oír, y que de todos modos yo olvidaría enseguida.

He pensado que quizá llevaba su mejor ropa de trabajo porque tenía una cita en el banco, donde supo, sin sorprenderse, que no iban a prorrogarle el préstamo. Se había dejado la piel trabajando, pero el negocio no iba a remontar, y tuvo que buscar una nueva manera de mantenernos al tiempo que pagaba lo que debía. O puede que averiguara que existía un nombre para los temblores de mi madre, y que no iban a desaparecer. O que estaba enamorado de una mujer imposible.

Qué más da. A partir de entonces pude dormir.

Voces

Cuando mi madre era una cría, iba con toda la familia a los bailes. Solían celebrarse en la escuela, o a veces en una granja que tuviera un salón lo bastante grande. Jóvenes y viejos acudían a esos bailes. Alguien tocaba el piano, ya fuera el de la casa o el que había en la escuela, y alguien habría llevado un violín. Los bailes de cuadrilla habían complicado las pautas o los pasos, que un buen conocedor (siempre un hombre) iba marcando a voz en grito con una especie de prisa desesperada que de todos modos no servía de nada a menos que te supieras los pasos. Y todo el mundo se los sabía desde los diez o doce años.

Casada ya, con nosotros tres a cuestas, mi madre aún tenía edad y temperamento para haber disfrutado de esos bailes que todavía se hacían en el campo. Y se lo hubiera pasado en grande con las danzas en ronda por parejas, que hasta cierto punto iban suplantando el viejo estilo. Pero estaba, estábamos, en una situación que no era ni fu ni fa: aunque vivíamos fuera del pueblo, tampoco podía decirse que estuviéramos en el campo.

Mi padre, un hombre que se ganaba muchos más aprecios que mi madre, creía que había que aceptar las cosas como vinieran. Ella no era así. Aunque había superado la vida en la granja donde se crió para convertirse en maestra de escuela, no había bastado, no había conseguido la posición a la que aspiraba ni los amigos que le hubiera gustado tener en el pueblo. Vivía en el lugar equivocado y no le sobraba el dinero, y de todos modos tampoco hubiera dado la talla. Sabía jugar al euchre, pero no al bridge. Que una mujer fumara le parecía ofensivo. Creo que la gente la consideraba avasalladora y demasiado celosa de la gramática. Decía cosas como «asaz» o «sobremanera». Sonaba a que se hubiera criado en una familia rara en la que se hablara así. Y no. Mis tías y mis tíos vivían en granjas y hablaban como todo el mundo. Y a ellos mi madre tampoco les caía demasiado bien.

No es que mi madre desperdiciara el tiempo deseando que las cosas fueran de otra manera. Como cualquier mujer sin agua corriente que se pasara el día acarreando barreños a la cocina y casi todo el verano preparando las conservas para el invierno, llevaba mucho trajín. Ni siquiera podía dedicar mucho tiempo a desilusionarse conmigo, como habría hecho en otras circunstancias, preguntándose por qué nunca llevaba a casa amigas de la escuela que fueran de su agrado, o cualquier clase de amigas. O por qué me escaqueaba de los recitados de catequesis, que antes no me saltaba nunca. Y por qué volvía a casa con los tirabuzones deshechos, un sacrilegio que empecé a cometer antes de ir a la escuela, porque nadie llevaba aquel peinado que ella se empeñaba en hacerme. O por qué diantre había borrado de mi memoria prodigiosa de otros tiempos las poesías que recitaba, negándome a volver a usarla nunca más para lucirme.

Pero no soy una chica protestona que se pasa el día enfurruñada. Aún no. Aquí estoy, con diez años más o menos, entusiasmada por ponerme un vestido bonito y acompañar a mi madre a un baile.

El baile iba a celebrarse en una de las casas de nuestra calle, decentes en conjunto sin llegar a parecer prósperas. Una casona de madera donde vivía una gente de la que solo sabía que el marido trabajaba en la fundición, aunque por edad bien podría haber sido mi abuelo. En aquellos tiempos la fundición no se dejaba, uno trabajaba hasta que podía, procurando ahorrar dinero para cuando el cuerpo dijera basta. Incluso en medio de lo que luego aprendí a llamar la Gran Depresión, era una deshonra recurrir a la pensión de la vejez. Era una deshonra que los hijos mayores lo consintieran, por más estrecheces que se pasaran.

Me vienen a la cabeza preguntas que entonces no se me ocurrieron.

La gente que vivía en la casa donde se daba el baile, ¿lo hacía simplemente para armar un poco de jarana, o se cobraba entrada? Quizá estaban atravesando dificultades, por más que el hombre tuviera trabajo. Igual había facturas del médico por pagar. Bien sabía yo cuánto podían pesar en una familia. Mi hermana pequeña estaba delicada de salud, como se decía entonces, y ya le habían extirpado las amígdalas. Mi hermano y yo sufríamos unas bronquitis tremendas todos los inviernos, que requerían visitas del médico. Los médicos costaban dinero.

Puede que también me preguntara por qué me habían elegido a mí para acompañar a mi madre, en lugar de que lo hiciera mi padre, aunque eso no tiene tanto misterio. Igual a mi padre no le gustaba bailar y a mi madre sí. Además, en casa había que cuidar de dos niños pequeños, y yo aún no estaba en edad de hacerme cargo de ellos. No recuerdo que mis padres llamaran nunca a una niñera. Ni siquiera sé si entonces se estilaba. De adolescente hice de niñera, pero los tiempos habían cambiado.

Íbamos de punta en blanco. En los bailes campestres que mi madre recordaba de la infancia nunca aparecía nadie con los llamativos trajes folclóricos que luego se verían por televisión. Todo el mundo se ponía sus mejores galas, y aparecer con cualquier cosa semejante a esos volantes y pañuelos atados al cuello que presuntamente llevaba la gente del campo habría sido un insulto, tanto a los anfitriones como al resto de la gente. Yo llevaba el vestido de suave paño de lana que me había hecho mi madre. La falda era rosa y el cuerpo amarillo, con un corazón de paño rosa cosido donde algún día estaría mi pecho izquierdo. Iba repeinada, con el pelo humedecido para moldear los largos tirabuzones gruesos como salchichas que cada día me deshacía camino de la escuela. Protesté por tener que ir al baile con aquel peinado que nadie llevaba, y la contestación de mi madre fue que ya les gustaría a las demás. Dejé de protestar porque me moría de ganas de ir, o tal vez pensando que al baile no iría nadie más de la escuela, así que daba igual. Eran las burlas de mis compañeros lo que siempre temía.

Mi madre no llevaba un vestido hecho en casa. Era el mejor que tenía, demasiado elegante para la iglesia y demasiado festivo para un funeral, por lo que apenas se lo ponía. Confeccionado con terciopelo negro, tenía mangas hasta el codo y un escote cerrado, pero el detalle realmente maravilloso era la proliferación de cuentas diminutas, doradas y plateadas y multicolores cosidas al corpiño, llenándolo de destellos cada vez que mi madre se movía o simplemente respiraba. Se había trenzado el pelo, que conservaba prácticamente negro, y se lo había prendido en una diadema tirante en la coronilla. En cualquier otra mujer, su porte me habría parecido arrebatador. Creo que me lo pareció, pero en cuanto entramos en la casa extraña noté que su mejor vestido era distinto de todos los demás, aunque seguro que las otras mujeres también lucían sus mejores galas.

Esas otras mujeres estaban en la cocina, donde nos detuvimos a admirar las cosas dispuestas en una mesa grande. Había toda clase de hojaldres y galletas y tartas y pasteles. Mi madre también dejó allí encima no sé qué elaborada receta que había preparado y empezó a pasearse de un lado a otro para hacerse notar. Comentó que se le hacía la boca agua mirando aquellos manjares.

¿Seguro que dijo eso, que se le hacía la boca agua? En cualquier caso, el comentario no sonó del todo bien. Deseé que estuviera allí mi padre, que siempre parecía decir lo correcto para la ocasión, incluso cuando cuidaba la gramática. En casa lo hacía, pero fuera se contenía un poco. Al meterse en una conversación cualquiera, entendía que nunca había que decir algo especial. Mi madre hacía justo al revés, con comentarios grandilocuentes que servían para llamar la atención y no dejaban lugar a dudas.

Era lo que hacía justo entonces, y la oí reírse, alborozadamente, como para compensar el hecho de que nadie se hubiera acercado a hablar con ella. Estaba preguntando dónde podíamos dejar nuestros abrigos.

Por lo visto podíamos dejarlos en cualquier sitio, pero alguien dijo que si queríamos los dejáramos en la cama del cuarto. Había que subir una escalera con paredes a ambos lados, oscura salvo por la luz que llegaba de arriba. Mi madre me pidió que me adelantara, ella subiría enseguida, y eso hice.

Puede que si realmente había que pagar para asistir a ese baile, mi madre se quedara abajo por eso. Pero ¿era posible que se pagara y aun así la gente llevara toda aquella comida? Y ¿de verdad serían platos tan suculentos como los recuerdo? ¿Con lo pobres que eran todos? Aunque quizá, con los puestos de trabajo que generó la guerra y el dinero que los soldados mandaban a casa, ya no se sintieran tan pobres. Si yo tenía entonces diez años, como creo, las cosas habían empezado a cambiar uno o dos años atrás.

La escalera arrancaba en la cocina, y también en el salón, unidos por un tramo de peldaños que subía a los dormitorios. Después de quitarme el abrigo y las botas en la habitación pulcramente ordenada que daba a la fachada, seguía oyendo la voz estridente de mi madre resonando en la cocina, pero también me llegó el son de la música del salón, así que bajé y fui hacia allí.

Habían despejado todos los muebles menos el piano. Las cortinas, de un verde oscuro especialmente sombrío, estaban corridas. En el salón, de todos modos, el ambiente distaba mucho de ser sombrío. Había mucha gente bailando, parejas abrazadas sin faltar al decoro, arrastrando los pies o balanceándose en círculos. Un par de chicas que aún iban a la escuela bailaban de un modo que empezaba a hacerse popular, apartándose una de la otra en un vaivén, a veces cogidas de la mano, otras veces no. Al verme me saludaron con una sonrisa, y para mí fue una gozada, como siempre que una chica más mayor y segura de sí misma me prestaba algo de atención.

En el salón había una mujer que no pasaba desapercibida, con un vestido que desde luego hacía sombra al de mi madre. Debía de ser un poco mayor que ella: tenía el pelo blanco ondulado con tenacillas en un sofisticado recogido muy pegado al cuero cabelludo. Era una mujer grandota, con hombros nobles y caderas anchas, y llevaba un vestido de tafetán naranja en tonos dorados, con un generoso escote a la caja y una falda que apenas le cubría las rodillas. Las mangas cortas ceñían unos brazos recios, de carne suave y blanca como la manteca.

Era una estampa sorprendente. Jamás habría imaginado que a esa edad se pudiera ser tan refinada, fornida y grácil a un tiempo, atrevida y aun así poderosamente digna. Se la podía tachar de desvergonzada, y acaso mi madre luego lo hizo: era una de esas palabras que ella solía emplear. Mirándola con mejores ojos, se la podía calificar de imponente. No es que se propusiera dar la nota, más allá del efecto de conjunto y el color del vestido. Ella y el hombre que la acompañaba bailaban con un estilo solemne, bastante despreocupado, como un matrimonio.

Yo no sabía su nombre. No la había visto nunca. No sabía que en el pueblo, y quizá en otros sitios, todo el mundo la conocía.

Creo que si estuviera escribiendo ficción, y no recordando algo que sucedió, jamás le habría puesto ese vestido. Era una especie de anuncio que no le hacía falta.

De haber vivido en el pueblo, en lugar de limitarme a hacer el trayecto de ida y vuelta los días de colegio, quizá hubiera sabido que era una distinguida prostituta. Seguro que la habría visto en alguna ocasión, aunque no con aquel vestido naranja. Y no habría empleado la palabra prostituta. Mujer de mala vida, probablemente. Habría sabido que la rodeaba un halo repugnante, peligroso y temerario, aun sin identificar exactamente por qué. Si alguien hubiera tratado de explicármelo, creo que no le habría creído.

En el pueblo había varias personas que tenían una pinta inusual, y tal vez la hubiera metido en el mismo saco. Estaba el jorobado que todos los días sacaba brillo a las puertas del ayuntamiento y, por lo que yo sabía, no hacía otra cosa. Y la mujer de aspecto recatado que siempre iba hablando sola, reprendiendo a gente que no se veía por ningún lado.

Habría sabido de antemano cómo se llamaba la mujer, y con el tiempo me habría enterado de que de verdad hacía cosas que a mí me parecían increíbles. Y que el hombre que bailaba con ella y cuyo nombre quizá nunca supe era el dueño de la sala de billar del pueblo. Cuando ya estaba en el instituto, un par de chicas me desafiaron a entrar en los billares un día que pasamos por delante, y al hacerlo me topé con aquel hombre. Era él, aunque más calvo y con más peso y no tan bien vestido. No recuerdo que me dijera nada, pero tampoco hizo falta. Giré sobre mis talones y volví con mis amigas, que tampoco eran tan amigas, y no les conté nada.

Al ver al dueño de la sala de billar me vino a la memoria la escena del baile, el piano aporreado y la música del violín y el vestido naranja, que a esas alturas habría calificado de ridículo, y la aparición repentina de mi madre con el abrigo que probablemente no había llegado a quitarse.

Allí estaba, llamándome a gritos por encima de la música en un tono que me disgustaba especialmente, porque parecía querer recordarme que estaba en este mundo gracias a ella.

—¿Dónde está tu abrigo? —me dijo, como si lo hubiera abandonado de cualquier manera.

—Arriba.

—Bueno, pues ve a buscarlo.

Ella misma lo habría visto si hubiera subido. Seguro que no había pasado de la cocina, debía de haber ido atolondradamente de un lado a otro alrededor de la comida, con el abrigo desabrochado pero sin quitárselo, hasta que entró en el salón donde se hacía el baile y supo quién era la bailarina de naranja.

—Y no te entretengas —dijo.

No era mi intención. Abrí la puerta de la escalera y subí corriendo los primeros peldaños, pero al doblar el recodo vi a varias personas sentadas que impedían el paso. No me vieron llegar, parecían enfrascados en algo serio. No exactamente una discusión, más bien una forma de comunicación apremiante.

Dos eran hombres. Jóvenes con el uniforme de las Fuerzas Aéreas. Uno sentado en un escalón, otro inclinado hacia delante con una mano apoyada en la rodilla. Entre ambos había una chica sentada, a la que el hombre que tenía más cerca le daba palmaditas, como si la consolara. Pensé que se habría caído por la angosta escalera y se había hecho daño, porque lloraba.

Peggy. Se llamaba Peggy.

—Peggy, Peggy —decían los jóvenes, en aquel tono apremiante, e incluso tierno.

Ella dijo algo que no alcancé a entender. Tenía voz de niña. Protestaba, como cuando uno se queja porque algo no es justo. Repite una y otra vez que no es justo, pero sin esperanza, como si no creyera que esa injusticia pueda repararse. Malo es otra palabra a la que se suele recurrir en esas circunstancias. Ha pasado algo malo. Alguien ha hecho algo malo.

Al oír a mi madre hablando con mi padre cuando volvimos a casa, me enteré un poco de lo que había pasado, pero no fui capaz de sacar nada en claro. La señora Hutchinson había aparecido en el baile, acompañada del dueño de los billares, que entonces yo no sabía que fuera el dueño de los billares. No sé con qué nombre se refirió a él mi madre, pero sí que su comportamiento le había parecido deplorable. La noticia del baile había llegado hasta Port Albert, y a algunos muchachos de la base aérea militar se les ocurrió presentarse allí. Si la cosa hubiera quedado en eso, no hubiera pasado nada, desde luego. Los muchachos de las Fuerzas Aéreas sabían comportarse. La vergüenza era lo de la señora Hutchinson. Y la chica.

Se había llevado con ella a una de sus chicas.

—Igual le apetecía salir un poco —dijo mi padre—. Igual le gusta bailar.

Mi madre ni siquiera dio muestras de haber oído el comentario. Dijo que era una lástima. Para una vez que se podía pasar un buen rato, disfrutar de un baile decente y divertido en el vecindario, todo se había ido a pique.

A esa edad me fijaba mucho en el aspecto de las chicas más mayores. Peggy no me había parecido particularmente bonita. Puede que se le hubiera corrido el maquillaje con el llanto. A su pelo pajizo, peinado con rulos, se le habían soltado varias horquillas. Llevaba las uñas de las manos pintadas, pero de todos modos parecía que se las mordía. No aparentaba mucha más edad que cualquiera de las chicas mayores quejicas y chivatas a las que yo conocía. Y sin embargo aquellos soldados jóvenes la trataban como si no mereciera pasar nunca un mal rato, como si solo se la pudiera mimar y consentir y agachar la cabeza ante ella.

Uno de ellos le ofreció un cigarrillo de una cajetilla, que en sí mismo me pareció un lujo, porque mi padre se los liaba a mano, igual que todos los otros hombres que conocía. Sin embargo, Peggy negó con la cabeza y con voz lastimera dijo que no fumaba. Entonces el otro hombre le ofreció un chicle, y ello la aceptó.

¿Qué pasaba? Cómo iba yo a saberlo. El chico que le había

ofrecido el chicle me vio mientras seguía rebuscando en el bolsillo.

—¿Peggy? —dijo—. Peggy, creo que esta chiquilla quiere ir arriba.

Ella agachó la cabeza para que no le viese la cara. Al pasar olí a perfume. También olí a cigarrillos, y los varoniles uniformes de lana, las botas lustradas.

Cuando volví a bajar con el abrigo puesto seguían allí, pero como me esperaban guardaron silencio y se quedaron quietos mientras pasaba. Salvo porque Peggy se sorbió ruidosamente la nariz y el hombre más cerca de ella seguía acariciándole el muslo. La falda se le había levantado y vi el liguero que sujetaba la media.

Tardé mucho en olvidar sus voces. Las recordaba, intentando distinguir sus matices. No la voz de Peggy, sino la de los hombres. Más tarde supe que algunos de los hombres de las Fuerzas Aéreas destinados en Port Albert a principios de la guerra venían de Inglaterra, y se entrenaban para pelear con los alemanes. Así que me pregunto si sería el acento de alguna parte de Gran Bretaña lo que me resultaba tan dulce y fascinante. Desde luego nunca había oído a un hombre hablar así, tratando a una mujer como si la considerara una criatura tan perfecta y valiosa que cualquier acto de maldad que la tocase de cerca iba en contra de una ley misteriosa, era un pecado.

¿Qué creí que había hecho llorar a Peggy? La cuestión no me interesó mucho entonces. Yo misma no era valiente. Lloré cuando me persiguieron a pedradas camino de casa desde mi primera escuela. Lloré cuando la maestra de la escuela del pueblo me señaló, delante de toda la clase, para poner en evidencia el increíble desorden de mi pupitre. Y cuando a raíz de eso la maestra llamó a mi casa, mi madre colgó el teléfono y también se echó a llorar, desconsolada de que yo no fuera un motivo de orgullo. Por lo visto había gente valiente por naturaleza, y gente que no lo era. Alguien debía de haberle dicho algo a Peggy, y allí estaba moqueando, porque a ella, al igual que a mí, le faltaba curtirse.

Seguro que la mala había sido la mujer del vestido naranja, pensé, sin una razón concreta. Tenía que haber sido una mujer, porque de haber sido un hombre, uno de los muchachos de las Fuerzas Aéreas que la consolaban le habría dado su merecido. Le habrían advertido que se anduviera con cuidado con lo que iba diciendo, y puede que incluso lo hubieran sacado a rastras de la casa y le hubieran dado una paliza.

Así pues, no me interesaba Peggy, ni sus lágrimas, ni su aspecto desvalido. Me recordaba demasiado a mí misma. Quienes me maravillaron fueron los chicos que la consolaban, el modo en que parecían postrarse y declararse ante ella.

¿Qué era lo que decían? Nada en particular. No pasa nada, decían. No pasa nada, Peggy, decían. Vamos Peggy. Ya está, ya está.

Aquella ternura. Que alguien pudiera ser tan tierno.

Es verdad que esos muchachos, enviados a nuestro país para instruirse en misiones de bombardeo en las que tantos de ellos morirían, quizá simplemente hablaran con el acento de Cornualles o Kent o Hull o Escocia. A mí, sin embargo, me pareció que cada palabra que saliera de sus bocas era una bendición, una bendición del momento. No se me ocurrió pensar que sus destinos estaban inextricablemente unidos al desastre, o que sus vidas corrientes se habían escapado por la ventana antes de acabar hechas añicos contra el suelo. Solo pensé en la bendición, en qué maravilloso debía de ser recibirla, en la extraña suerte que tenía Peggy, sin merecerla.

Y, durante no sé cuánto tiempo, pensé en ellos. En la oscuridad fría de mi cuarto, me acunaban hasta que me dormía. Podía recordarlos, evocar sus caras y sus voces. Oh, pero además entonces sus voces se dirigían a mí, en lugar de a otras que no pintaban nada. Sus manos bendecían mis muslos flacos y sus voces me aseguraban que yo también merecía amor.

Y mientras aún habitaban mis fantasías, que no llegaban a ser eróticas, se marcharon. Algunos, muchos, se fueron para siempre.

Vida querida

Vivía, de pequeña, al final de un camino largo, o que a mí me parecía largo. Al volver a casa de la escuela, y más tarde del instituto, dejaba atrás el pueblo de verdad, con su trajín y sus aceras y las farolas para cuando oscurecía. Marcaban el final del pueblo dos puentes sobre el río Maitland: uno estrecho de acero, donde a veces los coches no se ponían de acuerdo sobre quién debía ceder el paso, y una pasarela de madera en la que de vez en cuando faltaba un tablón, con lo que al fondo se veían las aguas brillantes, presurosas. A mí me gustaba mirarlas, pero con el tiempo siempre venía alguien a reponer el tablón.

A continuación había una pequeña hondonada, un par de casas destartaladas que se inundaban cada primavera, aunque siempre había gente, gente distinta, que iba allí a vivir de todos modos. Y luego otro puente sobre el canal del aserradero, que no era muy ancho pero sí bastante profundo para ahogarse. Después el camino se bifurcaba: un ramal se iba hacia el sur, pasando una montaña antes de volver a atravesar el río y convertirse en una carretera; el otro bordeaba el recinto de la antigua feria para girar al oeste.

Ese camino hacia el oeste era el mío.

Había también un camino hacia el norte, con una acera corta

pero acera al fin, donde se alineaban varias casas una al lado de la otra, como si estuvieran en el pueblo. En la ventana de una de ellas se conservaba un cartel de «Tés Salada», prueba de que alguna vez allí se habían vendido comestibles. Después había una escuela, a la que fui dos años de mi vida y que hubiera querido no ver nunca más. Al cabo de esos dos años, mi madre hizo que mi padre comprara un viejo cobertizo en el pueblo, para que pagáramos impuestos allí y yo pudiera ir a la escuela municipal. Al final no hubiera hecho falta, porque ese año, el mismo mes que empecé a ir a la escuela del pueblo, se declaró la guerra contra Alemania y las cosas se calmaron como por arte de magia en la otra escuela, la escuela donde los matones de la clase me quitaban el almuerzo y amenazaban con pegarme y donde nadie parecía aprender nada en medio del alboroto. Pronto solo hubo un aula y un maestro, que probablemente ni siquiera tuviera que cerrar las puertas con llave durante el recreo. Los mismos chicos que siempre me preguntaban retóricamente si quería follar, aunque yo me asustaba de todos modos, por lo visto tenían tantas ganar de ponerse a trabajar como sus hermanos mayores de alistarse en el ejército.

No sé si para entonces los lavabos de aquella escuela habrían mejorado, porque eran lo peor de lo peor. No es que en mi casa no recurriéramos al retrete del patio, pero estaba limpio, y hasta tenía un suelo de linóleo. En aquella escuela, por desacato o por lo que fuera, nadie parecía molestarse en apuntar al agujero. Aunque en muchos sentidos tampoco lo tuve fácil en el pueblo, porque todos los niños de mi clase iban juntos desde primero, y además había muchas cosas que yo aún no había aprendido, fue un consuelo ver los asientos del inodoro limpios y oír el noble sonido urbano de las cisternas.

En la escuela primaria no hice un solo amigo. Una niña a la que llamaré Diane llegó a mediados de mi segundo año allí. Era más o menos de mi edad, y vivía en una de las casas con acera. Un día me preguntó si sabía hacer el baile de las Tierras Altas y, cuando le dije que no, se ofreció a enseñármelo. Con esa idea fuimos a su casa al salir de la escuela. La niña se había venido a vivir con sus abuelos porque su madre había muerto. Me explicó que para bailar aquella danza tradicional escocesa se necesitaban zapatos que hicieran ruido, como los que ella tenía y por supuesto yo no, pero calzábamos casi el mismo número y nos los pudimos intercambiar mientras trataba de enseñarme. En un momento dado nos entró sed y su abuela nos dio de beber, pero era agua de un pozo cavado a mano con un gusto horrible, como la de la escuela. Les hablé del agua tan buena que había en mi casa, porque teníamos un pozo artesiano, y la abuela, sin ofenderse lo más mínimo, dijo que ya quisieran ellos uno igual.

Pero luego enseguida llegó mi madre, después de haber ido a la escuela y averiguar mi paradero. Desde fuera tocó el claxon del coche para llamarme y ni siquiera respondió al amable saludo de la abuela. Mi madre no conducía a menudo, y cuando lo hacía la ocasión cobraba una tensa solemnidad. Mientras volvíamos en el coche me dijo que no pisara aquella casa nunca más. (No me fue difícil, porque Diane dejó de aparecer por la escuela al cabo de unos días: la mandaron a vivir lejos, no sé adónde.) Le dije a mi madre que la madre de Diane había muerto y dijo que sí, que lo sabía. Le hablé de la danza de las Tierras Altas, y dijo que algún día podría aprender a bailarla como es debido, pero no en aquella casa.

Entonces no supe, y no sé cuándo me enteré, que la madre de

Diane había sido prostituta y había muerto de una enfermedad que por lo visto cogían las prostitutas. Había pedido que la enterraran en su pueblo natal, y el pastor de nuestra iglesia había oficiado el funeral. Hubo controversia sobre el texto que eligió. Algunos dijeron que habría podido ahorrárselo, pero mi madre creía que había hecho lo propio.

El precio del pecado es la muerte.

Mi madre me lo contó mucho después, o por lo menos a mí me parecía que hubiera pasado mucho tiempo, en aquella época en que detestaba muchas de las cosas que me decía, sobre todo cuando hablaba con aquella convicción trémula, casi exaltada.

Seguí encontrándome a la abuela de vez en cuando. Siempre que me veía esbozaba una sonrisa. Decía que era estupendo que siguiera estudiando, y me daba noticias de Diane, que también fue a la escuela un tiempo considerable en el sitio donde vivía, aunque no tanto como yo. Por su abuela supe luego que se había puesto a trabajar en un restaurante de Toronto, donde llevaba un traje de lentejuelas. Entonces yo ya tenía edad y malicia suficientes para suponer que seguramente era uno de esos sitios donde también había que quitárselo.

La abuela de Diane no era la única que creía que mis años de estudiante duraban ya más de la cuenta. En mi calle había varias casas un poco más alejadas una de otra de lo que habrían estado en el pueblo, aunque no tuvieran mucho terreno en propiedad alrededor. Una de ellas, en lo alto de una loma, era la casa de Waitey Streets, un veterano manco de la Primera Guerra Mundial. Cuidaba unas cuantas ovejas y estaba casado con una mujer a la que vi una sola vez en todos aquellos años, mientras la señora llenaba el balde junto a la bomba del agua. Waitey solía bromear conmigo diciéndome que había que ver el tiempo que llevaba en la escuela y que era una pena que no aprobara los exámenes de una vez. Y yo le seguía la broma, fingiendo que era cierto, aunque no estaba segura de si él lo creía de veras. Esa era la clase de trato que mantenía la gente en mi calle. Saludabas, y ellos te devolvían el saludo y comentaban algo del tiempo, o se ofrecían llevarte en coche si ibas a pie. No era como vivir en el campo de verdad, don-de normalmente la gente visitaba las casas de los demás y todo el mundo se ganaba la vida más o menos igual.

No me estaba llevando más tiempo terminar los estudios que a cualquiera que pasara por los cinco cursos del bachillerato, pero pocos alumnos lo hacían. Nadie esperaba en aquellos tiempos que todos los que empezaban el instituto salieran, atiborrados de sabi-duría y con la gramática al dedillo, al final del último año. La gente conseguía trabajos de media jornada que poco a poco aca-baban en jornada completa. Las chicas se casaban y tenían hijos, en uno u otro orden. En el último curso, cuando apenas quedába-mos una cuarta parte de la clase original, se respiraba un ambien-te estudioso, concienzudo, o quizá simplemente persistiera una especie de serena impracticabilidad, sin que importara lo que de-paraba el futuro.

Me sentía a años luz de la mayoría de la gente a la que había conocido el primer año del bachillerato, por no hablar de los compañeros de la escuela primaria.

En un rincón de nuestro comedor había algo que siempre me sor-prendía un poco cuando sacaba la Electrolux para aspirar el suelo. Sabía lo que era: una flamante bolsa de golf, con los correspon-dientes palos y pelotas de dentro. Tan solo me preguntaba qué

pintaba en nuestra casa. Apenas sabía nada de ese juego, pero me
había hecho una idea de la clase de gente que lo practicaba. No
era gente que se vistiera con petos de trabajo como los que llevaba
mi padre, aunque tenía unos pantalones mejores para cuando iba
al pueblo. Hasta cierto punto podía imaginar a mi madre con la
ropa de tipo deportivo que se usaba para jugar al golf, cubrién-
dose con un pañuelo su melena espléndida, ondeante, pero no la
veía intentando realmente meter una bola en un agujero. La frivolidad de un acto así le hubiera parecido inconcebible.

En una época debió de pensar otra cosa. Debió de pensar que
mi padre y ella se transformarían en una clase de gente distinta,
gente que gozaba de un grado de ocio. Golf. Salir a cenar. Quizá
se convenció de que ciertas limitaciones no existían. Se las había
arreglado para salir de una granja en el páramo del escudo canadiense, mucho más desastrosa que la granja donde se había criado
mi padre, y convertirse en una maestra de escuela que hablaba de
un modo que incomodaba a sus propios parientes. Tal vez pensó
que después de tantos padecimientos sería bien recibida en cualquier sitio.

Mi padre tenía ideas distintas. No es que pensara que la gente
del pueblo o cualquier otra fuese mejor, pero creía que quizá esa
gente sí lo pensaba, y prefería no darles ocasión de demostrarlo.

Por lo visto en la cuestión del golf había ganado mi padre.

Tampoco era que él se hubiera conformado con vivir como
esperaban sus padres, haciéndose cargo de la digna granja de la
familia. Cuando mi madre y mi padre abandonaron las comuni-
dades donde se habían criado para comprar esa parcela de tierra al
final de un camino cerca de un pueblo que no conocían, sé que
acariciaban la idea de prosperar criando zorros plateados y, con el

tiempo, visones. De niño, mi padre disfrutaba mucho más rastreando trampas que ayudando en la granja o yendo al instituto, y desde luego vio que manejaba más dinero que nunca, así que se le había ocurrido esa idea y apostó por ella, convencido de que sería un negocio de por vida. Invirtió el dinero que logró reunir, y mi madre aportó también sus ahorros de profesora. Mi padre construyó todos los corrales y los cobertizos para los animales, y levantó las alambradas donde vivirían su cautiverio. La parcela de tierra, de doce acres, tenía el tamaño ideal, además de un campo de heno y pastos con que abastecer a nuestra vaca y los caballos viejos que aguardaban su turno para alimentar a los zorros. Los pastos se extendían hasta el río y quedaban resguardados del sol por doce olmos.

Las matanzas estaban a la orden del día, ahora que lo pienso. Había que destazar a los caballos viejos de los que se hacía carne, y en otoño se seleccionaban los animales de pelaje fino que se sacrificarían, para que solo quedaran los ejemplares de cría. Sin embargo yo estaba acostumbrada a todo eso, y conseguía olvidarlo sin esfuerzo recreando un escenario depurado que parecía salido de los libros que me gustaban, como *Ana la de Tejas Verdes* o *Pat de Silver Bush*. Para eso me venían muy bien los olmos que se alzaban sobre el pasto, y el río resplandeciente, y la sorpresa de una primavera en que las crecidas inundaron el prado, trayendo su agua a los caballos sentenciados y a la vaca, y también a mí, que saqué una taza de hojalata para beber. Siempre había por allí estiércol fresco, pero yo lo ignoraba, tal como debía de hacer Ana en Tejas Verdes.

En esa época a veces me tocaba ayudar a mi padre, porque mi hermano aún no tenía edad para eso. Bombeaba agua del pozo y recorría las hileras de jaulas, limpiando los bebederos de los animales y llenándolos de nuevo. Recuerdo que lo disfrutaba. La importancia de la tarea, la frecuente soledad, eran justo lo que me gustaba. Más adelante, cuando tuve que quedarme en casa ayudando a mi madre, destilaba resentimiento y comentarios provocadores. «Respondona», solían llamarme. Mi madre decía que hería sus sentimientos y le iba con el cuento a mi padre, que estaría en el granero y tendría que interrumpir su trabajo para darme unos azotes con la correa. (No era un castigo raro en la época.) Cuando terminaba, me iba a llorar a la cama y hacía planes de fuga. De todos modos esa etapa también pasó, y en la adolescencia me volví más dócil, incluso alegre, y me gané fama por contar anécdotas divertidas de cosas que oía en el pueblo o que pasaban en la escuela.

Teníamos una casa de tamaño decente. No sabíamos con exactitud cuándo la habían construido, pero debía de tener menos de un siglo, porque 1858 era el año en que el primer colono se detuvo en un lugar llamado Bodmin, desaparecido ya, y se construyó una balsa, con la que fue río abajo talando los árboles de la tierra que más adelante sería una aldea. Esa primera aldea pronto contó con un aserradero, un hotel, tres iglesias y una escuela, la misma a la que empecé a ir yo y que tanto me horrorizaba. Luego se tendió un puente para cruzar el río, y entonces la gente se percató de que en realidad convenía vivir al otro lado, en terreno más elevado, de manera que el asentamiento original pasó a ser el arrabal desaliñado, y luego sencillamente peculiar, del que ya he hablado.

Nuestra casa no debió de ser una de las primeras de aquel primer asentamiento, porque estaba revestida de ladrillo, mientras

que todas las demás eran solo de madera, pero probablemente no
la levantaron mucho después. Fue construida de espaldas al pueblo; orientada hacia el oeste, miraba en diagonal a unos campos
que describían una ligera pendiente hasta el recodo oculto donde
el río trazaba lo que se conocía como el gran meandro. Más allá
del río había un macizo de árboles de hoja perenne, tal vez cedros,
aunque estaban demasiado lejos para distinguirlo. Y más lejos
aún, en la ladera de otra montaña, en línea recta frente a la nuestra había una casa que de lejos parecía más bien pequeña, a la que
no íbamos nunca ni conocíamos, y que para mí era como la morada de los enanos de los cuentos. Sabíamos, sin embargo, cómo
se llamaba el hombre que vivía allí, o que había vivido en otra
época, porque a esas alturas quizá hubiera muerto. Roly Grain, se
llamaba, y no tiene ningún otro papel en lo que ahora escribo, a
pesar de su nombre de ogro, porque esto no es un cuento, tan
solo es la vida.

Antes de tenerme a mí, mi madre perdió dos veces la criatura que
llevaba en el vientre, así que cuando nací, en 1931, debió de haber cierta satisfacción. Los tiempos, sin embargo, eran cada vez
menos halagüeños. La verdad era que mi padre se había metido en
el negocio de las pieles un poco tarde. Habría tenido más posibilidades de éxito a mediados de los años veinte, cuando la peletería
empezaba a popularizarse y la gente tenía dinero, pero no lo había
puesto en marcha entonces. Aun así nos mantuvimos a flote hasta que llegó la guerra y mientras duró. Incluso cuando terminó, la
cosa debió de animarse un poco, porque fue el verano en que mi
padre arregló la casa, agregando una capa de pintura ocre sobre el
ladrillo visto. Había algún problema con el encaje de los ladrillos

en la madera; no aislaban el frío como cabía esperar. Se pensó que con la capa de pintura la cosa mejoraría, aunque no recuerdo si fue así. Además nos hicimos un cuarto de baño, y el inútil monta-platos se convirtió en varios armarios de cocina, y el comedor diáfano que se comunicaba con la escalera pasó a ser un comedor corriente al poner un tabique que cerraba la escalera. Esa última reforma me trajo un consuelo que no me detuve a examinar, por-que en la antigua habitación era donde mi padre me había dado aquellas palizas que me hacían morir de amargura y vergüenza. Con el cambio de escenario, costaba incluso imaginar que algo así pudiera suceder. Yo ya estaba en el instituto, y cada año me iba mejor, a medida que quedaban atrás actividades como coser do-bladillos o escribir con pluma, y los estudios sociales pasaban a la historia y se podía aprender latín.

Después del optimismo de aquella época de reformas, sin em-bargo, nuestro negocio se agotó de nuevo y ya no volvió a remon-tar. Mi padre despellejó todos los zorros y luego los visones por el poquísimo dinero que le dieron a cambio, antes de dedicarse du-rante el día a echar abajo los cobertizos donde había nacido y muerto la iniciativa, y empezar a trabajar en el turno de las cinco en la fundición. No volvía a casa hasta alrededor de medianoche.

Nada más llegar de la escuela, me ponía a prepararle el al-muerzo a mi padre. Freía dos lonchas de paletilla de cerdo y las bañaba en ketchup. Le llenaba el termo de té negro cargado. Me-tía una magdalena de trigo integral con mermelada, o quizá un buen pedazo de tarta casera. A veces los sábados preparaba una tarta, o a veces la preparaba mi madre, aunque sus dotes reposte-ras empezaban a fallarle.

Había caído sobre nosotros algo que fue aún más inesperado y que resultaría mucho más devastador que la pérdida de ingresos, aunque todavía no lo supiéramos: la temprana aparición del mal de Parkinson, que se manifestó por primera vez cuando mi madre rondaba los cuarenta años.

Al principio no fue para tanto. Solo de vez en cuando se le ponían los ojos en blanco con expresión errabunda y los labios se le cubrían de un exceso de saliva apenas visible. Se podía vestir por las mañanas con algo de ayuda, y era capaz de hacer tareas esporádicas en casa. Parece increíble que lograra aferrarse tanto tiempo a no sé qué fuerza interior.

Podría pensarse que fue demasiado. El negocio al traste, la salud de mi madre a peor. En la ficción no funcionaría. Curiosamente, sin embargo, no la recuerdo como una época infeliz. En casa no cundió el desconsuelo más que de costumbre. Quizá entonces no se supiera que mi madre no iba a reponerse, que solo podría empeorar. Mi padre, por su parte, se mantuvo fuerte, y así seguiría mucho tiempo aún. Se sentía a gusto entre sus compañeros de la fundición, que en su mayoría eran hombres como él, que habían sufrido algún bache o que soportaban en la vida una carga adicional. Además de ser el vigilante del primer turno de la noche, disfrutaba del reto que entrañaba su trabajo, que consistía en verter en moldes metal al rojo vivo. La fundición fabricaba cocinas económicas de forja, que se vendían en todo el mundo. Era un trabajo peligroso, pero, como decía mi padre, bastaba con ir con cuidado. Y la paga era digna: una novedad para él.

Creo que se marchaba contento, aunque fuera para hacer aquel trabajo duro y arriesgado. Para marcharse de casa y estar en compañía de otros hombres que tenían sus propios problemas pero salían adelante.

Cuando mi padre se iba, me ponía con la cena. Podía preparar platos que a mí me parecían exóticos, como espaguetis o tortillas, siempre que fueran baratos. Y al terminar de lavar la loza —mi hermana tenía que secar, y a mi hermano había que irle detrás para que tirara el agua sucia en la tierra oscura del campo (podría haberlo hecho yo, pero me gustaba dar órdenes)— me sentaba con los pies metidos en el calientaplatos, que se había quedado sin puerta, y leía las gruesas novelas que sacaba de la biblioteca municipal: *Gente independiente*, que trataba de la vida en Islandia, mucho más dura que la nuestra, aunque vista con una grandiosidad irrenunciable, o *En busca del tiempo perdido*, que no alcanzaba a entender, pero no por ello se me ocurrió abandonarla, o *La montaña mágica*, que hablaba de la tuberculosis y se debatía entre lo que por un lado parecía un concepto de la vida genial y progresista y, por el otro, una oscura desesperación que de algún modo resultaba emocionante. Nunca dedicaba ese tiempo precioso a los deberes de la escuela, pero cuando llegaban los exámenes hincaba los codos y me pasaba casi toda la noche en vela, empollando. Mi memoria a corto plazo era prodigiosa, y con eso solía cumplir.

A pesar de lo que pudiera parecer, me consideraba afortunada.

De vez en cuando mi madre y yo hablábamos, sobre todo de sus tiempos de juventud. Ya casi nunca me inmiscuía en su manera de ver las cosas.

Varias veces me contó una historia relacionada con la casa que entonces era propiedad de Waitey Streets, el veterano de guerra que se asombraba de cuánto me costaba acabar los estudios. La historia no concernía a Waitey, sino a una vieja loca que había vivido en aquella casa mucho antes que él, la señora Netterfield.

A la señora Netterfield le entregaban a domicilio la compra que previamente encargaba por teléfono, como entonces hacíamos todos. Mi madre contaba que un día el tendero se olvidó de ponerle la mantequilla, o ella se olvidó de pedirla, y cuando el mozo del reparto abrió el maletero de la camioneta, la señora se alteró mucho al advertir el error. Y en cierto modo estaba preparada. Llevaba el hacha en una mano y la levantó como para castigar al mozo, que por supuesto no tenía ninguna culpa y no tuvo más remedio que correr hasta el asiento del conductor y arrancar sin ni siquiera cerrar el maletero.

Algunos detalles de esa historia eran desconcertantes, aunque entonces yo no me los planteara, ni mi madre tampoco. ¿Cómo pudo saber la anciana de buenas a primeras que entre tantas compras faltaba la mantequilla? ¿Y por qué iba a ir blandiendo un hacha antes de saber que había un error en el pedido? ¿La llevaba consigo a todas partes, por si se presentaba cualquier provocación?

Se decía que de joven la señora Netterfield había sido toda una dama.

Había otra historia sobre la señora Netterfield que tenía más interés, porque aparecía yo en ella y sucedía en los alrededores de nuestra casa.

Era un hermoso día de otoño. Sacaron mi cochecito y me pusieron a dormir en la pequeña parcela de césped recién brotado. Mi padre iba a pasar fuera toda la tarde, quizá ayudando a su padre en la antigua granja, como a veces hacía, y mi madre estaba lavando ropa en el fregadero. La llegada de un primer bebé se celebraba con un montón de prendas de punto, cintas de raso, cosas que se lavaban a mano con cuidado, en agua templada. No había una ventana por la que mi madre pudiera mirar afuera mientras lavaba y escurría la ropa en el fregadero. Para echar una ojeada, había que cruzar el cuarto hasta la ventana que daba al norte. Desde ahí se veía el camino que iba desde el buzón hasta la casa.

¿Por qué mi madre decidió dejar de lavar y escurrir para ir a echar una ojeada al camino? No esperaba compañía. Mi padre no se estaba demorando. Quizá le había pedido que comprara algo en la tienda, algo que necesitaba para la cena que pensaba preparar, y se preguntaba si llegaría con tiempo. En aquella época era una cocinera bastante sofisticada; más, de hecho, de lo que su suegra y las demás mujeres de la familia de mi padre consideraban necesario. Y encima con lo que costaba, como decían ellas.

O quizá no tuviera nada que ver con la cena, sino con un patrón de ropa que mi padre debía recoger, o un trozo de tela para un vestido nuevo que ella quería hacerse.

Mi madre después nunca dijo por qué lo había hecho.

Los recelos sobre cómo cocinaba mi madre no eran el único problema con la familia de mi padre. Seguro que también hablaban de su manera de vestir. Recuerdo por ejemplo que en casa solía ir vestida de calle, aunque solo estuviera fregando cacharros en la cocina. Hacía una siesta de media hora después del almuerzo, y al levantarse siempre se cambiaba de ropa. Más tarde, al ver fotografías de la época, llegué a la conclusión de que aquella moda no la favorecía, ni a ella ni a nadie. Los vestidos no tenían forma, y aquel corte de pelo a lo paje no iba con la cara llena y fofa de mi madre. No debía de ser esa, sin embargo, la objeción de las mujeres de la familia de mi padre que vivían lo bastante cerca para vigilar sus hábitos. No parecía que se hubiera criado en una granja, o que tuviera intención de quedarse en una mucho tiempo.

Mi madre no vio el coche de mi padre enfilando el camino, sino a la anciana, a la señora Netterfield, que debía de venir andando desde su casa. La misma casa donde, mucho después, yo vería al manco que me tomaba el pelo con sus bromas, y donde una sola vez vi a su mujer, una señora de pelo corto llenando un balde de agua. La casa desde la que, mucho antes de que supiera nada de ella, la vieja loca había perseguido al mozo del reparto con un hacha, por el asunto de la mantequilla.

Mi madre tuvo que haber visto a la señora Netterfield en varias ocasiones antes de distinguirla acercándose a nuestra casa. Tal vez nunca hubieran hablado, pero es posible que sí. Puede que mi madre se empeñara en hacerlo aunque mi padre le dijera que no hacía falta, quizá advirtiéndola de que podía traerle problemas. Mi madre se compadecía de gente como la señora Netterfield, siempre que fueran personas educadas.

Sin embargo en ese momento no pensó en amabilidades ni buenos modales. En ese momento lo que hizo fue salir corriendo por la puerta de la cocina para sacarme del cochecito. Dejó el cochecito y las mantillas donde estaban, entró corriendo en casa conmigo en brazos e intentó cerrar la puerta de la cocina. De la puerta delantera no había que preocuparse, porque siempre estaba cerrada con llave.

Pero con la puerta de la cocina había un problema. Por lo que sé, nunca tuvo una cerradura como es debido. Simplemente había costumbre, por la noche, de apoyar una de las sillas de la cocina contra la puerta, e inclinarla de manera que el respaldo de la silla encajara bajo el pomo, de modo que si alguien la empujaba para entrar armara mucho ruido. Una manera un tanto caprichosa de mantener la seguridad, me parece, y que tampoco era muy acorde con el hecho de que mi padre tuviera un revólver en casa, en un cajón del escritorio. Además, como era natural en la casa de un hombre que mataba caballos con regularidad, había un rifle y un par de escopetas. Descargados, por supuesto.

¿Pensó mi madre en hacerse con un arma, cuando atrancó bien la puerta de la cocina? ¿Habría empuñado un arma en su vida, o sabría cargarla?

¿Se le pasó por la cabeza que quizá la anciana solo quisiera hacerle una visita amable, un gesto de buena vecindad? No lo creo. Debía de advertirse una diferencia en el andar, una determinación en el modo de acercarse de una mujer que no era una vecina que viene por el sendero, que no eran buenas intenciones lo que la traía por el camino de nuestra casa.

Puede que mi madre rezara, aunque nunca lo mencionó.

Supo que alguien examinaba las mantillas del cochecito, porque justo antes de bajar la persiana de la puerta de la cocina vio revolear una de esas mantillas, que aterrizó en el suelo. Después ya no intentó bajar las persianas de ninguna otra ventana, sino que me estrechó en sus brazos y se quedó en un rincón donde no pudiera ser vista.

No hubo una llamada cortés en la puerta, aunque tampoco trataron de empujar la silla. No hubo porrazos ni golpeteos. Mi madre, en el escondite junto al montaplatos, esperaba que, contra toda lógica, el silencio significara que la mujer había cambiado de idea y había dado media vuelta.

No fue así. La mujer empezó a caminar alrededor de la casa,

tomándose su tiempo para detenerse en todas las ventanas de la planta baja. Las contraventanas no estaban colocadas, claro, porque era verano. La mujer podía pegar la cara a todos los vidrios. Las persianas estaban subidas hasta arriba, porque hacía buen día. La mujer no era muy alta, pero no necesitaba ponerse de puntillas para ver el interior.

¿Cómo sabía mi madre esas cosas? No es que se pusiera a correr de acá para allá conmigo en los brazos, escondiéndose detrás de cada mueble, atisbando hacia fuera, angustiada de terror por si se encontraba con la mirada desencajada, y acaso una sonrisa demente.

Se quedó junto al montaplatos, ¿qué otra cosa podía hacer?

También estaba el sótano. Allí las ventanas eran demasiado pequeñas para que nadie pudiera colarse, pero la puerta del sótano no tenía pestillo por dentro. En cierto modo habría sido aún más horrible quedarse atrapada a oscuras allí abajo, si a la mujer al final le hubiera dado por entrar en la casa a empujones y bajar las escaleras.

También estaban las habitaciones de arriba, pero para llegar allí mi madre habría tenido que cruzar el salón principal, la estancia amplia donde en el futuro tendrían lugar las palizas pero que perdió su malevolencia después de que cerraran la escalera.

No sé cuándo fue la primera vez que mi madre me contó esta historia, pero me da la impresión de que las versiones más tempranas se acababan allí, con la señora Netterfield pegando la cara y las manos contra el vidrio mientras mi madre se escondía. En versiones posteriores, en cambio, llegaba un punto en que no todo quedaba en miradas a través de las ventanas. La impaciencia o la rabia se apoderaban de la mujer y empezaban los golpeteos y los porrazos. Nunca se mencionaron gritos. Quizá a la anciana le faltara el aliento. O tal vez olvidó para qué había venido, una vez se le agotaron las fuerzas.

En cualquier caso, se rindió; eso fue todo. Después de recorrer todas las ventanas y las puertas, se marchó. Por fin mi madre se armó de valor para ir a comprobar el silencio que rodeaba la casa y llegó a la conclusión de que la señora Netterfield se había ido a otra parte.

Aun así, no desatrancó la puerta hasta que volvió mi padre.

No quiero dar a entender que mi madre hablara de esto a menudo. No era parte del repertorio que fui conociendo y que, en buena medida, me parecía interesante. Su empeño por llegar al bachillerato. La escuela donde dio clases, en Alberta, a la que los niños iban a caballo. Los amigos que tuvo en la escuela normal, las inocentadas que se hacían.

Yo siempre descifraba lo que decía, aunque a menudo, a medida que se le entorpeció el habla, otra gente no podía. Me convertí en su intérprete, y a veces me embargaba la pena cuando, al repetir sus frases intrincadas o lo que ella consideraba bromas, me daba cuenta de que las amables visitas que se paraban a hablar se morían por irse cuanto antes.

La visitación de la anciana señora Netterfield, como ella se refería al incidente, era un tema del que nunca me pidió que hablara, aunque tuve que saberlo desde mucho tiempo atrás. Recuerdo haberle preguntado en alguna ocasión qué había sido de la mujer después.

—Se la llevaron —dijo—. Sí, desde luego, creo que sí. No la dejaron morir sola.

Después de casarme y mudarme a Vancouver, seguí recibiendo el semanario que se publicaba en el pueblo donde me crié. Me parece que alguien, quizá mi padre y su segunda mujer, se encargaron de pedirme una suscripción. Normalmente apenas le echaba un vistazo, pero una vez al hojearlo topé con el apellido Netterfield. No se trataba de alguien que viviera en el pueblo en ese momento, sino que al parecer era el apellido de soltera de una mujer de Portland, Oregón, que había escrito una carta al periódico. Esa mujer, como yo, seguía suscrita al semanario de su pueblo natal, y había escrito un poema sobre su infancia allí.

Sé de una ladera cubierta de hierba
sobre un río claro,
un lugar de paz y goce
del que atesoro recuerdos gratos…

Había varias estrofas, y mientras las leía empecé a entender que la mujer hablaba de las mismas riberas que yo creía que me pertenecían solo a mí.

«Los versos que remito nacen de mis tempranos recuerdos de aquella ladera —decía—. Si merecen un pequeño espacio en su consagrado periódico, vaya mi gratitud por ello.»

El sol sobre el río
con un sinfín de destellos brilla
y veo la alegría que las flores silvestres
siembran más allá, en la otra orilla…

Esa era nuestra orilla. Mi orilla. Otra estrofa hablaba de un bosquecillo de arces, pero creo que en eso a la mujer la traicionaba la memoria: eran olmos, que para entonces habían muerto todos por la plaga holandesa.

El resto de la carta aclaraba las cosas. La mujer decía que su padre, que se apellidaba Netterfield, había comprado una parcela de las tierras del gobierno en 1883, en lo que entonces se llamaba el arrabal. La parcela llegaba hasta el río Maitland.

Al cruzar el arroyo bordeado de iris,
la sombra de los arces se extendía
y en las riberas anegadas
blancos gansos comían en bandadas.

La mujer obviaba, igual que habría hecho yo, que los cascos de los caballos enturbiaban y ensuciaban el manantial. Y por supuesto no mencionaba el estiércol.

Lo cierto es que años atrás yo también había compuesto unos poemas, de carácter muy similar, aunque para entonces se habían perdido, o quizá ni siquiera llegaran a escribirse. Versos que ensalzaban la naturaleza, y que luego costaban de cerrar. Debí de componerlos en la época en que era tan intolerante con mi madre, y mi padre me quitaba la desconsideración a correazos. O me molía a palos, como la gente solía decir entonces tan pancha.

Esa mujer decía que había nacido en 1876. Había pasado su juventud, hasta que se casó, en la casa de su padre. La casa estaba donde acababa el pueblo y empezaba el campo abierto, y daba a poniente.

Nuestra casa.

¿Es posible que mi madre no lo supiera, que nunca supiera que nuestra casa era la misma en la que había vivido la familia Netterfield, y que la anciana estaba mirando por las ventanas de la que en otros tiempos había sido su casa?

Es posible. En mi vejez, el asunto ha acabado interesándome hasta el punto de ponerme a indagar en registros y meterme en tediosas averiguaciones, y he descubierto que varias familias distintas fueron propietarias de aquella casa desde que los Netterfield la vendieron hasta que mis padres se fueron a vivir allí. Cabría preguntarse por qué se deshicieron de la casa en vida de la mujer. ¿Se habría quedado viuda, sin medios? Quién sabe. ¿Y quién fue la persona que, según mi madre, vino a llevársela? Quizá su hija, la misma mujer que escribía poemas y vivía en Oregón. Quizá esa hija, adulta y distante, era la que la anciana buscaba aquel día en el cochecito. Justo después de que mi madre me sacara desesperadamente y entrara corriendo a casa, según decía, para salvar una vida querida.

La hija no vivía muy lejos de donde más adelante yo viviría un tiempo, ya de adulta. Pude escribirle, o visitarla. Si no me hubieran absorbido tanto mis hijos pequeños y mi siempre frustrante afán por escribir. Aunque con quien de verdad hubiera querido hablar entonces era con mi madre, que ya no estaba.

No volví a casa la última vez que mi madre cayó enferma, ni para su funeral. Tenía dos hijos pequeños, y a nadie en Vancouver con quien dejarlos. No estábamos para gastar dinero en viajes, y mi marido despreciaba las formalidades. Aunque ¿por qué achacárselo a él, de todos modos? Yo sentía lo mismo. Solemos decir que hay cosas que no se pueden perdonar, o que nunca podremos perdonarnos. Y sin embargo lo hacemos, lo hacemos a todas horas.

Índice

Finale

DEMASIADA FELICIDAD

Diez magníficos relatos por una de las autoras más queridas y galardonadas. Anécdotas en apariencia banales se transforman en pura emoción en las manos de Munro, y su estilo muestra estas emociones sin dificultad, gracias a un talento excepcional que arrastra al lector dentro de las historias casi sin preámbulos. Una joven madre recibe consuelo inesperado por la muerte de sus tres hijos; otra mujer reacciona de forma insólita ante la humillación a la que la somete un hombre; otros cuentos describen la crueldad de los niños y los huecos de soledad que se crean en el día a día de la vida de pareja.

Relatos